Ce livre est une fiction.
Toute référence à des événements historiques, des personnages ou des lieux réels serait utilisée de façon fictive. Les autres noms, personnages, lieux et événements sont issus de l'imagination de l'auteure, et toute ressemblance avec des personnages vivants ou ayant existé serait totalement fortuite.

Collection Romantasy dirigée par Arthur de Saint Vincent
Ouvrage dirigé par Bénita Rolland et Luce Valli
Couverture créée par Maria Spada
Carte créée par Fictive Designs

Département de Hugo Publishing
34-36, rue La Pérouse
75116 - Paris
www.hugopublishing.fr

ISBN : 9782755663495
Dépôt légal : février 2023
Imprimé en France par CPI Bussière

GILD

Traduit de l'anglais (États-Unis)
par Caroline de Hugo

LA SAGA D'AUREN TOME 1

RAVEN KENNEDY

Hugo Roman

Romantasy

Orea
DEUXIÈME ROYAUME
WALLMONT
GALLENREEF
ELLIMERY
PREMIER ROYAUME
HIGHBELL
SIXIÈME ROYAUME
SEPTIÈME ROYAUME

BRACKHILL
ROISIÈME ROYAUME
QUATRIÈME ROYAUME
CLIFFHELM
CINQUIÈME ROYAUME
RANHOLD
LES BARRENS

À PROPOS DU LIVRE

Le mythe du roi Midas revisité

Cette saga de fantasy, captivante et sombre, est aussi addictive qu'inattendue. Avec ses histoires d'amour, ses faes et ses intrigues, le monde doré d'Orea vous saisira dès la première page. Plongez dans ce voyage où la cupidité, l'amour et la force intérieure sont au rendez-vous.

Veuillez noter que ce livre pourrait contenir des éléments explicites et sombres qui seraient susceptibles de heurter la sensibilité d'un public non averti.

Vous qui tentez en vain de scruter les étoiles,
ne désespérez pas.

CHAPITRE 1

Je porte la timbale en or à mes lèvres. Je suis l'unique spectatrice de l'orgie qui se déroule derrière mes barreaux. Quelqu'un a volontairement tamisé la lumière. Seule la lueur ténue d'une bougie me permet de deviner les mouvements des corps qui s'agitent en cadence. Ils sont six qui s'évertuent à en faire jouir un septième, pendant que moi je reste ici, à l'écart.

Il y a quelques heures, le roi m'a fait quérir quand il a commencé à vraiment s'exciter au milieu de son harem de concubines sans cesse renouvelées, celles qu'on appelle aussi ses pouliches royales. Ce soir, il a choisi de prendre son plaisir dans l'atrium, probablement à cause de l'acoustique. Il faut reconnaître que les gémissements se font fort joliment écho.

– Oui, mon roi ! Oui ! Oui !

Je plisse les paupières en avalant une autre gorgée de vin et je m'efforce de détourner le regard vers le ciel nocturne. L'atrium est immense, tous les murs ainsi que la voûte du plafond sont en verre, c'est la meilleure vue que l'on peut avoir de tout le palais. Enfin… quand il s'arrête de neiger assez longtemps pour qu'on puisse voir quelque chose.

Comme d'habitude, la tempête de neige fait rage. Des flocons blancs tombent sans discontinuer. Demain matin, toutes les verrières seront recouvertes. Mais pour l'instant, je devine encore un semblant d'étoiles dans le ciel, entre les nuages oppressants et le blanc menaçant. Et comme toujours, cette épaisse vapeur glacée qui s'interpose entre le ciel et moi, et me bouche la vue en la gardant pour elle. Mais j'en ai tout de même encore un léger aperçu, et j'en suis reconnaissante.

Je me demande si les monarques des temps anciens ont bâti cet atrium dans le but de cartographier les étoiles pour déchiffrer les messages que les dieux ont laissés pour nous dans le ciel. Mais la nature les a contrecarrés avec ces nuages sentinelles qui se sont joués de leurs efforts et nous empêchent d'accéder aux vérités.

À moins que les souverains depuis longtemps disparus aient fait bâtir cette pièce pour pouvoir admirer le givre se déposer sur les vitres et le blizzard fouetter le ciel pendant qu'ils étaient à l'abri ici, protégés de l'immense froid blanc. Les membres de la famille royale sont assez prétentieux pour faire ce genre de chose. En voici un exemple concret… le roi qui, en ce moment, est empalé dans sa pouliche, pendant que les autres s'exhibent et jouent pour son seul plaisir.

Peut-être ai-je tort. Peut-être que cet espace n'a pas été construit pour que nous puissions regarder vers le haut, mais plutôt pour que les dieux puissent regarder vers le bas. Peut-être que ces anciens rois ont eux aussi chevauché leurs pouliches comme une offrande visuelle aux cieux pour leur permettre de profiter de leur débauche. D'après certaines histoires que j'ai lues, les dieux sont une bande d'excités, donc honnêtement ça ne m'étonnerait pas outre mesure. D'ailleurs, je ne leur en voudrais pas. Les pouliches royales sont extrêmement douées.

Bien que je sois forcée de regarder et d'écouter ces obscénités, et malgré le fait que le sommet du dôme soit généralement recouvert de neige, j'aime bien venir ici. C'est l'endroit qui se rapproche le plus de l'extérieur, de la sensation du vent sur mon visage ou de l'air frais qui emplit mes poumons.

Le bon côté des choses ? Au moins, je n'ai pas à craindre que le vent gerce ma peau ou que la neige me fasse frissonner. La tempête de neige a vraiment l'air froide, après tout.

J'essaie de voir le bon côté des choses, moi qui suis enfermée dans une cage à oiseaux à taille humaine. Une jolie prison pour un joli trophée.

– Oh, c'est divin ! s'égosille une des pouliches.

C'est Rissa, elle paraît être aux anges, ce qui me tire de mes pensées. Elle a une voix rauque et des cheveux blonds, c'est une vraie beauté.

C'est plus fort que moi, je ne peux m'empêcher d'observer la scène qui se déroule devant moi. Elles sont six pouliches qui font de leur mieux pour se faire remarquer. Six, c'est le chiffre porte-bonheur du roi car il est le souverain régnant sur le Sixième Royaume d'Orea. C'est une véritable obsession. Je vois en permanence ce chiffre autour de lui. Comme les six boutons des chemises que ses tailleurs coupent sur-mesure. Ou les six pointes de sa couronne en or. Ou les six pouliches qu'il baise ce soir.

Pour l'heure, ce sont cinq femmes et un homme qui assouvissent ses désirs charnels. Les domestiques ont dressé un lit pour qu'il puisse jouir plus confortablement. Ça doit être bien compliqué de démonter l'énorme couche, de grimper les trois étages avec, avant de la remonter pour devoir la redescendre un peu plus tard. Mais qu'est-ce que j'en sais, après tout ? Je ne suis que *la pouliche préférée* du roi.

Je n'aime pas cette expression. Je préfère que les gens m'appellent la favorite du roi. Ça sonne beaucoup mieux, même si ça signifie la même chose.

Je lui appartiens.

Je m'installe sur les coussins disposés au sol. J'observe les mouvements de va-et-vient que font les fesses du roi en fouraillant la fille sous lui, pendant que deux autres viennent s'agenouiller de part et d'autre du lit pour qu'il puisse plus aisément pétrir à pleines mains leurs seins nus.

Le roi a toujours eu un faible pour les seins.

Je baisse les yeux sur les miens, drapés dans de la soie dorée. Je porte ce qui ressemble plus à une toge qu'à une robe. Une bande de tissu retenue à chaque épaule, qui descend ensuite en cascade, ceinturée à la taille par des liens en or. Tout ce que je porte, touche ou vois est en or.

Dans cet atrium, chaque plante verte jadis fertile est à présent sans vie, métallique. Toute la pièce, à l'exception des verrières, est dorée. La couche sur laquelle le roi est en train de faire l'amour l'est également. Des paillettes d'or brillent dans les veines du bois du cadre du lit. Le sol est en marbre doré, parsemé de veines d'un brun plus foncé qui figurent des ruisseaux limoneux gelés. Les poignées de porte sont en or, des vignes étincelantes grimpent le long des murs dorés, des colonnes métalliques se dressent jusqu'aux voûtes qui soutiennent toute cette richesse.

Ici, dans le château de Highbell du roi Midas, l'or est le thème central.

Les sols sont en or. Les cadres de fenêtres sont en or. Tout, les tapis, peintures, tapisseries, coussins, vêtements, vaisselle, armures de chevaliers ; bon sang, même l'oiseau de compagnie est figé dans une brillance inerte. Aussi loin que je porte mon regard, tout n'est qu'or, or, or, y compris l'infrastructure du palais. Chaque pierre, chaque marche, chaque pilier.

L'extérieur du château doit être éblouissant quand le soleil le frappe. Heureusement pour ceux qui vivent alentour, je ne pense pas que le soleil sorte suffisamment pour briller au-dessus du palais. Quand il ne neige pas, il grêle, et s'il ne fait ni l'un ni l'autre, c'est généralement que le blizzard arrive. La cloche sonne pour prévenir de son arrivée et avertir les habitants de rester à l'intérieur. Et cette énorme cloche dans la tour tout en haut du château ? Oui, elle aussi est en or massif. Et, Seigneur, ce qu'elle est bruyante !

Je la déteste. Elle fait plus de bruit qu'une averse de grêle sur un plafond en verre, mais lorsqu'on s'appelle Highbell

Castle[1], je suppose qu'il est impensable de ne pas posséder de cloche. J'ai même entendu dire que les gens pouvaient en percevoir le son à des kilomètres et des kilomètres à la ronde.

Avec sa cloche assourdissante et tout son or éblouissant, le château de Highbell est un peu tape-à-l'œil, perché en haut de cette montagne recouverte de neige. Le roi Midas n'est pas connu pour sa discrétion. Il affiche sa fameuse puissance et les gens s'inclinent, pleins d'admiration ou d'envie.

Je me dirige vers le bord de ma cage pour me resservir du vin ; le pichet est vide. Je fronce les sourcils en tentant de faire abstraction des grognements et des ahanements masculins derrière moi. C'est au tour d'une autre pouliche, Polly, d'être chevauchée par le roi. Ses cris me font grincer des dents, la jalousie me serre la poitrine.

J'aimerais vraiment avoir encore du vin. À la place, je me rabats sur les raisins du plateau de fromage et de fruits. Peut-être fermenteront-ils dans mon estomac pour me procurer une légère ivresse ? On peut toujours espérer.

J'avale encore quelques grains pour me porter chance, puis je retourne dans mon coin et m'assois sur les coussins en velours doré qui jonchent le sol. Jambes croisées, j'observe les corps qui se tordent en offrant leur ravissant spectacle au roi.

Trois des pouliches sont nouvelles, je ne connais pas encore leurs noms. Le nouveau mâle est debout sur le matelas, totalement nu, et bonté divine, il est tout à fait ravissant. Son corps est modelé à la perfection. Je comprends pourquoi le roi l'a choisi. Avec ses abdos ciselés et son beau visage, il est très agréable à regarder. Il est évident que, quand il n'est pas en train de servir Midas, il fait de la musculation à haute dose.

Pour le moment, il appuie ses avant-bras sur la poutre supérieure du cadre du lit à baldaquin, là où une pouliche

1. *Highbell Castle* peut être traduit par « Château du beffroi ». Le beffroi désignait une tour de ville avec une cloche qui servait à donner l'alarme. (NdT, ainsi que pour les notes suivantes)

est perchée comme un écureuil sur une branche, les jambes écartées pendant qu'il la dévore. Leur équilibre et leur sens du spectacle sont tout à fait remarquables.

La troisième débutante est à genoux devant le mâle, elle le suce comme on aspirerait le venin d'une morsure de serpent. Et… waouh, elle est vraiment douée. Maintenant, je comprends pourquoi elle a été choisie. J'incline la tête en prenant mentalement des notes. On ne sait jamais, ce genre de chose pourrait être utile.

– Ta chatte m'ennuie, lance soudain Midas en repoussant Polly.

Il fesse la fille aux seins nus devant lui.

– Tourne-toi. Je veux ton cul.

– Bien sûr, mon roi, ronronne-t-elle avant de se retourner, les fesses en l'air.

Il plonge en elle son sexe encore luisant des fluides de Polly.

La fille se met à gémir.

– Menteuse, je marmonne.

Il est impossible que ce soit agréable.

Même si je ne le sais pas par expérience ; je n'ai jamais été pénétrée par-derrière.

Dans la pièce, les cris s'intensifient quand deux des pouliches atteignent l'orgasme, réel ou simulé, et que le roi martèle sa partenaire avant d'enfin répandre sa semence dans un grognement.

Espérons qu'il sera satisfait et qu'il aura joui suffisamment cette fois, parce que je suis fatiguée et que je n'ai plus de vin.

À peine la femme s'est-elle effondrée sous lui qu'il lui donne une nouvelle tape sur les fesses, cette fois pour la congédier.

– Vous pouvez toutes regagner l'aile du harem. J'en ai fini avec vous pour la nuit.

Ses paroles interrompent les autres pouliches, coupant court à leur propre jouissance. Le mâle est toujours en train de bander comme un âne, mais personne ne se plaint, ne fait la moue ou ne passe outre aux ordres du roi. Ce serait faire preuve d'une totale inconscience.

Elles se séparent toutes rapidement les unes des autres et sortent nues, en file indienne; certaines cuisses sont encore humides et poisseuses. La nuit a été longue.

Je me demande si les pouliches vont se finir elles-mêmes dans l'aile du harem. Impossible de le savoir, je ne suis pas autorisée à y entrer. J'ignore donc ce qu'elles font en l'absence du roi. Je ne suis autorisée à aller nulle part, sauf au sein de mes cages, ou en présence du roi. Je suis sa favorite, je suis donc gardée captive et en sécurité. Comme un animal de compagnie qui doit être protégé et surveillé.

J'observe Midas qui enfile son peignoir doré pendant que la dernière fille s'éclipse. À le voir ainsi à peine vêtu et comblé sexuellement, j'ai l'estomac qui se serre.

Il est beau.

Il n'est pas hyper-musclé car il mène une vie très oisive, mais il est naturellement mince et large d'épaules. Midas est jeune pour un roi, il n'a qu'une trentaine d'années et on peut encore deviner les signes de la jeunesse sur son visage. Il a la peau bronzée, bien qu'il ne fasse que neiger ou pleuvoir ici. Des cheveux blonds avec des reflets auburn qui s'accentuent à la lumière des bougies. Des yeux d'un brun profond et une véritable présence – beaucoup de charme. C'est son charme qui m'a toujours séduite.

Mon regard descend vers sa taille fine et la forme de son sexe qui diminue mais que je devine encore sous le tissu soyeux.

– Tu te rinces les yeux, Auren ?

En entendant mon nom, je cesse de regarder son entrejambe pour remonter vers son visage souriant. J'ai beau jouer les affranchies, je me mets à rougir.

– Eh bien, c'est une jolie vue, je réponds en haussant les épaules et en faisant la moue.

Il rit et s'avance en se pavanant vers les barreaux de ma cage, au fond de l'atrium. J'aime quand il sourit. Ça me déclenche des chenilles dans l'estomac, pas des papillons. Je suis jalouse de ces satanés insectes qui, eux, sont libres de leurs mouvements.

Il se met à me détailler, de mes pieds nus jusqu'à ma poitrine. Je m'efforce de ne pas bouger, de rester assise bien que son regard me donne envie de me tortiller. La tête penchée en arrière, j'attends. J'ai appris à rester immobile parce que c'est ça qu'il aime.

Son regard parcourt lentement mon corps.

– Mmm. Tu m'as l'air à croquer ce soir.

Je me lève avec grâce et laisse tomber le tissu de ma robe sur la pointe de mes pieds. J'avance vers lui. Une de mes mains se glisse sur les barreaux qui nous séparent.

– Tu pourrais me laisser sortir de cette cage et y goûter.

Je prends soin de garder un ton enjoué et une expression sensuelle bien que je brûle de désir.

Laisse-moi sortir. Touche-moi. Désire-moi.

Mon roi est un homme compliqué. Je sais qu'il tient à moi, mais ces derniers temps, j'ai simplement envie de… plus que ça. Je sais que j'ai tort. Je ne devrais pas en vouloir plus. Je devrais être heureuse avec ce que j'ai déjà, mais je ne peux pas m'en empêcher.

J'aimerais tant que Midas me regarde comme je le regarde. Qu'il tremble de désir comme moi. Mais il ne pourra jamais m'offrir ça, alors j'aimerais simplement que nous passions plus de temps ensemble.

Je sais que c'est complètement irréaliste. Il est le roi. Il est constamment happé par des milliers de problèmes, des obligations qu'il m'est impossible d'imaginer. Je devrais au contraire me réjouir qu'il fasse attention à moi. C'est la raison pour laquelle j'enfouis mon désir au plus profond de moi sous une pelletée de neige, comme un poids qui m'engourdit. Je tente de me distraire. Je prends sur moi. J'occupe mes heures comme je peux. Mais peu importe le nombre de personnes que je vois chaque jour, je me réveille et me couche toujours seule.

Ce n'est pas la faute de Midas, ça ne sert à rien de lui en vouloir. Ça ne me mènerait nulle part… et je vis dans une cage, donc je sais parfaitement ce que signifie « mener nulle part. »

Devant mon ton effronté, le sourire de Midas s'élargit. Il est d'humeur taquine ce soir, une humeur qui n'est pas si fréquente chez lui, mais que j'adore. Cela me rappelle l'époque où nous sommes devenus amis. Quand j'étais une simple fille perdue et qu'il a débarqué pour m'offrir une vie différente. Quand il m'a souri et m'a rappelé comment sourire, moi aussi.

Midas détaille une nouvelle fois mon corps. Ma peau me brûle, je suis flattée par cette attention soutenue. J'ai le corps en sablier, j'ai des seins, des hanches et des fesses généreuses, pourtant ce n'est pas ce que les gens remarquent quand ils me regardent pour la première fois. Je ne suis même pas certaine que *lui* le remarque. Quand les gens me regardent, ce n'est pas pour apprécier mes courbes ou pour déchiffrer mes pensées en lisant dans mes yeux. Non, ils ne s'intéressent qu'à une seule chose, et c'est l'éclat de ma peau.

Parce qu'elle est en or.

Pas dorée. Pas bronzée. Pas peinte, ni trempée, ni teintée. Ma peau est en or véritable, ce métal chatoyant, satiné et doré.

Je ne dépare donc pas avec tout ce que contient ce palais. Même mes cheveux et mes iris brillent d'un éclat métallique. Je suis une statue en or, exception faite de mes dents d'une blancheur éclatante, du blanc de mes yeux et de ma langue rose vif.

Je suis une curiosité, un objet de convoitise et de rumeur. Je suis la favorite du roi. Sa précieuse pouliche. Celle qu'il a changée en or et qu'il garde dans une cage au sommet de son château, celle dont le corps porte la marque de sa propriété et de sa préférence.

Son animal de compagnie doré.

Je suis chérie par le roi Midas, le souverain de Highbell et du Sixième Royaume d'Orea. Les gens affluent pour me voir, comme ils viennent admirer son château étincelant qui contient plus de richesses que toutes les richesses de tout le royaume.

Je suis la prisonnière couverte d'or.

Mais quelle jolie prison !

CHAPITRE 2

En présence de Midas, j'oublie ma lassitude.

Toute mon attention se reporte sur lui, chacun de mes nerfs se tend devant lui. Pendant qu'il continue à me reluquer, je m'autorise à détailler ses traits réguliers, à plonger mon regard dans le sien.

Plus je le regarde et plus je lui pardonne de m'avoir fait venir ici ce soir. De m'avoir réduite à être spectatrice impuissante de ses plaisirs auxquels je n'ai pas pu participer, pendant qu'il écartait les cuisses de ses pouliches.

Midas lève une main et glisse un doigt à travers les barreaux.

– Tu m'es si précieuse, Auren, murmure-t-il à voix basse, d'un ton très tendre.

Je me fige. Mon souffle haletant me déchire la poitrine et exacerbe un peu plus ma tension nerveuse. Il avance lentement jusqu'à poser un doigt sur ma joue. Ma peau frémit à son contact, mais je reste toujours parfaitement immobile, je suis bien trop nerveuse pour ne serait-ce que fermer les yeux. J'aurais trop peur que ce petit mouvement le pousse à ôter son doigt.

S'il te plaît, continue de me toucher.

J'ai désespérément envie de me pencher en avant et de me blottir contre lui, d'atteindre les barreaux pour le toucher moi aussi, mais je sais qu'il ne faut pas. Je reste donc immobile sans parvenir à dissimuler la lueur de désir qui brille dans mes yeux dorés.

–As-tu aimé regarder ce soir ? me demande-t-il en glissant lentement ses doigts pour effleurer le bord de ma lèvre inférieure.

Ma bouche s'entrouvre, j'ai le souffle court ; de plus en plus excitée, je me mets à sucer la pulpe de son pouce.

–J'aimerais participer davantage, je réponds, en faisant très attention à la façon dont ses doigts bougent avec ma bouche lorsque je parle.

Midas remonte sa main pour pouvoir effleurer mes cheveux. Il fait rouler des mèches les unes contre les autres en observant la façon dont elles scintillent à la lumière de la bougie.

–Tu sais que tu es beaucoup trop précieuse pour être associée aux autres pouliches.

Je lui lance un sourire crispé.

–Oui, mon roi.

Midas lâche mes cheveux, il me donne une petite pichenette sur le nez avant de retirer sa main. Il me faut beaucoup de maîtrise pour rester immobile, pour ne pas arquer mon corps vers lui, comme une branche qui ploie sous le vent. Il suffit qu'il me frôle pour que je vacille.

–Tu n'es pas comme ces pouliches quelconques que l'on monte tous les jours, Auren. Tu as bien plus de valeur qu'elles. Et puis, j'aime que tu sois toujours là à me regarder. Ça me fait bander, poursuit-il avec un regard enflammé.

C'est étonnant qu'il soit capable de me faire ressentir à la fois un désir intense et une violente déception.

Je ne le devrais pas, mais j'insiste quand même à cause du désir qui bouillonne dans mon ventre :

–Mais les autres pouliches m'en veulent et les domestiques jasent. Ne penses-tu pas qu'il serait préférable de me laisser participer à une soirée, même si je me contente de te toucher ?

Je sais que j'ai l'air un peu pathétique, mais je me languis tellement de lui.

Son regard brun s'immobilise et je comprends que j'ai dépassé les bornes. Voilà que mon ventre se serre, pour une tout autre raison cette fois. Je l'ai perdu. J'ai foulé aux pieds mon badinage, comme on déchirerait un vieux morceau de parchemin.

Son beau visage se ferme, le charme s'évapore comme neige au soleil.

– Tu es ma pouliche royale. Ma préférée. Ma précieuse, me sermonne-t-il en me faisant baisser les yeux. Je me fous de ce que racontent les serviteurs et les pouliches. Tu es à moi, je fais de toi ce que je veux, et si je veux te garder dans ta cage, là où je suis le seul à pouvoir te rejoindre, j'en ai le droit.

Je secoue la tête. *Stupide, stupide.*

– Tu as raison. Je pensais juste que…

– Tu n'as pas à penser, grogne Midas, me coupant la parole avec une violence telle qu'il me fait perdre le souffle.

Il était de si bonne humeur, j'ai tout gâché.

– Ne t'ai-je pas toujours bien traitée? demande-t-il, en levant les bras et en faisant résonner sa voix dans la vaste pièce. Ne t'ai-je pas accordé tout le confort nécessaire?

– Tu fais…

– Il y a des putes en ville qui vivent dans la misère, pissent dans des seaux et baisent en pleine rue pour gagner quelques sous. Et tu te plains?

Mes lèvres se referment. Il a raison. Ma situation pourrait être bien pire. Elle était bien pire. Et il m'a sauvée.

Voyons le bon côté des choses: le fait que je sois la favorite du roi m'offre beaucoup d'avantages et une protection que les autres n'ont pas. Qui sait ce qui serait arrivé si le roi ne m'avait pas sauvée? Aujourd'hui, je pourrais être la propriété de gens horribles. Je pourrais vivre là où sévissent la maladie et la cruauté. Je pourrais craindre pour ma vie.

Après tout, c'était ça, mon existence avant. Victime d'un trafic d'enfants, j'ai vécu trop longtemps à la merci de mauvaises gens. J'ai vu trop de choses ignobles.

Une fois je m'étais enfuie, j'avais vécu un temps avec les seuls êtres humains bons que j'avais rencontrés depuis qu'on m'avait enlevée à mes parents. Je pensais avoir échappé à la brutalité de la vie. Mais les pillards arrivèrent et détruisirent tout ça aussi. Ma vie allait redevenir misérable quand Midas est arrivé et m'a sauvée.

Il est devenu mon refuge contre la violence aveugle qui s'abattait sur moi en permanence et il a fait de moi sa célèbre poupée.

Je n'ai pas le droit de me plaindre ni d'exiger quoi que ce soit. Quand je pense à ce que j'aurais dû faire si je vivais encore… eh bien, la liste est longue, très longue, avec beaucoup de choses vraiment désagréables, et je n'aime pas y penser. J'ai mal au ventre quand je songe à mon passé. Et puis, le mal de ventre ne fait pas bon ménage avec la quantité de vin que j'ingurgite chaque soir. Voilà pourquoi je suis en quelque sorte une fille qui voit les choses du bon côté.

Midas décèle de la contrition sur mon visage. Il semble tout à coup content d'avoir pu me faire voir les choses autrement. Son regard redevient tendre et ses doigts reviennent effleurer mon bras. Si j'étais un chat, je ronronnerais.

– Tu es ma préférée, susurre-t-il, et mon angoisse diminue légèrement parce que je suis précieuse pour lui et que je le serai toujours.

Entre lui et moi il existe un lien que personne d'autre ne peut comprendre. Personne. Je l'ai connu avant qu'il porte la couronne. Je l'ai connu avant que les gens s'inclinent devant lui avec révérence. Avant que ce château scintille d'or. Cela fait dix ans que je vis avec lui, et cette décennie a noué des liens entre nous.

– Je suis désolée.

– Ce n'est pas grave, m'apaise-t-il en caressant à nouveau mon poignet. Tu as l'air fatiguée. Retourne dans ta chambre. Je t'enverrai chercher demain matin.

Je fronce les sourcils pendant qu'il recule.

– Demain matin ?

Habituellement, il ne m'appelle pas avant le coucher du soleil.

Il hoche la tête tout en s'éloignant.

– Oui, le roi Fulke part demain, il rentre au château de Ranhold.

Je dois fournir un effort considérable pour ne pas laisser échapper un soupir de soulagement. Je ne supporte pas le roi Fulke du Cinquième Royaume. C'est un vieux dégoûtant qui possède le pouvoir de duplication. Lorsqu'il utilise ce pouvoir, il est capable de dupliquer tout ce qu'il touche. Ça ne marche pas avec les êtres humains, Dieu merci, sans ça je parie qu'il aurait essayé de me dupliquer depuis longtemps.

J'aimerais bien ne plus jamais revoir Fulke, mais mon roi et lui sont alliés depuis plusieurs années à présent. Comme nos royaumes sont voisins, il nous rend visite plusieurs fois par an, généralement avec des chariots remplis d'objets que Midas transforme pour lui en or. De retour dans son château, je suis certaine que Fulke duplique tout. Il est devenu très riche grâce à son alliance avec Midas.

Je ne sais pas ce que mon roi obtient en retour, mais je doute fort qu'il enrichisse Fulke par simple bonté d'âme. Midas n'est pas connu pour son altruisme, mais lorsqu'on est roi, on doit prendre soin de son royaume comme de soi-même. Je ne saurais lui en vouloir.

– Oh, je réponds.

Je sais ce que cela implique. Le roi Fulke voudra me voir avant de partir. Il est pratiquement obsédé par moi et il ne tente même plus de le cacher.

Le bon côté des choses ? Son engouement pousse Midas à faire plus attention à moi. Un peu comme lorsque des enfants se disputent un jouet. Quand Fulke est là, Midas m'accapare pour s'assurer que Fulke n'ait pas l'occasion de jouer avec moi.

Si Midas remarque mon malaise, il n'en laisse rien paraître.

– Tu viendras dans la salle du petit déjeuner le matin pendant notre repas.

J'acquiesce d'un signe de tête.

–Maintenant, retourne dans ta chambre et repose-toi. Je te ferai quérir quand le moment sera venu.

–Oui, mon roi.

Souriant toujours, Midas sort et je reste seule dans l'atrium qui me semble soudain bien sombre.

Je soupire devant le monceau de lingots d'or qui jonchent la pièce. Si seulement j'avais la force d'écarter les barreaux et de me glisser dehors ! Je ne m'enfuirais même pas. Je sais parfaitement combien je suis bien ici. Mais être autorisée à déambuler à ma guise dans le château, à suivre Midas dans sa chambre... voilà la liberté que j'aimerais avoir.

Juste pour rire, j'agrippe deux des barreaux et je tire de toutes mes forces.

–Allez, petits barreaux dorés, je marmonne en bandant mes muscles.

Il est vrai que je ne suis pas très musclée. Je ferais bien d'utiliser une partie de mon temps libre pour faire de l'exercice. Ce n'est pas comme si j'étais trop occupée. Je pourrais piquer des sprints d'un bout à l'autre de la pièce, ou grimper aux barreaux de ma cage et faire des tractions, ou je pourrais...

Un rire m'échappe et mes mains retombent. Je m'ennuie, mais pas à ce point-là. Le jeune étalon bodybuildé est manifestement beaucoup plus motivé que moi.

Je lève les yeux en direction de la cage à oiseaux suspendue, à quelques mètres de la mienne. À l'intérieur, il y a un oiseau en or massif figé sur son perchoir. C'était un pinson des neiges, je crois, au ventre immaculé comme la neige qu'il aurait dû survoler, aux ailes déployées pour pouvoir planer dans le vent glacé. À présent, le doux duvet de ses plumes est transformé en métal, ses ailes sont repliées contre son petit corps et sa gorge s'est tue pour toujours.

–Ne me regarde pas comme ça, le piaf !

Il se contente de me fixer de ses yeux ronds. Je soupire.

–Je sais ! Je sais que c'est important pour Midas que je sois en sécurité dans ma cage, tout comme toi, je poursuis en penchant la tête, avant de détailler tout ce luxe qui m'entoure.

La nourriture, les oreillers, les vêtements hors de prix. Certaines personnes tueraient pour posséder tout ça, et ce n'est pas une simple figure de style. On tuerait réellement pour ça. La pauvreté est une motivation cruelle. Je ne le sais que trop bien.

– Ce n'est pas comme s'il n'avait pas essayé de me rendre la vie plus agréable. Je ne devrais pas être aussi avide, aussi ingrate. Les choses pourraient être bien pires, tu ne crois pas ?

L'oiseau continue de me fixer, je me dis qu'il faut que j'arrête de parler à cet objet inanimé. Il a rendu son dernier souffle il y a déjà longtemps. Je ne me souviens même plus de son chant. J'imagine qu'il était beau avant d'être changé en spectre brillant et silencieux.

Est-ce que ça va être pareil pour moi ?

Dans cinquante ans, mon corps deviendra-t-il entièrement solide comme celui de l'oiseau ? Mes organes fusionneront-ils, ma voix se taira-t-elle, ma langue se figera-t-elle ? Mes globes oculaires se videront-ils de leur sang ? Mes paupières ouvertes pour toujours seront-elles devenues aveugles ? Peut-être que je resterai coincée sur mon perchoir ici même, immobile pour toujours, pendant que les gens me regarderont depuis l'extérieur en me parlant à travers les barreaux, et que je ne pourrai plus leur répondre.

Cette peur m'habite, même si je ne l'ai jamais exprimée. Qui sait si le pouvoir de Midas va évoluer ? Peut-être qu'un jour, je deviendrai vraiment une statue.

Pour l'instant, tout ce que je peux faire, c'est continuer à chanter, à faire bouffer mes célèbres plumes. Continuer à respirer, avec ma poitrine qui monte et descend, comme le soleil. Le piaf et moi ne sommes pas les mêmes. Du moins, pas encore.

En me retournant, je laisse glisser ma main entre les barreaux et retomber mon bras. *Le bon côté des choses, Auren. Tu dois voir le bon côté des choses.*

Comme le fait que ma cage est tout sauf exiguë. Midas l'a peu à peu agrandie, au fil des ans, afin qu'elle s'étende sur tout le dernier étage du palais. Il a fait creuser des portes supplémentaires à l'arrière des pièces afin de les équiper de passerelles grillagées qui relient de grandes cages circulaires. Il a fait tout cela pour moi.

Je peux ainsi accéder à l'atrium, au salon, à la bibliothèque et à la salle du petit déjeuner royal, en plus de mes appartements qui occupent toute l'aile Nord. J'ai plus d'espace que bien des gens dans le royaume.

Mes appartements personnels comprennent ma salle de bains, mon dressing et ma chambre. Des pièces somptueuses avec des cages à oiseaux géantes intégrées dans chacune d'elles, et des passerelles grillagées qui me permettent de passer d'une pièce à l'autre sans jamais quitter ma cage, sauf si Midas décide de m'escorter ailleurs. Mais dans ce cas, il ne m'emmène généralement que dans la salle du trône.

Pauvre fille, dorée et favorite. Je sais que j'ai l'air ingrate et je déteste ça. C'est comme une plaie qui suppurerait sous ma peau. Je ne peux m'empêcher de la gratter, de l'irriter, alors que je sais que je ne devrais pas y toucher, que je devrais la laisser cicatriser et guérir.

Mais s'il est vrai que chaque pièce est richement meublée, que tout y est élégant, pour moi tout ce luxe s'est évaporé depuis longtemps. Je suppose que c'est logique, je séjourne ici depuis tant d'années.

Est-il vraiment important que votre cage soit en or massif si vous n'avez pas le droit d'en sortir ? Une cage reste une cage, même dorée.

C'est le nœud du problème. Je l'ai supplié de me garder auprès de lui et de me protéger. Il a tenu promesse. C'est moi qui suis en train de tout gâcher. C'est mon propre cerveau qui m'embrouille, qui m'instille des pensées interdites.

Parfois, quand je bois suffisamment, j'oublie que je suis enfermée dans une cage, je parviens à atténuer l'ennui qui me ronge.

Voilà pourquoi je bois beaucoup de vin.

En soupirant une nouvelle fois, je lève les yeux vers le plafond de verre pour remarquer d'autres nuages qui arrivent du nord. Leurs formes bouffies sont illuminées par une lune immobile.

Il va probablement tomber jusqu'à trente centimètres de neige sur Highbell ce soir. Demain matin, ça ne m'étonnerait pas que toutes les fenêtres de l'atrium soient complètement recouvertes de poudreuse blanche et de glace épaisse qui dissimuleront une fois encore le ciel.

Le bon côté des choses ? Pour l'instant, je distingue toujours cette étoile solitaire qui brille dans la nuit.

Je me souviens que quand j'étais petite, ma mère me disait que les étoiles étaient des déesses attendant d'éclore de la lumière. Une jolie histoire pour une petite fille qui allait perdre d'un seul coup sa famille et sa maison.

À cinq ans, par une nuit claire et étoilée, on m'a fait sortir de mon lit. Nous avons marché en file indienne, les autres enfants qui vivaient aux alentours et moi, pendant que retentissait l'écho des combats. Nous nous sommes glissés dehors dans la tiédeur du crépuscule en essayant d'échapper au danger. J'ai pleuré en embrassant mes parents, qui me disaient de partir. D'être courageuse. Qu'ils me rejoindraient bientôt.

Un ordre, une urgence, un mensonge.

Mais quelqu'un avait dû savoir qu'on prévoyait de fuir. Quelqu'un avait dû le dire. Tous les enfants ont été emmenés, mais pas en lieu sûr. Au contraire, avant même d'être sortis de la ville, nous avons été attaqués par des voleurs, qui semblaient nous attendre. Le sang de notre escorte a coulé. Le liquide chaud a giclé sur les petits visages abasourdis. Ce souvenir brûle encore mes paupières. C'est alors que j'ai compris que je vivais un cauchemar éveillé.

J'ai essayé d'appeler à l'aide, d'appeler mes parents, de leur dire que ce n'était pas bien, mais on m'a enfoncé un bâillon en cuir dans la bouche. Il avait un goût d'écorce de chêne. J'ai pleuré pendant qu'on nous kidnappait. Mes larmes ont coulé. Mes pieds ont bougé. Les battements de mon cœur se sont emballés. Ma maison a disparu. Il y avait des cris, des bruits métalliques, des pleurs, mais aussi le silence. Le silence, c'était le son le pire de tous.

Je n'arrêtais pas de lever les yeux vers ces étoiles lumineuses dans les ténèbres en suppliant les déesses de naître et de venir nous sauver. De me ramener dans mon lit, auprès de mes parents, en sécurité.

Elles ne l'ont pas fait.

On pourrait croire que j'en veux aux étoiles, mais ce n'est pas le cas. Parce que chaque fois que je lève les yeux vers elles, je me souviens de ma mère. Ou du moins, d'une partie d'elle. Un morceau auquel j'ai désespérément essayé de me raccrocher pendant vingt ans.

Mais la mémoire et le temps ne sont pas bons amis. Ils se rejettent mutuellement. Ils se précipitent dans des directions opposées en tirant sur le lien qui les unit jusqu'à ce qu'il menace de rompre. Ils luttent et nous perdons inexorablement. La mémoire et le temps. On perd toujours l'une alors qu'on avance avec l'autre.

Je ne me rappelle plus à quoi ressemblait le visage de ma mère. Je ne me souviens pas du grondement de la voix de mon père. Je ne peux plus retrouver la sensation que j'ai éprouvée quand ils m'ont serrée dans leurs bras pour la dernière fois.

C'est effacé.

L'unique étoile au-dessus de moi me fait un clin d'œil, ma vue se brouille. La seconde suivante, mon étoile est avalée par les nuages qui m'empêchent de la voir. J'ai soudain le cœur rempli d'amertume et de déception.

Si ces étoiles sont vraiment des déesses qui attendent de naître, je devrais les avertir de rester là où elles sont, dans la sécurité de leur lumière scintillante. Parce qu'ici-bas ? Ici-bas, la vie est sombre et solitaire, pleine de cloches assourdissantes, et je manque cruellement de vin.

CHAPITRE 3

Le lendemain matin, je me réveille au son de cette fichue cloche, avec un mal de crâne qui me vrille la tête.

J'ouvre brusquement mes paupières collées et je me frotte les yeux. Lorsque je me redresse, la bouteille de vin qui apparemment était encore sur mes genoux tombe et roule sur le sol doré. Je regarde autour de moi et découvre deux gardes royaux qui montent la garde de l'autre côté des barreaux.

Ma cage occupe la plus grande partie de la pièce, mais il reste suffisamment d'espace pour que les gardes, lorsqu'ils font leur ronde, puissent traverser toute la salle en la contournant.

J'essuie vite fait ma bouche et je m'étire en attendant que la cloche cesse enfin. Ma tête me fait mal à cause de tout l'alcool que j'ai avalé la nuit dernière avant de pouvoir enfin m'endormir.

– Ta gueule, je grommelle en me frottant le visage.

– Il était temps qu'elle se réveille !

Je jette un coup d'œil aux gardes et remarque que Digby, le plus vieux, avec ses cheveux gris et sa barbe épaisse, fait le guet devant la porte. C'est le garde qui me surveille habituellement, il occupe ce poste depuis des années. Il est complètement coincé, refuse de bavarder avec moi ou de jouer à mes jeux à boire.

Mais le garde qui a parlé ? C'est un nouveau. Malgré ma gueule de bois, je suis immédiatement remontée à bloc. Rares sont les occasions de voir un nouveau garde par ici.

J'étudie cette nouvelle recrue. Il a l'air d'avoir à peine dix-sept ans, encore boutonneux et tout dégingandé. Il vient probablement d'être enrôlé en ville. Tous les hommes qui atteignent leur majorité sont immédiatement enrôlés dans l'armée du roi Midas, à moins qu'ils ne possèdent des droits de fermage.

– Comment t'appelles-tu ? je lui demande en agrippant les barreaux.

Il se tourne vers moi et redresse son armure dorée ; sur son plastron, l'emblème de la cloche brille fièrement.

– Joq.

Digby lui jette un regard noir.

– Ne lui parle pas.

Joq se mordille la lèvre d'un air songeur.

– Pourquoi ?

– Parce que ce sont les ordres, voilà pourquoi.

Joq hausse les épaules, j'assiste à leur échange avec une curiosité naissante. Je me demande s'il accepterait de jouer à un jeu à boire avec moi.

– Tu penses qu'elle a une chatte en or ? demande brusquement Joq en inclinant la tête tout en me regardant.

Oookay, donc il n'est pas intéressé par un jeu à boire, alors. C'est bon à savoir.

– C'est impoli de parler de la chatte des filles devant elles, je lui lance.

Il hausse les sourcils d'un air surpris.

– Mais tu es une pouliche, affirme-t-il. Ta chatte, c'est ta spécialité.

Waouh, d'accord. Joq est un connard.

Je serre les poings autour de mes barreaux en or et je lui lance en plissant les paupières :

– Les pouliches ne sont pas seulement célèbres pour leurs chattes. En général, nous avons aussi des seins géniaux.

Au lieu de le faire réagir, mon ton cinglant semble l'exciter. On dirait bien que Joq est également stupide.

Digby se tourne vers lui.

– Attention, mon garçon ! Si jamais le roi t'entend parler du corps de sa favorite, il plantera ta tête au bout d'une pique en or avant que tu aies le temps de dire « putain de merde ».

Joq me dévore du regard comme s'il n'écoutait pas Digby.

– C'est un beau morceau, c'est tout ce que je dis, répond-il.

Visiblement il n'a pas envie de se taire.

– Je croyais que c'était un mythe, cette histoire selon laquelle le roi Midas avait changé sa favorite en or.

Joq se gratte la tête aux cheveux sales et ébouriffés.

– Comment crois-tu qu'il a fait ça ?

– Fait quoi ? lui demande Digby, clairement irrité.

– Eh bien… tout ce qu'il touche est censé se transformer en or massif, non ? Elle ne devrait pas être une statue, à présent ?

Digby le regarde comme s'il était demeuré.

– Regarde autour de toi, mon garçon. Le roi transforme certaines choses en or massif, d'autres gardent leur forme et deviennent dorées, comme les rideaux par exemple. Je ne sais pas comment il fait ça et je m'en fous, parce qu'il n'est pas dans mes attributions de m'en préoccuper. Mon devoir, c'est de garder l'aile supérieure du château et ses favorites, alors c'est ce que je fais. Si tu étais sage, tu ferais comme moi et tu arrêterais de jacasser. Maintenant, va faire ta ronde.

– D'accord, d'accord.

Légèrement vexé, Joq me lance un dernier regard curieux avant de se détourner et de s'éclipser par la porte pour faire sa ronde dans le reste de l'étage.

Je secoue la tête.

– Les jeunes gardes de nos jours ! Tous des idiots, n'est-ce pas, Dig ?

Digby se contente de me jeter un rapide coup d'œil avant de fixer un point droit devant lui et de reprendre sa pose de gardien. Après toutes ces années passées à le côtoyer, j'ai appris qu'il prend son travail vraiment très, très au sérieux.

– Vous devriez vous préparer, Mademoiselle Auren. Il est tard, me lance-t-il sur un ton bourru.

Je soupire en pressant un pouce sur ma tempe douloureuse. Puis je me dirige vers l'arche qui mène à la passerelle grillagée reliant les différentes pièces de mes appartements. Je la traverse et entre dans le dressing, mais Digby reste dans l'autre pièce pour me laisser de l'intimité.

Certains des autres gardes se plaisent à repousser les limites et à me suivre jusqu'ici. Dans ces cas-là, je suis contente d'être derrière mes barreaux. Heureusement, une tenture de tissu doré pend du plafond. Elle recouvre une partie de la cage, je peux donc me déshabiller derrière sans être vue, mais je suis quasiment sûre qu'elle laisse filtrer l'ombre de ma silhouette, ce qui explique que ces enfoirés me suivent.

Je n'ai pas à craindre que Digby reluque mon ombre. Il n'a jamais eu de comportement déplacé ou tenté de me mater en douce. En y réfléchissant, c'est probablement pour cela qu'il est encore mon gardien depuis tant d'années, quand d'autres n'ont fait que passer. Je me demande si le roi Midas a fait planter leurs têtes au bout de piques en or.

Ce matin, il fait sombre et lugubre dans le dressing. Il ne possède qu'une seule lucarne au plafond, mais elle est généralement recouverte de neige, comme aujourd'hui. Mon unique source de lumière est la lampe à huile posée sur la table. Je la remplis rapidement et monte la flamme, puis je commence ma routine matinale dans la lumière douce. Midas va me faire quérir dans la matinée, je dois être prête à temps.

J'examine tous les portants remplis de robes autour de la pièce. Elles sont toutes tissées de fil et de tissu en or, bien sûr. Je suis la favorite de Midas, je ne porte donc jamais autre chose.

En me dirigeant vers le fond, j'en choisis une de style Empire, avec un dos nu. Toutes mes robes sont dos nu. C'est indispensable, à cause de mes rubans.

Je les appelle *rubans* car je n'ai pas trouvé de mot plus juste. J'ai deux douzaines de longs rubans dorés qui poussent de part et d'autre de ma colonne vertébrale, sur toute sa longueur, des épaules au coccyx. Ils sont de même longueur, de sorte qu'ils tombent sur le sol derrière moi lorsque je marche, comme la traîne d'une robe.

La plupart des gens pensent que c'est juste un surplus de tissu. Ils ne se doutent pas une seconde qu'ils font partie de moi. Et honnêtement, j'en ai été la première surprise. Ils se sont mis à pousser juste avant que Midas me sauve. Ça n'a pas été indolore. J'ai passé des semaines de sueurs nocturnes et de douleurs violentes pendant qu'ils poussaient dans mon dos en s'allongeant un peu plus chaque jour, avant de s'arrêter enfin.

Pour autant que je sache, je suis la seule personne à Orea à avoir de tels rubans. Tous les souverains possèdent des pouvoirs magiques, bien sûr. Ils ne peuvent pas prétendre à la couronne autrement. Certains roturiers en possèdent aussi. J'ai vu une fois un bouffon qui pouvait faire jaillir des éclairs de lumière chaque fois qu'il claquait des doigts. C'était un joli petit spectacle de théâtre d'ombres.

En ce qui concerne mes rubans, ils ne sont pas seulement jolis ou inhabituels. Ils sont préhensiles. Je peux les contrôler comme mes autres membres. Habituellement, je les laisse simplement se draper derrière moi comme un tissu souple, mais je peux aussi les faire bouger quand je le veux, et ils sont plus forts qu'ils en ont l'air.

J'ôte ma chemise de nuit, je laisse tomber le tissu froissé sur la pile, près des barreaux où les servantes pourront venir le chercher plus tard pour le laver. J'enfile la nouvelle robe en ajustant les plis pour qu'elle tombe parfaitement bien et couvre tout ce qui doit l'être.

Assise à ma coiffeuse, je me regarde dans le miroir. Mes rubans s'élèvent derrière moi, se glissent dans mes cheveux et les tressent en nattes complexes jusqu'à donner l'impression qu'un réseau de tresses couronne ma tête. Puis ils tressent sur ma nuque chaque longue mèche dorée qui pend dans mon dos.

C'est un travail fastidieux, mais le roi est très possessif, il ne laisse personne m'approcher. Pas même le coiffeur. Ce qui signifie que c'est moi qui dois me couper les cheveux et je n'ai aucun talent pour ça.

Après un essai de coupe particulièrement tragique, il m'a fallu porter la frange de travers pendant deux mois, avant qu'elle soit assez longue pour pouvoir la glisser derrière mes oreilles. Ce n'était pas joli. Depuis cette catastrophe, j'essaie d'éviter les ciseaux autant que possible. Je me contente de me couper les pointes. J'ai compris la leçon.

Bien que, pour être honnête, je ne sois même pas sûre qu'une frange bien droite aurait été beaucoup mieux. On ne devrait jamais décider d'une chose aussi sérieuse qu'une frange après avoir éclusé une bouteille de vin.

Une fois mes cheveux en place, je me lève et retourne dans ma chambre juste avant qu'une domestique ouvre la porte. Elle s'adresse à Digby, légèrement essoufflée après avoir gravi les escaliers.

– Le roi Midas a convoqué sa favorite dans la salle du petit déjeuner.

Digby lui répond par un signe de tête et la femme s'enfuit en courant, non sans me jeter un regard à la dérobée avant de disparaître derrière la porte.

– Prête ? me demande Digby.

Je regarde autour de moi et me tapote la lèvre avec l'index.

– En fait, j'ai besoin de faire quelques courses avant de partir. Voir des gens, faire des trucs. Je suis très occupée, tu sais, je réponds en lui lançant un petit sourire ironique.

Digby ne badine pas avec moi pour autant. L'homme ne sourit même pas. Tout ce que j'obtiens, c'est un regard las.

Je soupire.

– Est-ce qu'un jour tu vas rire à mes blagues, Dig ?

Avec un lent mouvement de tête, il répond :

– Non.

– Un de ces jours, je vais enfin parvenir à percer ta carapace de garde bourru. Tu ne perds rien pour attendre.

– Si vous le dites, Dame Auren. Êtes-vous prête ? Il ne faut pas faire attendre Sa Majesté.

Je pousse un soupir, j'aimerais que mon mal de tête diminue un peu plus avant de devoir affronter le roi Fulke.

– Bien. Oui, je suis prête. Mais tu devrais vraiment améliorer tes manières aux abords de la cage. Une petite conversation serait la bienvenue. Et est-ce qu'une plaisanterie amicale de temps en temps te tuerait ?

Il se contente de me fixer de ses yeux bruns totalement inexpressifs.

Je grommelle.

– D'accord, d'accord. J'y vais. On se revoit dans quatre-vingt-deux secondes, j'ajoute avec un soupçon de sarcasme, en lui envoyant un baiser. Tu vas me manquer.

Je me retourne et sors de ma chambre pour me diriger de l'autre côté de la cage qui mène à un couloir spécialement aménagé pour moi. J'avance sur le sol doré, chaussée de mes pantoufles en soie, mes rubans et la traîne de ma robe glissent derrière moi.

Il fait sombre, mais l'étroit couloir ne fait qu'une dizaine de mètres et j'arrive ensuite dans la bibliothèque, qui est immense mais sent le parchemin moisi et le renfermé, bien que les domestiques montent régulièrement y faire le ménage.

Je traverse la partie encagée de la bibliothèque, m'engage dans un autre couloir sombre, passe devant l'atrium et j'arrive au couloir qui mène à la salle du petit déjeuner. Une fois que j'ai atteint l'arche, je m'arrête un moment pour écouter, tout en massant à nouveau ma tempe douloureuse. J'entends le roi Midas qui s'adresse à un serviteur et le bruit des assiettes que l'on dispose sur la table.

Je prends une profonde inspiration, je franchis les portes et je pénètre dans la petite cage qui se déploie dans la pièce. De l'autre côté des barreaux, une longue table est dressée avec six plateaux de victuailles, six pichets de boisson et six bouquets de fleurs en or massif assortis aux assiettes et aux gobelets. Encore un signe du fétichisme de Midas pour les chiffres et l'or.

À la vue de la nourriture, mon estomac se noue. Je suis bien contente de ne pas avoir à manger avec eux. J'imagine qu'il serait un tantinet rabat-joie de vomir sur leurs couverts.

Une lumière grise et neigeuse s'infiltre dans la pièce à travers les fenêtres, assombrissant un peu toute cette opulence. Un feu rugit dans la cheminée, mais peu importe le nombre de foyers allumés, ici il ne fait jamais assez chaud. Les feux ne font qu'atténuer la froidure perpétuelle.

Mes yeux se posent sur Midas. Il est assis en bout de table, vêtu d'une belle tunique. Sa couronne d'or à pointes repose sur ses cheveux blonds parfaitement lissés.

Le roi Fulke est assis à sa gauche, son gros ventre dépasse de sa ceinture. Et comme le veut la mode en vigueur dans le Cinquième Royaume, il porte des jambières de velours. Il est également vêtu d'une tunique violet foncé assortie, la couleur de son royaume. Sa couronne en or, sertie de pierres précieuses violettes de la taille de mon poing, est posée de travers sur sa tête chauve, on dirait une métaphore de son règne.

Je ne sais pas si Fulke était bel homme quand il était plus jeune. Tout ce que je vois à présent, c'est une peau ridée et un corps trop gras. Mais ce qui me dérange le plus, ce sont ses dents jaunies par une trop longue pratique de la pipe. Ça, et la lueur dans ses yeux sombres chaque fois qu'il me regarde. Les deux à égalité, vraiment.

En ce moment, il n'a pas seulement des jambières de velours autour des jambes. Il a aussi deux pouliches blondes, assez dévêtues, à cheval sur chacune de ses cuisses. Ces femmes lui donnent la becquée, des morceaux de gâteaux et de fruits à manger. Cela fait partie de leurs attributions, service compris.

Polly est assise sur une cuisse, Rissa chevauche l'autre en riant tout en lui présentant des baies entre ses lèvres, pendant qu'il leur tripote les seins.

Lorsque les deux femmes me voient entrer, elles me lancent d'abord des regards courroucés puis m'ignorent ostensiblement. Elles ne m'aiment pas beaucoup. Non seulement parce que je suis la préférée du roi mais aussi parce que je suis l'objet de convoitise préféré de Fulke quand il vient nous rendre visite.

Pour elles, je suppose que je représente la concurrence. Tout le monde sait ce qui arrive aux pouliches royales quand on se lasse d'elles. Elles sont vite remplacées par de nouvelles.

Pourtant, je suis convaincue que si elles passaient un peu de temps avec moi, elles m'apprécieraient vraiment. Je suis follement drôle. Il faut l'être quand la seule personne avec qui vous passez votre temps, c'est vous-même. Je ne tiens pas à me barber.

Peut-être vais-je attendre que Midas soit de bonne humeur pour lui demander si certaines filles peuvent venir passer un moment avec moi un soir. J'aimerais vraiment avoir de la compagnie, autre que celle du silencieux et fidèle Digby.

En parlant de Digby, lui et cinq autres gardes du roi se tiennent au garde-à-vous le long du mur du fond et ne cillent même pas devant le spectacle de ce petit déjeuner érotique. Ils font montre d'un parfait professionnalisme.

Les autres personnes qui déjeunent à la table des rois sont leurs conseillers, et deux autres pouliches. L'une masse les épaules d'un des membres de l'escorte de Fulke, tandis que l'autre ne cesse de jeter des regards coquins vers le bas de la table.

– Ah, Précieuse, ronronne Midas depuis son siège quand il me voit approcher. Tu nous as rejoints pour le petit déjeuner.

Évidemment, puisque tu me l'as ordonné.

Au lieu de lui répondre à haute voix, je souris avec un signe de tête et m'assois sur le tabouret rembourré posé devant ma harpe. Je commence à pincer les cordes doucement car je sais que c'est ce que mon roi désire. Je suis ici pour leur offrir un spectacle.

C'est toujours la même chose. Midas aime m'exhiber lorsque des représentants d'autres royaumes lui rendent visite. Je m'assois dans la salle du petit déjeuner, en sécurité dans ma cage, là où les visiteurs peuvent m'admirer et s'étonner de l'étendue du pouvoir de Midas pendant qu'ils dévorent leurs œufs et leurs tartes aux fruits.

– Mmm, dit le roi Fulke, se désintéressant de la bouchée qu'il est en train d'avaler pour me fixer. J'aime beaucoup regarder votre putain dorée.

En entendant le terme qu'il emploie, je me hérisse, mais je me force à rester impassible. Savez-vous ce qui est pire que d'être traitée de pouliche ? Se faire traiter de putain. Je devrais être habituée maintenant, mais je ne le suis pas. Ça me donne envie de lui flanquer un coup de ruban dans les parties. À la place, je change d'air et je me mets à jouer une de mes chansons préférées, « Fais-lui payer ». Je pense que c'est la chanson idéale pour mon humeur du moment.

Midas rit après avoir croqué un fruit.

– Je suis au courant.

Fulke m'observe pensivement.

– Vous êtes sûr que vous ne changerez pas d'avis et que vous ne dorerez pas une de mes pouliches ? lui demande-t-il en malaxant les fesses de Polly, toujours assise sur sa cuisse.

Midas secoue la tête.

– Non. Cet honneur n'est accordé qu'à mon Auren, répond-il doucement. Il me plaît de la distinguer.

Fulke émet un grognement de déception amusée, tandis que je me mords la lèvre de plaisir devant la réponse de Midas. Polly et Rissa échangent un regard de mécontentement évident et commencent à se caresser l'une l'autre, comme si elles voulaient attirer l'attention.

– Je comprends pourquoi vous l'avez choisie, s'écrie Fulke, ignorant Rissa qui glisse sa main sur son entrejambe. Sa beauté est inégalée.

Je me hérisse sous son regard et ceux, assassins, que Rissa et Polly me lancent. Mais la lueur que je discerne dans les yeux de Midas me prouve qu'il est ravi. Il éprouve toujours une grande satisfaction quand les gens lui envient ce qu'il possède.

– Bien sûr qu'elle est belle, affirme mon roi avec une certaine suffisance. Elle est à moi.

Mon visage me brûle, son ton possessif me réchauffe les entrailles. Je lui jette un regard à travers les cordes de ma harpe, mes doigts jouent la mélodie en guise d'offrande.

Fulke se tourne vers Midas.

– Une nuit, Midas. Je vous paierai généreusement pour une seule nuit avec elle.

Mes doigts ripent sur les cordes. Une fausse note s'échappe, ruinant mon crescendo préféré. Mes yeux dorés se tournent vers mon roi. Midas va refuser, bien sûr, mais bon sang, je n'arrive pas à croire que Fulke ait osé. Midas va-t-il le frapper pour avoir dit cela ? Ici même, à la table du petit déjeuner ?

Mon estomac se tord, un profond silence envahit la pièce. Une fois, un des ambassadeurs de Midas avait proféré quelque chose de très similaire et mon roi lui a fait couper les orteils et les doigts un par un avant de les jeter dans une cuve d'or fondu et de les accrocher à la porte de cet homme. Sévère ? Certainement. Mais c'était un message destiné à tous ceux qui me reluquaient un peu trop longtemps, ceux qui devenaient un peu trop audacieux.

Les gardes et les pouliches sont en alerte, nous attendons tous la réaction du roi. Les conseillers observent anxieusement les monarques et mes doigts restent figés sur les cordes. Le silence est un autre genre de chanson.

Midas repose sa fourchette avec précaution et fixe Fulke longuement. Un long silence. Mon cœur bat sourdement dans ma poitrine. J'attends de voir comment il va punir Fulke, de quelle façon il va le rabaisser.

Midas appuie un coude sur le bras de son fauteuil, pose son visage dans sa main tout en fixant l'autre roi. Et soudain, mon estomac se retourne pour une toute nouvelle raison. C'est parce que je discerne une lueur dans les yeux de mon roi, comme un soupçon de réflexion.

Oh Seigneur, est-ce qu'il y songe vraiment ?

CHAPITRE 4

N*on. Il n'en est pas question.*

Je refuse de croire que mon roi envisage de me céder à un autre homme. Midas ne laisserait jamais personne m'approcher. Il est bien trop possessif, il m'aime, il me chérit. C'est ainsi, depuis qu'il est arrivé et qu'il m'a sauvée.

Pourtant, chaque seconde qui passe sans qu'il ne dise mot me retourne les tripes.

–Alors ? Qu'est-ce que vous en dites ? insiste Fulke. Dites-moi votre prix.

La bile me brûle le fond de la gorge devant l'air concentré que prend Midas.

Mais qu'est-ce qui se passe ?

Finalement, Midas lève la main et montre la pièce comme pour rappeler à Fulke où il se trouve. Les murs dorés, les plafonds dorés, les sols dorés. La cheminée en or, les portraits et les cadres de fenêtres. De l'or, de l'or, de l'or.

–Au cas où vous n'auriez pas remarqué, je n'ai pas besoin d'être payé. Je possède plus de richesses que les cinq autres royaumes réunis, le vôtre y compris. Je suis la personne la plus riche du monde.

Dieu merci.

Au lieu de s'offenser, Fulke se contente de hocher la tête.

– Bah. Pas d'argent alors. Autre chose que vous désirez.

Mes yeux passent de l'un à l'autre, ma migraine reprend de plus belle. Elle pulse contre mes tempes comme un tambour de guerre. Un battement menaçant. Un rythme effrayant.

Comment est-ce possible ?

D'habitude, le roi Fulke se contente de faire des commentaires obscènes sur ce qu'il aimerait « me faire », mais Midas n'entre jamais dans son jeu et ça ne va jamais plus loin, mon roi l'arrête toujours. Mais aujourd'hui, c'est allé beaucoup plus loin que jamais auparavant. Fulke devient plus audacieux, et Midas… Midas observe Fulke avec ce regard rusé que je ne connais que trop bien. Le regard qui m'indique qu'il réfléchit.

Le malaise envahit mon estomac comme une marée noire.

Un des conseillers de Fulke se penche, le visage anxieux.

– Votre Majesté…

– Silence ! grogne Fulke sans même lui jeter un regard.

L'homme se tait et échange un regard avec les autres. Midas se penche à son tour et je retiens mon souffle. Il lève un doigt, on dirait un pêcheur qui lance un hameçon pour appâter un gros poisson.

– Je vous offre une nuit avec elle et vous me cédez votre armée pour l'offensive que je lance la semaine prochaine. Je veux qu'elle soit mobilisée dès aujourd'hui pour pouvoir rejoindre mes propres armées aux frontières du Quatrième Royaume.

Quoi ?

Je suis en état de choc. J'ai le souffle coupé, mes doigts s'enroulent autour des cordes de la harpe comme si j'essayais de saisir la réalité pour la repousser. Je serre tellement fort que les cordes me cisaillent le bout des doigts. Des gouttes de sang doré se mettent à couler. Je ne ressens même pas la douleur.

Fulke ricane en repoussant les pouliches pour pouvoir se pencher en avant. Polly et Rissa se glissent derrière lui.

– On n'a pas le temps, Midas. Mon armée ne pourra pas rattraper la vôtre. Et je vous ai déjà donné ma position sur le sujet.

– C'est faisable, si vous envoyez un message dès aujourd'hui et que mon armée change de cap, réplique Midas comme s'il avait déjà pensé à tout.

Je m'insurge intérieurement.

Il compte me céder à un autre roi pour pouvoir disposer d'une armée ?!

– C'est interdit par le Pacte d'Orea, argumente Fulke.

– Ne prétendez pas que vous n'avez jamais envoyé de soldats saper la frontière du Quatrième.

Les narines de Fulke se dilatent.

– Le Quatrième entrait sur mes terres en y répandant sa pourriture. Je n'ai fait que défendre ce qui m'appartient.

L'esprit défensif de Fulke s'échauffe, ce qui ne semble pas déplaire à Midas.

– Je suis tout bonnement proactif, réplique-t-il. Il est grand temps de couper la route au Quatrième avant qu'il tente d'empiéter sur un territoire qui ne lui appartient pas.

Je suis consternée. Je ne peux m'empêcher de le dévisager. Il veut attaquer le Quatrième Royaume ? Personne n'attaque le Quatrième Royaume. Le roi Ravinger est surnommé le Roi Putride pour une bonne raison. Il est puissant, brutal et vicieux. Mais bon sang, à quoi pense Midas ?

Les deux rois alliés s'observent, se jaugent, s'étudient. Comme le ferait un lettré penché sur des textes anciens en langue morte, pour les feuilleter et les comprendre sans en posséder la clé.

Les secondes défilent, le temps semble suspendu. On n'entend que les grondements du blizzard. Son bruit assourdissant répond à la tempête qui me déchire les entrailles.

Le conseiller qui a tenté de l'interrompre se penche vers le roi Fulke et lui murmure quelque chose à l'oreille. Les yeux de Fulke furètent de droite et de gauche pendant qu'il l'écoute. L'homme se retire ensuite.

Fulke contemple Midas d'un air songeur en avançant une main charnue pour attraper le gobelet d'or posé devant lui.

– Nous sommes alliés, Midas. Je vous soutiens dans vos efforts pour contrer l'avancée du Quatrième Royaume. Mais une nuit passée avec une putain ne vaut pas la puissance de mon armée.

Midas hausse les épaules, pas impressionné le moins du monde.

– Vous avez tort. Il s'agit d'une nuit avec ma célèbre favorite, qui n'a jamais été même effleurée par un autre que moi et dont le corps, à lui seul, vaut plus que toutes les richesses qui débordent de vos coffres. L'échange me paraît plus que juste.

Les paupières de Fulke se ferment à moitié et ma propre vision se trouble. Mon pouls palpite dans ma tête douloureuse, l'angoisse décuple son rythme tel un cavalier sans pitié qui forcerait son cheval à aller toujours plus vite et plus loin avec ses coups de fouet.

– Un mois.

Devant la contre-proposition de Fulke, j'ai soudain le fond de la gorge en feu. Mes doigts s'incrustent plus profondément dans les cordes.

– Une nuit, répète Midas, inflexible. Une nuit avec elle, et vous vous comportez en allié. Nous partagerons la victoire contre le Quatrième, nous nous répartirons ses terres, ou alors il me faudra réévaluer nos relations amicales.

Un soupir s'échappe de ma gorge. La tension dans la pièce grimpe en flèche pour atteindre des niveaux inégalés. Si je n'étais pas en train d'observer Fulke, j'aurais pu manquer l'éclair qui traverse ses yeux, mais je l'ai vu. L'idée qu'il n'ait plus Midas pour lui apporter d'autres richesses l'inquiète. Le choc fait place à la colère, mais pas assez rapidement. Midas l'a vu lui aussi, je sais qu'il l'a vu. Il a touché le point sensible de Fulke.

– Vous me menacez ? grogne Fulke.

– Pas du tout. Mais après une alliance vieille de sept ans et avec un ennemi commun, je vous offre un moyen de renforcer notre collaboration. Obtenir mes faveurs est une preuve de ma reconnaissance.

Mon mal de tête enfle, la pression éclate derrière mes yeux, et je m'écrie malgré moi :

– Non !

Tous les regards se tournent vers moi, mais mon cœur bat tellement fort que je suis incapable de me concentrer sur autre chose que sur la douleur qui a migré de ma tête vers ma poitrine.

Je ne sais pas à quel moment j'ai bondi sur mes pieds, mais me voilà debout, face à Midas, mes mains blessées sont tendues devant moi comme si je pouvais repousser ce qui arrive.

– Non, mon roi. S'il vous plaît…

Midas m'ignore. Fulke me dévisage, son regard me plonge tour à tour dans la froidure de la neige et la brûlure d'un feu.

– Une nuit, sans interruption, pour faire d'elle ce que je veux ? demande-t-il dans l'attente d'une confirmation.

Midas hoche la tête. Tout mon corps bascule en avant.

Je me rattrape aux barreaux de ma cage, mes doigts agrippent fébrilement le métal.

– Je veux la moitié du Quatrième Royaume.

– Bien sûr, répond Midas, comme si c'était une affaire entendue.

Comme s'il avait planifié ce scénario dès l'arrivée de Fulke, qui continue à me déshabiller du regard.

– J'accepte vos conditions, Midas.

Mon roi relève la tête, l'air victorieux.

– Votre armée ?

Fulke discute un moment à voix basse avec son conseiller avant de hocher la tête.

– Je vais lui donner l'ordre de partir dès ce soir.

Mon âme devient aussi aigre que du vin qui tourne, des vagues d'amertume inondent mon ventre pendant que le déni m'envahit.

Il ne laisse jamais personne me toucher. Je suis à lui. C'est ce qu'il dit toujours. Je suis précieuse pour lui. Je suis à lui depuis dix ans, et pendant tout ce temps, il n'a jamais permis à quiconque de m'approcher.

Midas m'a sauvée. Il m'a sortie de la misère et m'a installée dans un château. Je lui ai donné mon cœur et il m'a offert sa protection. Un regard. Il m'a dit qu'il lui avait suffi d'un regard pour m'aimer, et moi je l'ai aimé en retour. Comment pourrais-je ne pas l'aimer ? C'est le premier homme qui a fait preuve de gentillesse avec moi. Comment peut-il tout gâcher et me livrer à Fulke, à lui entre tous ?

Ma gorge se serre, je m'accroche aux barreaux, ma vision se trouble, la panique me fait vaciller.

– Non, Tyndall, s'il te plaît.

En m'entendant prononcer le prénom du roi Midas, Polly et Rissa poussent un cri de surprise. Personne n'ose s'adresser à lui avec autant de désinvolture. Des gens ont été décapités pour moins que ça. Mais son nom s'envole dans les airs, incontrôlé. Autrefois, il me laissait l'appeler Tyndall, quand je n'étais qu'une petite fille et qu'il était mon justicier en armure étincelante. Mais c'était avant.

Mon erreur est probablement due aux efforts que je déploie pour lui rappeler son rôle de protecteur. Je me rends compte que c'était une mauvaise idée en voyant sa mâchoire se crisper. Ses yeux bruns me transpercent.

– Tu ferais bien de te rappeler ton rang, Auren. Tu es ma pouliche royale, tu peux être montée par qui je veux.

Les larmes me brûlent les yeux.

Ne pleure pas. Ne t'effondre pas.

Fulke incline son crâne chauve en me considérant avec un intérêt évident. Je lui appartiens déjà.

– Je peux la punir, si vous voulez. J'ai parfaitement réussi à débourrer mes propres pouliches.

La première larme glisse sur ma joue. Elle glisse, comme un nœud coulant, une corde de repentir qui dégringole lentement.

Midas secoue la tête.

– Pas de punition. C'est encore ma favorite.

J'imagine que c'est ça le bon côté des choses.

Fulke acquiesce immédiatement comme s'il craignait que Midas change d'avis.

– Bien sûr. Je ne poserai pas la main sur elle. Seulement mon chibre.

Et il éclate de rire. Il rit à gorge déployée, son ventre énorme tressaute tandis que les conseillers ricanent nerveusement.

Midas ne se joint pas à eux, il se tourne vers moi. Je suis paralysée par ce regard, j'éprouve un mélange de douleur, de peur et de soumission. J'étais bien bête de me plaindre de ma solitude hier soir. Voilà ma punition pour ne pas lui être suffisamment reconnaissante d'être protégée dans ma cage.

– Mon roi…

Ma voix est calme, suppliante, c'est une ultime tentative pour m'adresser à son être intime plutôt qu'au monarque prêt à tout pour renforcer son pouvoir.

Les yeux bruns de Midas n'expriment aucune empathie.

– Je ne t'ai pas dit d'arrêter de jouer.

À ses mots, je me mets à cligner des yeux, mes lèvres s'entrouvrent douloureusement et je lâche mes barreaux. Il est en train de me faire ça. Il est vraiment en train de le faire.

– Maintenant, rassieds-toi gentiment sur ton tabouret et joue-nous ta petite musique. Laisse les hommes parler entre eux, Auren.

Je sursaute comme s'il venait de me gifler. De part et d'autre de ma colonne vertébrale, mes rubans se mettent à frémir comme s'ils voulaient disparaître à sa vue. Lentement, je fais demi-tour et j'avance vers le tabouret. Mes jambes tremblent quand je m'assois, je suis comme une pierre qu'on jette au fond d'un étang, à qui la boue soulevée et la profondeur de l'eau cachent le soleil.

En voyant mes mains ensanglantées se lever vers la harpe, j'ai l'impression d'être hors de mon corps. La peau de mes tempes se tend, mon dos se redresse, comme si la tension de mes épaules était un bouclier face à ces yeux qui me transpercent.

Les notes commencent à jouer toutes seules la chanson « Soupir de sérendipité ».

Chaque corde incise plus profondément non seulement ma peau mais aussi mon cœur. Chaque note est une lamentation, chaque mouvement un chagrin, chaque temps une douleur qui me vrille. De minuscules gouttes de sang coulent sur les cordes en un tendre sacrifice.

Je joue cette chanson pour mon roi. Mon protecteur. Mon sauveur. Pour l'homme que j'aime depuis que j'ai quinze ans. Je joue en me souvenant de la première fois que je l'ai entendue, quand il fredonnait si doucement ses jolies rimes et que le son de sa voix accompagnait les crépitements du feu de camp et les stridulations des grillons.

Dans l'intervalle du temps
Dans l'aube nous dansions
Nous abreuvant de lumière
Tes lèvres comme une romance

Une autre larme glisse sur ma joue quand je songe au son de sa voix qui m'obsède comme un souvenir lointain, si lointain.

L'homme qui avait promis de me protéger pour toujours me livre à un autre, et je n'y peux rien.

CHAPITRE 5

Le roi Fulke n'est pas parti comme prévu. Pas maintenant qu'il a mobilisé son armée et accepté d'aider Midas à lancer une attaque secrète contre le Quatrième Royaume. Pas maintenant qu'il a obtenu une nuit avec la favorite de Midas.

Chaque jour, ses soldats se rapprochent de l'armée de Midas, et chaque jour j'ai l'impression que c'est un assaut contre moi qui se prépare.

Mes mains se crispent sur le livre posé sur mes genoux. Mes yeux fixent la page, mais je suis incapable d'en lire le moindre mot. Je suis bien trop occupée à espionner.

Je joue mon rôle de ravissante pièce maîtresse, assise au centre de ma cage dans la bibliothèque. Le dos bien droit, les rubans drapés sur ma chaise, je ne perds pas une miette de ce qui se dit.

Depuis six jours, le roi Midas et le roi Fulke se réunissent ici avec leurs conseillers. Ils examinent des cartes et élaborent des stratégies pour l'attaque et la victoire qui s'ensuivra.

Apparemment, les hommes de Fulke devraient rejoindre l'armée de Midas dès demain matin. Ils traverseront ensemble la frontière du Quatrième Royaume, mettant ainsi en pièces l'accord de paix des six royaumes d'Orea.

Maintenant, rassieds-toi gentiment sur ton tabouret et joue-nous ta petite musique. Laisse les hommes parler entre eux, Auren.

Midas ne s'attendait peut-être pas à ce que je suive son conseil à la lettre. Il avait dit ça pour me remettre à ma place, mais j'ai passé toute la semaine assise à jouer pendant que les hommes discutaient.

Ils ont discuté, j'ai écouté. J'ai regardé. Intégré leurs plans contre le Quatrième. C'est presque amusant de voir tout ce que les hommes peuvent raconter devant une femme qu'ils considèrent comme un objet qui leur appartient.

Depuis que Midas a décidé de tenir ses réunions de guerre dans la bibliothèque du dernier étage pour plus d'intimité, j'ai pu tout saisir. C'est pour le moins instructif.

Très vite, il est devenu évident que Midas avait planifié cette intrusion aux frontières du Quatrième Royaume depuis des semaines, voire des mois. Et sa réponse toute prête me concernant ? J'en viens à penser qu'il l'avait prévue, elle aussi.

Ce qui signifie… qu'il m'a fait venir à ce petit déjeuner dans le but de l'appâter. J'étais la pièce d'or que Midas a laissée tomber aux pieds de Fulke. Le roi Fulke n'a pas pu résister à l'envie de me ramasser et de me glisser dans sa poche, lui qui me convoitait depuis si longtemps.

En acceptant cet accord, Fulke non seulement me possède mais il a également l'opportunité de s'approprier la moitié des terres et des richesses de ce royaume. Je l'admets, je ne connais pas grand-chose au fonctionnement du cerveau des rois. Je ne sais pas ce que leurs conseillers leur suggèrent. Mais je sais ceci : tout homme, qu'il soit roi ou paysan, convoite ce qu'il n'a pas. Et ces deux hommes convoitent le Quatrième Royaume.

– Vous êtes sûr ? demande Fulke, alors qu'ils s'assoient autour de la carte d'Orea sculptée dans la table et couverte d'or de façon que chaque chaîne de montagnes et chaque cours de rivière brillent. Parce qu'il doit être bien clair que c'est le Quatrième Royaume qui a violé la loi. La dernière chose que nous voulons, ce serait que les autres royaumes nous déclarent la guerre.

– Ça n'arrivera pas, répond Midas, confiant et précis. Ils veulent se débarrasser du Roi Putride tout autant que nous. La seule différence c'est qu'ils sont trop pleutres. Ils le craignent.

– Ne le devraient-ils pas ? réplique Fulke. Vous avez vu sa puissance comme moi. Le Roi Putride, répète-t-il en grommelant. Son surnom lui va comme un gant. Mes soldats parlent tous de l'odeur pestilentielle à la frontière. Ils doivent se boucher le nez avec des morceaux de cuir imbibés d'huile. Et même ainsi, ils disent que leurs yeux piquent à cause de cette odeur de pourriture.

Un frisson glacé parcourt ma colonne vertébrale et fait légèrement vibrer mes rubans. La réputation du Roi Putride le précède. On raconte qu'il infeste la terre pour maintenir son peuple sous sa coupe, qu'il est vil et cruel. On raconte qu'il agit sans honneur, même sur le champ de bataille, qu'il utilise son pouvoir pour faire pourrir et décomposer les gens en abandonnant leurs cadavres dans lesquels les mouches feront éclore des asticots.

– Il a délibérément instillé la peur afin de devenir intouchable, fait valoir Midas. Mais c'est faux. Nous allons le prouver et reprendre la terre qu'il a annexée.

Fulke le fixe depuis l'autre côté de la table, sa main charnue survole les sommets brunis.

– Et les mines des Racines Noires ?

Nous y voilà.

Après le choc éprouvé au petit déjeuner quand j'ai entendu Midas déclarer qu'il lançait une attaque contre le Quatrième, j'étais sidérée. Pourquoi prendre le risque d'attaquer ce royaume ? Je savais qu'il ne s'agissait pas seulement de réagir au fait que le Quatrième dépassait peu à peu les bornes. Ce n'était pas possible. Ça ne me paraissait tout bonnement pas logique.

J'ai donc profité de la nuit pour effectuer quelques recherches personnelles. Je me suis glissée dans la bibliothèque, j'ai escaladé les barreaux de ma cage pour grimper aussi haut que possible sur les étagères afin d'y dérober des livres dans la section histoire et géographie. Je n'ai pas pu en atteindre beaucoup, mais j'ai eu de la chance, j'en ai trouvé un avec une carte des ressources d'Orea en première page.

Et c'est alors que j'ai repéré les mines. Au beau milieu du Quatrième Royaume.

Midas sourit.

–Les mines seront à nous.

Depuis le fond de la pièce, je peux voir leurs yeux briller et leurs épaules se redresser sous l'effet de l'excitation. Je ne sais pas ce qu'il y a dans ces mines, mais il est clair qu'ils les veulent. Ils les veulent vraiment.

Fulke hoche la tête, tranquillisé. Ses conseillers lancent des regards gourmands, comme s'ils voyaient déjà les coffres royaux se remplir, sans tenir compte des pertes en vies humaines que cela suppose. Mais ce doit être bien plus facile d'être assis dans un château et de déplacer des pièces de cavalerie sur une carte que de faire face à une armée, épée à la main sur le champ de bataille.

–Je veux le côté Nord, déclare Fulke.

Sur ses hauts-de-chausse mauves et sa tunique assortie, une ceinture en cuir sangle son ventre qui pendouille.

Midas fronce les sourcils, son conseiller aussi, mais au lieu de riposter comme je l'espère, il se contente de hocher la tête.

–Très bien. Le côté Nord des Racines Noires sera à vous.

Fulke rayonne et tape dans ses mains.

–Ah, alors nous sommes d'accord ! Maintenant, il ne nous reste plus qu'à attendre que nos armées effectuent leur jonction ce soir et nous offrent un royaume.

–En effet, lui répond Midas, amusé.

–Quel est le prochain sujet à l'ordre du jour ? demande Fulke en se tournant vers son conseiller.

L'homme longiligne, en hauts-de-chausse violets identiques à ceux du roi, sort un parchemin et énumère la liste des sujets dont ils doivent encore discuter. Je détourne mon attention, je tente de comprendre ce qui peut les intéresser dans ces mines, au point d'être prêts à rompre un traité de paix et risquer la défaite de leurs armées. Et pourquoi maintenant? Ils sont soit vraiment sûrs d'eux, soit vraiment désespérés, ou bien il y a autre chose que je ne parviens pas à saisir.

Un mouvement attire tout à coup mon regard et me tire de mes pensées. Près de la fenêtre, j'aperçois Rissa qui danse.

C'est bien le genre du roi Fulke de l'avoir amenée aujourd'hui avec Polly. À chaque conseil, il s'est fait accompagner par au moins une pouliche. Rissa et Polly doivent être ses préférées, parce qu'en général il vient avec l'une d'elles, voire avec les deux. Parfois, il leur ordonne de lui masser le dos ou de lui servir à manger. Elles sont en permanence à sa disposition.

Aujourd'hui, les cheveux blonds des deux femmes sont coiffés en boucles épaisses, elles portent des robes assorties fendues sur le côté, des pieds jusqu'aux hanches, avec des décolletés plongeant jusqu'au nombril.

Polly doit s'assurer que les verres de vin soient toujours remplis, tout en se faisant peloter par les hommes présents chaque fois qu'elle les sert. Rissa a reçu l'ordre de danser presque dès son arrivée. En ce moment, elle se balance avec grâce en faisant onduler son corps sans accompagnement musical.

Fulke lui a ordonné de danser il y a plus de trois heures et ne lui a toujours pas permis de s'arrêter. Il l'a à peine regardée, à l'exception de quelques coups d'œil furtifs. Elle se donne tout ce mal pour rien.

En l'observant, je remarque ce que les autres ne voient pas. Bien qu'on ait l'impression qu'elle danse sans le moindre effort, je m'aperçois que ce n'est pas le cas. De temps en temps, elle grimace un peu comme si ses mouvements incessants la faisaient souffrir. Et là, sous ses jolis yeux bleus, je discerne des cernes qui révèlent son manque de sommeil. Le roi Fulke la garde probablement éveillée toute la nuit et ne la laisse pas se reposer pendant la journée.

J'entends les hommes, entièrement concentrés, mentionner les routes qu'ils feront emprunter à leurs armées pour rentrer dans leurs royaumes après l'attaque. Je ferme mon livre très tranquillement et je continue à le fixer, toujours posé sur mes genoux. La reliure est d'un or si brillant qu'on pourrait s'en servir comme miroir. Je passe ma main dessus, appréciant sa douceur tout en observant mon reflet un moment avant de tourner les yeux vers Rissa.

Je me lève, le livre toujours à la main, et m'étire légèrement avec la plus grande nonchalance possible. Je déambule dans ma cage en me dirigeant vers l'autre extrémité, pour rejoindre Rissa.

Je m'approche de la fenêtre devant laquelle elle danse, m'appuie contre les barreaux en levant à nouveau mon livre comme pour le lire avant de tourner la tête dans sa direction.

– Tu sais, si tu tombes, tu peux faire semblant de t'être évanouie d'épuisement. Je te soutiendrai, je lui murmure.

Rissa arrête de se déhancher à peine une demi-seconde et me lance un regard noir.

– Ne m'adresse pas la parole, chatte dorée, répond-elle froidement, je travaille.

– C'est quoi cette obsession qu'ont les gens pour ma chatte ? je marmonne.

Rissa fait les gros yeux et me répond dans un souffle :

– C'est exactement ce que je me demande depuis toujours.

Je lui fais une grimace, mais elle laisse échapper un soupir de lassitude et j'ai à nouveau pitié d'elle.

– Écoute, je sais que tu dois être épuisée. Je peux trouver un moyen de faire diversion, je lui propose sans grande conviction tout en jetant un regard dans ma cage.

Il n'y a pas grand-chose à me mettre sous la main. Juste quelques étagères accessibles à l'intérieur comme à l'extérieur des barreaux, ma chaise longue, quelques couvertures et des oreillers en soie éparpillés un peu partout.

– Je n'ai pas besoin de ton aide, maugrée-t-elle, en fixant un point au loin dans la pièce.

Mais elle trébuche, manquant perdre l'équilibre.

Je serre les dents. Elle a visiblement décidé de me détester, mais j'en ai soupé. Elle en a assez de danser, moi j'en ai assez d'être toujours considérée comme une rivale que l'on déteste. J'ai décidé de l'aider et je vais le faire, avec ou sans son accord.

Je jette un coup d'œil au livre en or que je tiens toujours et, en une fraction de seconde, je prends une décision. Je ne réfléchis pas. Je passe simplement ma main à travers les barreaux et je le lance vers elle.

Bam!

Il atteint Rissa de plein fouet au visage.

Merde.

La tête de Rissa part en arrière et elle s'écroule en glapissant. Habituellement, ce n'est pas comme ça que je la vois *se coucher*, mais malgré tout, elle arrive à rester gracieuse.

Elle atterrit sur les fesses, sa robe transparente s'emmêle entre ses longues jambes, et elle hurle en plaquant ses mains sur ses lèvres.

Je la regarde, choquée. Je regrette de ne pas avoir plus réfléchi. J'aurais dû viser. Rissa a l'air scandalisée.

Je lève maladroitement un pouce en lui lançant un sourire crispé.

– Fin de l'interlude, je chuchote, comme si c'était ce que je voulais.

Enfin, c'est ce que je voulais. Je veux dire, j'ai réussi mon coup. Mais je ne voulais pas frapper la pauvre fille au visage. Je pensais que ça rebondirait sur sa poitrine et qu'elle pourrait prétexter une douleur aux seins. Midas les apprécie beaucoup, ça semblait une bonne idée.

Elle écarte ses cheveux en bataille et je vois les premières gouttes de sang couler le long de son menton et recouvrir ses doigts. Elle saigne. Super. Non seulement je l'ai frappée sur la bouche mais je n'ai pas tenu compte du poids de ce livre en or.

– Mais qu'est-ce que tu fabriques, Auren?

Midas, furieux, me lance un regard glacé depuis la table autour de laquelle les hommes se tiennent. Dix paires d'yeux me fixent.

J'opte pour jouer les innocentes et je bats des cils.

– Ma main s'est mise à trembler et le livre m'a échappé, Votre Majesté.

Sa mâchoire se crispe.

– Il t'a échappé, répète-t-il lentement.

Ses yeux bruns ressemblent soudain à des clous rouillés.

J'acquiesce. Mon cœur bat la chamade.

– Oui, Votre Majesté.

J'entends Rissa pleurer derrière moi. Je m'efforce de ne pas grimacer. Je ne voulais vraiment pas la frapper aussi fort. Où était passée ma force lorsque j'ai tenté de m'échapper de ma fichue cage la semaine dernière ? Muscles inutiles. Polly me lance des regards haineux, mais le roi Fulke semble ravi.

– Une petite dispute entre pouliches, hein, Midas ? plaisante-t-il.

– Il semblerait bien, répond Midas sans ambages.

Je m'inquiète pour sa lèvre pendant que mon roi continue à me fixer, avant d'enfin détourner son regard.

– Reconduis la pouliche dans l'aile du harem, aboie-t-il à l'un des gardes.

Deux des gardes se précipitent vers Rissa, un peu trop pressés de se rendre dans l'aile des pouliches, si vous voulez mon avis. Je chuchote, tentant de lui montrer le bon côté des choses :

– Tu vois ? Ça a marché. Plus de danse.

Elle me lance un regard furieux, le sang continue de goutter de sa lèvre. Si je devais faire un pari, je dirais qu'elle n'est pas encore prête à voir le bon côté des choses.

– Auren ?

Midas m'appelle d'une voix faussement calme. Je me tourne vers lui tandis que Rissa et son escorte quittent la salle.

– Oui, mon roi ?

Il me tourne le dos, penché sur la carte.

– Puisque tu as privé le roi Fulke de sa danseuse, tu vas prendre sa place.

Maudits soient les dieux !

Je le fixe un instant en me demandant si je ne pourrais pas me jeter un livre dessus pour m'éviter de danser. Mais le regard de Fulke et la tension dans les épaules de Midas sont suffisamment explicites. Ils m'obligeraient probablement à danser, même avec la bouche en sang.

Aucune bonne action ne reste impunie.

Je me dirige vers le centre de la cage et tout en claquant des dents de frustration, je me mets à remuer lentement les hanches et à faire onduler mes bras au-dessus de ma tête. Le roi Fulke se passe la langue sur les lèvres en me lançant un sourire en coin. Mes brûlures d'estomac reprennent. Mes jours sont comptés avant que Midas ne me livre à cet homme. Chaque fois qu'il me regarde, je vois le sable du sablier couler dans ses yeux globuleux.

Je suis loin d'être aussi gracieuse que Rissa, mais je prends une profonde inspiration et je me mets à chanter dans ma tête une version lente de « Fais-lui payer » pour guider mes gestes.

Que ne donnerais-je pas pour lui faire payer cher, à celui-là !

Fulke observe mes mouvements. Je m'efforce de l'ignorer et de fixer un point sur le mur, au-dessus de sa tête. Malgré mes efforts pour faire comme s'il n'était pas là, il s'avance. Ses cuisses recouvertes de velours frottent l'une contre l'autre et il s'arrête juste en face de moi. Deux mètres nous séparent, mais il est encore bien trop près à mon goût.

– Tu seras à moi dès demain soir, ma poulette, me lance-t-il en souriant.

Ses doigts boudinés agrippent un de mes barreaux et caressent l'or de haut en bas d'une manière très suggestive.

Mon ventre me brûle.

Ses yeux brillent d'une lueur lubrique, mais je parviens à rester concentrée, à continuer à danser, à faire comme s'il n'était pas là. Il ne doit pas apprécier mes efforts pour l'ignorer car il se déplace de façon à entrer dans mon champ de vision.

– Je vais t'inonder de sperme jusqu'à en ternir ta peau dorée, éructe-t-il avant de lâcher un rire gras.

Choquée par ses paroles grossières, j'interromps brusquement mes mouvements pour le fixer. Il sourit, satisfait d'avoir gagné mon attention.

– Oh oui, tu vas voir comme je vais bien m'amuser avec toi.

Mes rubans s'enroulent contre ma colonne vertébrale, tel un serpent qui se cabre pour cracher son venin. Mon regard passe d'un roi à l'autre, Midas me regarde lui aussi.

Mon estomac se noue. Fulke a-t-il finalement poussé Midas trop loin ? Est-ce que mon roi est en train de se rendre compte de l'horreur et du côté dégradant de la situation, va-t-il changer d'avis et mettre un terme à cette comédie ?

Mais Midas ne dit rien. Ne fait rien. Il reste là à regarder Fulke me parler sur ce ton comme si ça ne le dérangeait pas le moins du monde.

Je déglutis, mon regard fiévreux abandonne le traître Midas pour se poser à nouveau sur l'homme répugnant qui me fait face.

Fulke passe sa langue sur ses dents jaunies.

– Mmm, oui. Je ferai en sorte que tu sois incapable de marcher pendant toute une semaine, me promet-il.

Je dois fournir un effort surhumain pour me taire et ne pas quitter la pièce. Midas me forcerait sans doute à revenir.

– Auren ? lance Midas pour attirer mon attention, et mon cœur reprend espoir.

Mets un terme à tout ça. Protège-moi. Arrête tout ça et...

– Tu ne danses pas.

Ses paroles sont un ordre. Je sursaute comme si j'avais reçu un coup. Fulke sourit d'un air satisfait avant de retourner à la table des cartes avec les autres. Pour l'instant, il arrête de me narguer.

La tristesse inonde mes yeux et je lève les bras en tremblant. Je brûle d'humiliation. Je suis en nage, je reprends ma danse.

Assieds-toi gentiment.

Joue-nous ta petite musique.

Laisse les hommes parler entre eux.

Je bouge au son de leur discussion, leurs arguments accompagnent les battements de mon cœur. À chaque balancement de mes hanches, à chaque mouvement de mes bras, je suis presque capable de sentir des ficelles qui me tirent comme une marionnette. Je n'ai qu'une envie, m'enfuir dans ma chambre et m'enfouir sous mes couvertures, loin des regards lubriques et des regards de traîtrise. Mais je ne peux pas.

Le bon côté des choses ? Au moins, ça ne pourrait pas être pire.

Soudain, la porte de la bibliothèque s'ouvre et une belle femme aux pommettes hautes et aux cheveux blancs surmontés d'une couronne en or entre dans la pièce.

La reine Malina.

Je me suis trompée. La situation vient d'empirer.

Les pouliches ? C'est une évidence, elles ne m'aiment pas. Mais la reine ? Elle me déteste.

Chapitre 6

— Malina, je ne vous attendais pas ce matin, s'écrie Midas en se retournant pour accueillir sa femme avec un sourire crispé.

Polly s'éloigne rapidement de la table en baissant les yeux, son pichet de vin à la main. C'est assez réconfortant de savoir que la reine terrorise aussi les autres pouliches.

Les yeux de la reine balaient la pièce, elle fronce légèrement le nez.

– Je vois ça, lance-t-elle avec désinvolture, les épaules en arrière et le cou bien droit, royale comme jamais, pendant que les conseillers s'inclinent devant elle.

Avec sa robe émeraude et ses bijoux en saphir qui dégoulinent de ses oreilles et de son cou, elle ressemble à un magnifique paon. Cet étalage de pouvoir et d'assurance est destiné à attirer les regards et à intimider.

Elle jette un coup d'œil à Polly, observe sa robe qui révèle ses formes avant de fixer son mari avec condescendance.

– Vraiment ? Pendant une réunion stratégique, Tyndall ? C'est tellement « peuple » ! lance-t-elle en guise de reproche.

Les joues de la pauvre Polly rosissent d'embarras, elle baisse encore plus la tête pour cacher son visage derrière ses longs cheveux. Midas prend toujours bien soin de maintenir sa femme à l'écart de ses pouliches. Il est clair qu'aujourd'hui, elle a outrepassé les limites qu'il avait soigneusement définies.

Le groupe des conseillers observe le couple royal sans oser dire un mot. Même Fulke reste muet.

Les lèvres de Midas se retroussent comme pour feindre l'amusement et la désinvolture, mais un éclair d'irritation traverse son regard. D'évidence, il n'y a pas d'amour entre eux.

Ils sont mariés depuis presque dix ans. Il lui en veut parce qu'elle n'a pas été capable de lui donner un héritier, et elle lui en veut parce que la couronne aurait dû lui revenir par la naissance. Mais comme Malina est née sans pouvoir magique, conformément à la loi d'Orea, elle ne pouvait régner seule. Elle a été forcée d'épouser un homme doté d'un pouvoir pour ne pas s'effacer complètement en laissant quelqu'un d'autre s'asseoir sur le trône.

Au moins, en épousant Midas elle est restée reine, bien que son époux soit le véritable souverain.

Au sein du royaume de Highbell, les avis sont partagés concernant ces deux-là. Certains restent fidèles à la reine. Après tout, pendant des générations, Highbell a été gouverné par sa famille. Son père est décédé peu de temps après que Midas l'avait épousée, donc à bien des égards, Midas est toujours considéré comme un étranger.

Le peuple éprouve de la sympathie pour elle. Il se souvient encore de la jolie princesse à qui on a coupé l'herbe sous le pied. Les gens ont eu de la peine pour Malina quand ils ont compris qu'aucun pouvoir ne s'était manifesté chez elle. À présent, ils la plaignent d'être stérile.

Les autres, surtout les nobles, sont loyaux à Midas. Ils lui baiseraient les pieds s'ils le pouvaient, lui qui leur a apporté tant de richesses. Après tout, Highbell était quasiment ruiné avant que Midas arrive. Il a sauvé le Sixième Royaume avec sa proposition de mariage. Il les a tous conquis grâce à son pouvoir de richesse infinie. Évidemment, face à une telle offre, le père de Malina a donné son accord. Mais je me demande si Malina ne le regrette pas.

À cet instant, tous deux sont dans une sorte d'impasse muette. Comme toujours, la tension est vive entre eux. Je ne pense pas les avoir jamais vus faire plus que se tolérer.

Je reste immobile, mes rubans se froissent contre mon dos. Quand on les voit côte à côte, ils forment un beau couple. Je déteste ça. Là où Midas possède un charisme naturel, Malina, elle, est sculpturale. Parfaite. Sa peau est si pâle que je peux distinguer les lignes bleues de ses veines sur ses mains, son cou et ses tempes. Chez elle, la pâleur est élégante. Elle parvient même à mettre en valeur ses cheveux blancs et lisses. On m'a dit qu'elle était née avec. Les cheveux blancs sont caractéristiques de la famille Colier.

Mon regard passe de l'un à l'autre. Mon ventre se noue comme toujours lorsque la reine est là. Depuis que Midas m'a amenée à Highbell, elle n'a eu de cesse d'exprimer sa haine envers moi. Au début, je ne lui en voulais pas.

Finalement, Midas baisse la tête comme s'il daignait lui concéder la victoire.

– Tu as entendu la reine, lance-t-il à Polly, en lui jetant un coup d'œil. Ta présence n'est pas souhaitée. Tu peux disposer.

Polly ne se le fait pas dire deux fois. Elle sort de la pièce aussi vite que ses pieds nus peuvent la porter, sans même s'arrêter pour reposer le pichet de vin.

Maintenant que Malina s'est débarrassée de Polly, elle se tourne vers moi. Le regard qu'elle me lance est suffisamment glacial pour rivaliser avec nos hivers les plus rudes. Et c'est peu dire lorsqu'on sait qu'une fois, nous avons connu le blizzard pendant vingt-sept jours.

– Vous ne devriez pas laisser traîner votre poupée dorée pendant vos conseils de guerre, mon époux, dit-elle d'un air méprisant.

Je serre les dents pour rester silencieuse.

Et elle ajoute, en ignorant les autres hommes présents dans la pièce :

– Pouvons-nous discuter ?

Elle est furieuse, il est clair qu'elle ne partira pas sans lui avoir parlé.

– Excusez-moi, dit Midas aux autres avant de se diriger vers la porte, la reine sur ses talons.

Le roi Fulke lui tape dans le dos.

– Les femmes, hein, Midas ? s'exclame-t-il dans un gloussement condescendant.

Les mains de la reine s'enfoncent dans les plis de sa robe, mais elle ne dit mot en sortant.

Profitons-en. Il est hors de question que je reste ici et que j'offre à Fulke une occasion de me harceler. À pas feutrés, je me retourne et me dépêche de quitter la pièce en passant sous l'arche avant de me précipiter dans la pénombre du hall.

– Où est-elle passée ?

Le ton agacé de Fulke ne fait qu'accélérer ma fuite. Mais quelle idiote je fais ! Dans ma hâte, j'ai couru vers l'arche la plus proche, je me dirige donc vers l'atrium et pas vers mes appartements. Bon. Je peux me cacher jusqu'au retour de Midas, ou jusqu'au départ de Fulke.

Une fois dans l'atrium, je pousse un léger soupir de soulagement.

En jetant un coup d'œil au plafond, je constate, comme je m'y attendais, que le dôme est entièrement recouvert de neige, ce qui accentue encore ma sensation de claustrophobie. À travers les fenêtres filtre une lumière blafarde qui ne fait rien pour apaiser les nœuds que j'ai dans le ventre. J'espérais apercevoir le ciel, mais je n'ai pas de chance.

Le bon côté des choses ? Au moins, le lit utilisé par Midas a été enlevé depuis longtemps. Une contrariété en moins.

Mes doigts effleurent les lianes du lierre doré qui grimpent sur les murs en verre, je glisse un peu sur le sol humide. Des plantes et des statues en or massif sont exposées tout autour de la pièce. Un nombre considérable de richesses sont accumulées dans ce lieu.

L'or est partout présent dans le palais, mais pour une raison que j'ignore, ici il paraît obscène. C'est peut-être à cause de toutes ces fenêtres condamnées qui donnent une impression de vulnérabilité face à la désolation extérieure. Ou peut-être parce que même les plantes n'ont pas été épargnées. Si Midas voit des trésors en regardant autour de lui, moi je vois un cimetière.

Je me dirige de l'autre côté de ma cage, vers la pile d'oreillers et de couvertures qui jonchent le sol. Les plafonds sont tellement hauts, la pièce tellement vaste, qu'on gèle ici. Les deux énormes cheminées, à chaque extrémité de la salle, n'apportent que très peu de chaleur.

Je donne un coup de pied dans les oreillers pour les déplacer et m'asseoir, puis j'attrape une couverture pour me couvrir les genoux. Je pourrais aussi bien…

Soudain, la porte s'ouvre à l'autre bout de la pièce. Je sursaute.

– Et vous pensiez que c'était si important qu'il faille interrompre ma réunion, Malina ?

Je me fige une demi-seconde quand je réalise que le roi et la reine viennent d'entrer.

– Votre réunion ? lui répond Malina avec une grande brusquerie. Tyndall, comment avez-vous pu lancer une attaque contre le Quatrième Royaume sans m'en parler ?

Bon sang !

S'ils m'attrapent… Je frissonne et ça n'a rien à voir avec le froid. Il faut que je sorte d'ici tout de suite.

Chapitre 7

Le roi et la reine s'avancent, leurs pas résonnent dans l'atrium. Je n'ai aucun moyen de regagner la porte sans attirer leur attention. Ils se rapprochent. Seuls quelques arbustes en pot me cachent à leurs regards.

Au moins, je me fonds parfaitement dans le décor. C'est le bon côté des choses.

Je m'allonge sur le ventre, sous la couverture. Je fais de mon mieux pour m'aplatir le plus possible, en essayant de rester parfaitement immobile.

– Je ne vous dois rien, Malina. Je suis le roi, je gouverne comme je l'entends.

– Vous m'avez délibérément laissée en dehors de cette décision. Vous m'aviez affirmé que l'armée se déplaçait pour exécuter des offensives tactiques, éructe-t-elle.

– C'est ce qu'elle fait, lui répond Midas d'un ton blasé.

Je me rends parfaitement compte qu'il se moque d'elle.

– Si nous devons partir en guerre, je dois être consultée. Highbell est mon royaume, Tyndall. Les Colier le gouvernent depuis des générations, rétorque-t-elle avec véhémence.

Je hausse les sourcils, son audace m'étonne.

– Et pourtant, vous êtes le premier rejeton de la lignée des Colier à n'avoir hérité d'aucun pouvoir, répond Midas de sa voix puissante de baryton qui envahit toute la pièce. Non seulement vous n'avez développé aucun pouvoir mais votre famille a vidé les coffres jusqu'à la dernière pièce d'argent. Ce pays était en faillite avant mon arrivée. Sans moi, vous seriez une princesse en guenilles, avec une montagne de dettes et sans la moindre perspective. Alors ne prétendez pas que Highbell est à vous. Vous l'avez perdu à l'instant même où j'ai franchi votre porte.

Mon cœur bat fort dans ma poitrine. C'est une conversation… très privée. Pas du tout destinée à mes oreilles. Malina voudrait me les faire couper si elle savait que j'écoute leur discussion.

Je ne devrais pas, mais je ne peux m'empêcher de soulever très précautionneusement la couverture pour les apercevoir. Par le petit interstice, je vois le roi et la reine qui s'affrontent violemment à environ trois mètres de moi. Leurs regards sont remplis de haine.

Même si nul n'ignore que la reine n'a aucun pouvoir, personne ne le lui a jamais jeté si ouvertement au visage. Ou peut-être que si. Peut-être que c'est une habitude entre eux quand ils sont en tête à tête.

– Ça n'a rien à voir, siffle la reine. Le fait est que vous brisez les traités de paix que les six royaumes ont conclus depuis des siècles ! Et vous le faites sans même en discuter avec moi !

– Je sais ce que je fais, lui répond-il froidement. Et vous feriez bien de vous rappeler ce que vous, vous êtes censée faire, Madame.

Elle le fusille de ses yeux bleu de glace.

– Quoi ? Rester cloîtrée dans mes appartements avec mes dames d'honneur, faire du tricot et me promener dans le jardin de glace ?

Elle secoue la tête avec un rire forcé.

– Je ne suis pas une de vos pouliches, Tyndall.

–Non, en effet, vous n'êtes certainement pas une de mes pouliches, consent-il en lui lançant un regard dédaigneux.

Sous l'effet de la colère, ses joues pâles se teintent de rouge et ses poings s'enfoncent à nouveau dans ses jupes.

–Et à qui la faute si vous ne venez plus dans mon lit ?

Je grimace, mes oreilles me brûlent presque. Tout à l'heure, je trouvais que leur conversation était très privée ? C'est bien pire à présent.

Midas se moque.

–Vous êtes stérile, lui lance-t-il, et je la vois reculer comme s'il venait de la frapper. Je préfère ne pas perdre mon temps. Car c'est bien de cela qu'il s'agit, d'une perte de temps. Maintenant, si vous avez fini votre crise d'hystérie, j'ai du travail.

Il commence à s'éloigner, mais avant qu'il ait pu faire trois pas, la voix de la reine l'arrête net.

–Je connais la vérité, Tyndall.

De quelle vérité parle-t-elle ?

Les secondes passent. Les épaules de Midas sont raides comme du bois quand, enfin, il se retourne pour lui faire face. Son regard brun est tellement chargé de vitriol que la reine fait un pas en arrière. J'ai l'impression qu'elle a bluffé. J'ignore quelles cartes elle a en main.

–Je ferais très, très attention si j'étais vous, finit par énoncer Midas sur un ton d'une froideur inouïe.

C'est une menace, pure et simple. La cruauté que je discerne dans sa voix me fait frissonner. Malina le regarde. Je suis sidérée, j'ose à peine cligner des yeux.

–Retournez dans vos appartements ! ordonne-t-il sèchement.

La reine déglutit, mais malgré le tremblement de ses mains qu'elle dissimule dans ses jupes, elle relève la tête et sort de la pièce à grands pas en faisant claquer la porte derrière elle. Elle fait preuve d'un réel courage, il faut lui accorder ça.

Moi, j'ai tellement peur que j'ose à peine respirer. Mon cœur bat contre ma poitrine comme sur un tambour. J'attends de précieuses secondes, les joues gonflées de tout cet air que je n'expire pas.

Midas, quant à lui, prend une profonde inspiration, tire sur les pans de sa tunique dorée avant de passer une main dans ses cheveux pour s'assurer que pas une mèche ne dépasse. Puis il sort de mon champ de vision. Ce n'est que lorsque j'entends la porte se refermer derrière lui et ses pas s'éloigner, que je m'autorise à souffler.

Je repousse la couverture et me redresse. Je sais que je dois traverser la bibliothèque sans me faire repérer et retourner dans mes appartements avant le retour de Midas. S'il me fait appeler et que je ne suis pas dans ma chambre, il comprendra que je suis ici et que je les ai découverts tous les deux, et… ça ne se passera probablement pas bien pour moi.

Je me précipite hors de l'atrium en empruntant mon couloir privé. Je m'arrête juste après l'arche qui donne sur l'arrière de la bibliothèque.

J'entends les voix des conseillers qui marmonnent et le roi Fulke qui s'empiffre bruyamment en respirant par la bouche. Mâcher, respirer, mâcher, respirer. C'est dégoûtant. J'ose jeter un coup d'œil dans l'embrasure de la porte pour constater qu'heureusement, tout le monde est tourné vers la table. Personne ne prête attention à ma cage, et Midas n'est pas encore de retour.

Le soleil se couche, emportant avec lui la maigre lueur grise, mais les hommes sont loin d'avoir terminé. Les conseillers vont sans doute travailler toute la nuit comme ces derniers jours et je ne veux pas être coincée ici avec eux.

Le seul moyen de me cacher dans ma chambre pour le restant de la nuit est d'y arriver avant le retour de Midas. Loin des yeux, loin du cœur. Du moins, je l'espère. Il sera probablement de très mauvaise humeur après sa discussion avec Malina et je ne veux pas me retrouver dans sa ligne de mire.

Pour rejoindre ma chambre, je dois traverser cette bibliothèque. Midas a fait en sorte que tout le niveau supérieur du château soit remodelé pour que je puisse me déplacer librement. Mes cages ne sont pas confinées dans chaque pièce, elles mènent toutes à de petits couloirs qu'il a fait construire pour moi et qui relient toutes les salles, d'un bout à l'autre du palais. Mais cela signifie que pour traverser le palais, je dois passer par chacune d'elles.

Je balaie la pièce du regard pour m'assurer que personne ne me voit, puis je commence à traverser la partie ceinte de barreaux de la bibliothèque sur la pointe des pieds, rapidement mais prudemment, en gardant les yeux fixés sur l'arche à l'autre extrémité. Je ne peux pas aller trop vite, je risquerais d'attirer leur attention. Pourtant, je dois me dépêcher avant que Midas ne revienne.

Je ne suis plus qu'à trois pas de la sortie lorsque j'entends :

– Ah, vous êtes de retour.

Je me fige, mais tous les regards sont tournés vers Midas qui franchit la porte d'entrée à grands pas.

Rassemblant mes jupes, je bondis vers l'arche et je cours dans le couloir. Juste avant que Midas ne pose les yeux sur moi. Je continue à courir en traversant ma salle de bains et mon dressing. J'entre dans ma chambre à bout de souffle, et je m'affale contre le mur.

Je laisse ma tête appuyée dessus une minute, je savoure ma réussite. J'ai de la chance de ne pas m'être fait prendre.

Je reste ainsi un moment, le temps d'assimiler tout ce que j'ai appris. Pas seulement lors de la conversation que j'ai espionnée, mais également tout ce que j'ai entendu cette semaine pendant le conseil de guerre de Midas. Apparemment, la reine Malina a elle aussi des doutes concernant la guerre éclair que planifie le roi.

Cependant, je ne suis pas étonnée qu'il n'ait pas partagé ses décisions avec elle. C'est ainsi qu'il opère. Il ne suit que son agenda et ses plans personnels. C'est l'une des choses que j'ai toujours admirées chez lui, cette confiance immuable. Il n'est pas né dans une famille royale comme Malina. Il n'a pas été élevé pour devenir monarque. Et aussi dur qu'il puisse être parfois, il sait gouverner. Highbell avait besoin d'argent et d'un vrai leader, il a obtenu les deux dès l'instant où Midas s'est assis sur le trône.

Je me mets à cligner des yeux en réalisant que le jour a disparu, remplacé par la nuit. Un frisson me parcourt la colonne vertébrale, je me frotte les bras pour faire disparaître les picotements. Le bon côté des choses : si Midas devait me faire quérir, il l'aurait déjà fait.

Le peu de lumière qui reste dans la pièce s'est mué en ombres, qui ont vite fait de tout recouvrir d'obscurité. Je quitte le mur et me dirige à tâtons vers le fond de ma chambre pour atteindre la petite table qui est adossée aux barreaux.

Je cherche le chandelier qui, je le sais, est posé dessus, mais au lieu de l'attraper, j'entre en contact avec quelque chose de chaud. Quelque chose qui bouge.

Je sursaute, mais c'est trop tard. Une main s'avance en un éclair, m'agrippe le poignet et me tire en avant. Je bascule sur la table et tends les mains pour pouvoir me rattraper. La personne qui m'a attrapé le poignet le lâche et m'attrape par les cheveux.

Je me relève dans un mouvement de panique en essayant de me dégager, mais cet individu me retient fermement, bien que je tire de toutes mes forces.

Je me mets à le griffer, à lui lacérer la peau pour lui faire lâcher prise. Je sens son sang qui coule sous mes ongles. Il siffle de douleur en me cognant la tête contre les barreaux tellement fort que je vois trente-six chandelles.

Mes genoux cèdent, je perds l'équilibre, ma tête palpite, mais la main qui serre traîtreusement mes cheveux ne cède pas. Mon cuir chevelu me fait affreusement mal et je hurle, mais à peine le cri de douleur s'échappe de mes lèvres qu'une autre main se pose sur ma bouche pour me faire taire.

Malheureusement, cette main recouvre également mon nez. Je ne peux plus respirer.

Étourdie par le coup à la tête et incapable de discerner grand-chose dans la nuit, je panique. Je me raidis pour essayer de me battre, ma gorge se serre et mes narines se mettent à palpiter dans une vaine tentative pour respirer.

Et pendant toute cette lutte, je ne peux m'empêcher d'être choquée que quelqu'un d'autre que Midas me touche.

D'aussi loin que je me souvienne, personne ne m'a jamais ne serait-ce qu'effleurée. Personne n'oserait. Hormis les caresses fugaces de mon roi, j'ai tellement été privée de contact humain qu'une partie de moi est en overdose sensorielle, ce qui m'empêche de réagir.

– Retenez-la !

L'ordre est lancé sur un ton calme mais ferme, totalement indifférent à ma situation. Mon ventre se noue en reconnaissant cette voix.

La reine.

Celui qui me tient me fait avancer jusqu'à ce que mon visage soit écrasé contre les barreaux, mais la main qui recouvre ma bouche et mon nez se retire enfin. Je halète, mon cou fait un angle bizarre et le bord de la table s'enfonce dans mes hanches tandis qu'il m'oblige à me pencher en avant.

Je cligne des yeux lorsque la reine Malina entre dans mon champ de vision. Elle tient une bougie à la main, son visage pâle est traversé d'ombres ardentes qui l'illuminent.

– Tu crois que je n'ai pas vu que tu te cachais et que tu nous épiais ? me demande-t-elle en approchant suffisamment la bougie pour que sa chaleur me lèche les joues.

J'ouvre la bouche pour lui répondre, mais elle me gifle avant que j'aie pu dire un mot.

– Silence.

Je ferme immédiatement la bouche. La main se met à tirer plus fort sur mes cheveux et ma douleur explose à nouveau, j'en ai les larmes aux yeux.

Malina me regarde froidement.

– La favorite du roi, éructe-t-elle comme si c'était le mot qu'elle détestait le plus au monde.

C'est probablement le cas.

– Pendant toutes ces années, je n'ai jamais compris qu'il ait choisi une orpheline sans intérêt pour la changer en or et la garder comme un trophée sur une étagère, poursuit-elle en regardant ma cage avec dédain. Mais Midas a toujours eu ses obsessions.

Je ne suis pas une obsession. Il m'aime. Elle ne veut tout simplement pas l'admettre.

Comme si elle lisait dans mes pensées, elle se met à rire.

– Tu penses que son cœur t'appartient ? me demande-t-elle sur un ton de pitié moqueuse en se penchant pour que nous soyons face à face.

Elle est si proche de moi que je peux sentir son souffle passer entre ses lèvres diaphanes.

– Oh, ma pauvre fille, tu n'es rien d'autre qu'une chienne qu'il garde en cage. Un trophée qu'il aime exhiber pour se rendre plus intéressant.

C'est un mensonge. Je le sais, mais je n'ai pas le cuir assez dur pour faire face à ses paroles haineuses et à sa jalousie sans en être affectée. Sa violente diatribe et la douleur aiguë qui martèle mon crâne me font monter les larmes aux yeux, jusqu'à ce que la première se mette à couler sur ma joue.

Elle soupire et secoue la tête, puis pose le regard sur la fenêtre recouverte de neige.

– J'étais stupide à l'époque. Une princesse impuissante sans aucun moyen de gouverner seule quand Tyndall est arrivé.

Je la regarde fixement sans faire le moindre mouvement pour éviter que mon cuir chevelu ne soit plus malmené qu'il ne l'est déjà.

– Mon père prétendait que Midas était un cadeau des dieux. Un beau justicier avec une demande en mariage romantique et de l'or plein les mains ? Pas étonnant que j'aie accepté sa proposition avec joie. Il semblait vraiment tomber à pic. Exactement le sauveur dont nous avions besoin. Je me fichais bien qu'il te garde.

Mon esprit tourbillonne, j'essaie d'oublier la douleur pour me concentrer sur ce qu'elle dit. Je m'en veux de m'être laissée prendre. De ne pas avoir été assez attentive à mon environnement pour me rendre compte qu'elle était tapie là, prête à bondir.

–Tous les hommes ont leurs vices, après tout.

Le ton qu'emploie Malina m'indique clairement ce qu'elle pense de moi.

–Celui de Tyndall était de te transformer en objet de collection. Une orpheline en cage à la peau recouverte d'or, qu'il pouvait exhiber et garder pour lui. C'est voyant et de mauvais goût. Mais, à l'époque, tu n'avais aucune importance pour moi, et tu n'en as pas davantage à présent. Tu sais pourquoi ?

Je serre les dents, la colère me brûle les paupières au point que chaque clignement me fait mal. Mes rubans s'avancent, glissent sur les jambes de celui qui me retient prisonnière. Je ne veux pas qu'on sache que je peux déplacer mes rubans, mais pour l'instant, ma sécurité est ma priorité, pas mon secret.

Malina et moi avons eu quelques disputes dans le passé, mais la plupart du temps, nous faisons en sorte de nous éviter. Elle ne m'avait jamais agressée jusque-là. C'est une réaction nouvelle chez elle et je crains que ce soit le début d'une époque plus violente. Je peux supporter ses commentaires désobligeants et ses regards dédaigneux. Mais ça ? Avoir à craindre qu'elle se cache dans l'ombre, prête à me punir ? Cette pensée me fait frissonner.

–Pourquoi ? je lui demande.

Ses yeux se mettent à briller.

–Parce que tu es là-dedans, et que moi je suis dehors.

Cette déclaration toute simple me fait aussi mal que la morsure d'une bête féroce.

Ce qu'elle lit sur mon visage déclenche chez elle un sourire de victoire. Elle lève les yeux vers l'homme qui me tient.

–Vous pouvez la lâcher.

Mes rubans quittent immédiatement l'homme et se replient sur le sol derrière moi.

Il lâche mes cheveux, mais écrase encore une fois mon visage contre les barreaux avant de me relâcher complètement. Je m'y agrippe pour ne pas tomber, ma main se pose sur mon cuir chevelu et mes yeux fixent le garde personnel de la reine. Cet homme barbu, massif et sévère me jette un regard suffisant. Je dois vraiment prendre sur moi pour retenir mes rubans de l'étrangler.

– Souviens-toi de ton rang, pouliche, me lance la reine en s'éloignant. Pour Midas, tu n'es qu'un animal de compagnie qu'il peut exhiber.

Elle s'arrête sur le pas de la porte pour me jeter un dernier regard par-dessus son épaule.

– La prochaine fois que je te surprends à espionner, je coupe tes oreilles dorées.

Je serre les poings. Le mot « salope » résonne dans ma tête, mais je n'ose pas le prononcer.

Malina fait un signe de tête à son garde.

– Assurez-vous qu'elle a bien compris ce que j'ai dit.

À ces mots, je fronce les sourcils, mais le garde se retourne sans prévenir et m'assène un violent coup de poing dans l'estomac.

L'impact me fait tomber à la renverse. Je me serre le ventre en hoquetant et en me retenant de vomir.

– Tu as entendu la reine ? grogne-t-il au-dessus de moi.

– J'ai… j'ai… entendu.

Je m'étouffe en lui lançant un regard noir.

– Bien.

Sans rien ajouter, il se retourne et sort en fermant doucement la porte derrière lui.

Putain d'enfer ! J'aurais préféré rester au lit aujourd'hui.

Il me faut quelques minutes de respiration profonde avant de parvenir à me relever, mais mon ventre et mon cuir chevelu me font tellement mal que je ne prends pas la peine d'allumer la moindre bougie. Je titube jusqu'à mon lit.

Le bon côté des choses ? Au moins, les barreaux de ma cage les ont empêchés de m'achever.

Dès que je m'allonge sur mon lit, mes rubans s'enroulent autour de moi comme des gaines de soie protectrices. Comme un cocon qui cacherait sa chenille.

Mais je comprends que ce n'est pas Malina ni son garde qui m'empêchent de dormir. Ce n'est même pas ma tête qui me lance ni mon ventre douloureux. C'est le fait que le temps qu'il me reste s'épuise. Car, bientôt, les armées atteindront les frontières du Quatrième Royaume. Et le roi Fulke percevra son dû.

Moi.

CHAPITRE 8

Je redoute de me réveiller.

En général, c'est parce que je ne suis pas quelqu'un du matin. J'ai bien souvent une méchante gueule de bois à cause du vin, donc me lever tôt n'est pas ce que je préfère. Et ce n'est pas comme si un soleil radieux m'accueillait. Je n'ai pas vu les rayons du soleil depuis des années.

Mais aujourd'hui, je redoute encore plus que d'habitude de me réveiller, car je sais que mon temps est écoulé.

Je ne sais pas comment je le sais, c'est peut-être quelque chose dans l'air. C'est peut-être le vent violent derrière ma fenêtre, cette tempête qui hurle sa complainte stridente. Elle me prévient que le dernier grain de sable est tombé au fond du sablier, comme un caillou au fond de la mer, et que je n'ai plus aucun recours.

J'ouvre les yeux, je fixe la fenêtre en frissonnant devant la glace qui opacifie le verre. J'écarte mes rubans, mais je me mets à gémir tellement je suis endolorie. Mon cuir chevelu et mon ventre ne sont plus qu'une énorme ecchymose, à cause des coups que j'ai reçus la nuit dernière.

Je m'assois avec précaution et j'observe le reste de la pièce, au-delà de mes barreaux, pour constater que Digby est déjà en train de monter la garde pour sa ronde matinale. Dommage qu'il n'ait pas été présent hier soir, mais c'est ma faute.

À l'âge de dix-huit ans, j'ai argumenté pendant des mois pour que Midas arrête de m'envoyer des gardes de nuit. Ça me faisait peur d'avoir quelqu'un qui me regarde dormir. Il a fini par céder et a accepté de me laisser mon intimité, mais je ne peux m'empêcher de le regretter à présent.

Je ne pense pas que Digby soit le genre d'homme à me laisser me faire agresser sous sa surveillance, même par la reine. Au minimum, je pense qu'il en aurait informé Midas. Contrairement à moi, qui n'ai aucune intention de lui dire quoi que ce soit. Ça ne ferait qu'exaspérer Malina un peu plus, et c'est la dernière chose dont j'ai besoin.

J'ai du mal à me lever, je grimace un peu quand je sollicite mes abdominaux. Digby le remarque, je le vois à la façon qu'il a de plisser les paupières. Il fait bien trop attention à moi, ça pourrait lui causer du tort.

– J'ai une crise de foie. Trop de vin.

Je lui mens en me tapotant légèrement le ventre pour faire passer le message. Je ne veux pas qu'il devienne trop curieux et qu'il pose des questions. Les questions sont dangereuses.

Je me retourne en frottant mes yeux fatigués, et je remarque une robe accrochée à un des barreaux de ma cage. Dorée et très vaporeuse, si transparente qu'on dirait à peine un vêtement.

Je serre les dents. Midas a choisi cette robe pour moi. C'est un message, clair et net.

Ce soir, je vais être habillée comme une pouliche. Ce soir, il va me laisser sortir de ma cage.

Je fixe le tissu vaporeux, le décolleté plongeant, les fentes de la jupe légère. Mes rubans se crispent en même temps que mes doigts. J'ai les poings serrés par l'émotion, je suis tellement tendue. Le style de cette robe correspond parfaitement à ce qu'a dit la reine Malina.

Tu n'es qu'un animal de compagnie.

Un trophée à exhiber.

Je me détourne et sors de ma chambre pour me rendre dans le dressing. Je sens le regard de Digby dans mon dos.

Une fois seule dans l'obscurité, je m'arrête et respire plus posément. Je m'efforce de desserrer les poings. Mes rubans se déroulent, comme à contrecœur. Dans l'autre pièce, j'entends la porte de la chambre qui s'ouvre et se referme. C'est le signal que Digby fait sa tournée des autres pièces, sans doute pour me laisser de l'intimité.

Je me dirige vers la table de toilette. Mes rubans traînent sur le sol derrière moi. J'allume la lanterne pour mieux éclairer la pièce puisque la fenêtre est à nouveau bloquée par la neige.

J'utilise mes rubans pour me déshabiller et laisse tomber mon vêtement à mes pieds. Je me tiens devant le miroir et j'observe mon corps nu. J'ai un hématome de la taille d'un poing aux bords boursouflés à l'endroit où le garde m'a frappée. Je presse dessus en grimaçant de douleur.

Avec un soupir, j'ôte ma main de mon ventre et j'attrape un long peignoir sur le crochet près du miroir. Je l'enfile et le noue à la taille.

Ensuite, j'inspecte mon cuir chevelu. Mes doigts passent dessus soigneusement, mais il me lance au moindre contact, j'en ai le souffle coupé. Je vais devoir me brosser les cheveux très délicatement.

– Tu as bien dormi ?

La voix de Midas me fait sursauter, je me retourne, la main posée sur le cœur.

– Que le divin soit damné, tu m'as fait peur !

Je ne l'ai pas entendu ouvrir la porte de ma cage ni avancer jusqu'ici.

Il sourit, appuyé contre les barreaux, près de la voûte.

– Tss tss, Auren. Tu ne devrais pas maudire les dieux.

Les battements de mon cœur ralentissent, maintenant que je sais que c'est Midas qui s'est glissé derrière mon dos. Il est si beau dans la lumière tamisée. Sa tunique dorée ressemble à du caramel, ses cheveux à du brandy épais.

– Comment puis-je servir mon roi ? je lui demande, et bien que ma phrase soit correcte, mon ton est hésitant. Tendu.

Midas se tapote le menton en réfléchissant. J'essaie de ne pas m'agiter sous son regard, la finesse du tissu du peignoir me donne l'impression d'être nue devant lui.

– Je sais que tu es en colère contre moi, me répond-il enfin, me prenant au dépourvu.

Je l'observe en essayant de lire dans ses pensées. Je ne sais pas quoi dire.

Devant mon silence, il me lance un regard triste et pendant un instant, il ne ressemble plus au puissant roi Midas. Il ressemble à Tyndall.

– Dis quelque chose, Auren. Ça me manque d'entendre ta voix, de passer du temps avec toi, poursuit-il doucement, et son regard se fait un peu plus tendre.

Je suis furieuse contre lui. Je suis anéantie. Je ne sais pas où j'en suis ni ce qui se passe entre nous, et pourtant je ne peux rien dire de tout ça, parce que je ne sais pas comment faire. À la place, je me racle la gorge et je lance :

– Tu as été très occupé.

Il acquiesce, mais ne fait aucun geste pour s'approcher de moi et je n'en fais pas non plus. Il y a plus que ces trois mètres de distance qui nous séparent. C'est tout un gouffre qui se dresse entre nous. Un gouffre qu'il a lui-même créé. Et je suis terrifiée à l'idée qu'un seul faux pas puisse me faire basculer, la tête la première dans une chute dont je ne pourrai pas me relever.

Je le regarde fixement, avec un mélange d'espoir et de peur. Il s'est montré dur envers moi, plus dur qu'il ne l'a jamais été. Je sais qu'il est très stressé et je sais que je n'aurais jamais dû me comporter ainsi en public, mais j'ai perdu pied. Et surtout, il y a cet accord avec le roi Fulke.

Mes yeux dorés le transpercent.

Tu me livres à Fulke.

Mais même si je hurle en silence, une petite voix agaçante me murmure : c'est *Midas.* C'est l'homme qui fut jadis un justicier. Sans couronne, sans le moindre titre. Simplement un homme fort, confiant, qui avait un but. L'homme qui m'a sauvée et m'a recueillie, qui a fait de moi une célébrité dans tout le Sixième Royaume, et même dans tout Orea, qui m'a changée en or et m'a mise sur un piédestal. Mais avant tout cela, il était mon ami.

Et quand je le regarde, je vois ce que personne d'autre ne voit. Ce qu'il ne leur laisse pas deviner. Je vois le léger trouble qui plane en lui. La tension dans ses épaules. Le stress qui dessine des ridules autour de ses yeux.

– Est-ce que tu vas bien ? je lui demande doucement.

Ma question le fait sursauter, il se redresse, et quelle que soit la connexion ténue qui existait entre nous, elle se brise en deux.

– J'ai besoin que tu te comportes bien ce soir, Auren.

Je cligne des yeux en entendant ses paroles, qui s'insinuent dans mon esprit. C'est comme si j'essayais de les interpréter différemment, comme s'il voulait me dire autre chose, me parler par énigmes. Mais… il n'y a aucun moyen de déchiffrer ça.

Ma gorge se noue.

– Me comporter ?

– Porte la robe ce soir. Sois sur tes gardes. Ne parle pas à moins qu'on te le demande, et tout ira bien. Tu me fais confiance, n'est-ce pas ? me demande-t-il d'un air pénétrant.

J'avais confiance. À présent, je n'en suis plus aussi sûre.

C'est ce que j'ai envie de lui dire. Mais à la place, je réponds prudemment :

– Ne devrais-je pas toujours te faire confiance ?

Midas me sourit à nouveau.

– Bien sûr que tu devrais, Précieuse.

Il se retourne, ses pas résonnent quand il quitte la pièce. La porte de ma cage se referme. Je reste immobile jusqu'à ce que j'entende la porte de la chambre se fermer derrière lui, réduisant le reste de ses pas au silence.

Je prends une profonde inspiration et je m'effondre presque sur la chaise devant ma coiffeuse. Je fixe le miroir sans le voir, mes doigts tremblent sous l'effet de l'émotion qui m'envahit. Je suis si confuse que j'ai l'impression que je vais être malade. Je me sermonne en pressant mes paumes de main sur mes yeux pour me calmer.

– Reprends-toi, Auren.

Il veut que je me comporte bien. Il veut que je lui fasse confiance. Et n'a-t-il pas gagné ma confiance après toutes ces années ?

Oui ou non ?

Ma réponse devrait être un oui retentissant. Ma réponse devrait couler de source. Le problème, c'est que ce n'est pas le cas.

En serrant les dents, je me lève et avant de savoir ce que je fais, ma main attrape la lanterne de verre et la projette de toutes ses forces contre le miroir, dans un accès de colère.

Le fracas résonne dans la pièce et je savoure ce bruit. Je fixe les éclats de verre en retenant ma respiration, mon corps y apparaît déformé, comme brisé en trois morceaux.

– Ma Dame ?

De l'autre côté des barreaux, Digby m'observe d'un air inquiet. La lanterne éteinte gît brisée sur le sol et toute la pièce est plongée dans l'obscurité, exception faite de la bougie qu'il tient à la main. Il me dit quelque chose, mais mes oreilles bourdonnent et je respire trop fort pour pouvoir l'entendre.

Je secoue la tête.

– Quoi ?

Il penche la sienne et baisse ses yeux bruns. Hébétée, je suis son regard, je retourne ma paume de main vers le haut. À l'instant précis où je pose mes yeux sur elle, c'est comme si mon cerveau se connectait à mes nerfs. Je réalise que je me suis brûlée en attrapant la lanterne.

Une légère douleur me fait froncer les sourcils. Ce n'est pas trop grave, juste un peu décoloré et douloureux. Je le rassure :

– Ça va.

Digby grogne, mais ne dit rien.

Je laisse retomber ma main.

– Je sais de quoi j'ai l'air pour toi, je lui dis en secouant la tête, sur un ton moqueur rempli d'autodérision. D'une pauvre petite fille favorisée qui pique une crise dans sa chambre, entourée de tous ses objets en or.

– Je n'ai pas dit ça.

Ses mots me surprennent. Il est étrangement… gentil. Comme si le vieil homme sévère essayait de me soulager un peu. Il sort de la pièce avant que je puisse lui répondre, et je fixe l'endroit qu'il a quitté avec un petit sourire aux lèvres.

Il revient au bout d'une minute avec une nouvelle lanterne. Elle est plus grande, il a dû la prendre dans la bibliothèque, mais il parvient à la faire passer entre les barreaux. Il la pose par terre.

– Merci, je murmure avant de la ramasser et de la poser sur la table.

Maintenant qu'il y a suffisamment de lumière, je grimace légèrement devant tout le désordre que j'ai mis. Les domestiques qui viendront nettoyer ne seront probablement pas contents.

Je m'agenouille et commence à ramasser les morceaux de verre, mais Digby se met à tapoter du bout des doigts contre ma cage pour attirer mon attention.

– Laissez ça.

Je m'interromps.

– Mais…

– Laissez. Ça.

Je hausse un sourcil.

– Tu sais, pour quelqu'un qui parle à peine, tu es vraiment autoritaire.

Il se contente de me regarder fixement.

Je soupire, mais je cède en me levant.

– OK, OK. Pas besoin de faire cette tête.

Digby hoche la tête et gratte sa barbe grise. Il est satisfait d'avoir gagné. Mon fidèle garde est très strict lorsqu'il s'agit de ma protection. Même lorsqu'il s'agit de me protéger de moi-même, apparemment. Je le taquine :

– Je savais que tu étais mon ami, Dig.

Même si je souris à peine, ça fait du bien de faire semblant. Je me raccroche à ces émotions positives pour pouvoir repousser tout le reste, tout ce qui concerne Midas, et enfin respirer normalement.

– Hé, que dirais-tu d'un jeu à boire ? je lui demande, remplie d'espoir.

Digby me fait les gros yeux.

– Non.

Il tourne les talons et s'éloigne, visiblement soulagé que je sois plus calme et que je ne casse rien d'autre.

– Oh allez, juste un ?

Je l'appelle, mais il poursuit son chemin.

À nouveau seule, je m'assois et soupire devant le miroir brisé. Mon espièglerie avec Digby m'avait distraite, hélas, elle s'évanouit trop vite. J'étudie les trois reflets de moi-même un moment, puis je me mets au travail. Je laisse mes rubans peigner mon cuir chevelu avec soin pour pouvoir tresser mes cheveux. J'imagine que c'est un peu comme si un soldat enfilait son armure.

Au moins tant que la lumière du jour brille, je sais que je suis en sécurité. Pour l'instant, j'ai encore du temps.

Mais ce soir, dès que le crépuscule tombera et que les étoiles apparaîtront, on attendra de moi que je joue mon rôle de favorite du roi Midas. On attendra de moi que je me tienne bien.

Pourtant une question me trotte dans la tête toute la journée : que se passerait-il si je ne le faisais pas ?

CHAPITRE 9

Je prends mon temps pour brosser et tresser mes cheveux, je fais tout lentement, comme si le fait d'avancer à pas de tortue pouvait influer sur mon destin. J'agis comme si le temps ne m'était pas compté.

On peut faire semblant pour bien des choses dans la vie. On peut si bien faire semblant qu'on commence même à croire à sa propre tromperie. Nous sommes tous des acteurs, nous sommes tous sur scène, avec un projecteur braqué sur nous, jouant un rôle chaque jour pour pouvoir bien dormir la nuit.

Pour l'instant, je fais ce qu'il convient de faire en refusant de penser à ce qui va se passer ce soir. Mais mon corps, lui, le sait. J'en veux pour preuve cette sensation d'oppression dans ma poitrine, ces inspirations laborieuses, ces expirations contenues.

J'essaie de me distraire, de m'occuper, mais il y a des limites à la quantité de morceaux qu'une fille peut jouer à la harpe, comme à la quantité de travaux d'aiguille qu'elle peut supporter avant de devenir folle d'ennui.

Au bout d'un moment, je suis tellement nerveuse que je me mets à tourner en rond dans ma cage. On dirait un tigre qui s'agite derrière ses barreaux.

Le bon côté des choses ? La brûlure à ma main va mieux. Je n'ai qu'une petite plaie au milieu de la paume, ce qui donne à ma peau dorée un aspect plus orangé que d'habitude. Mon ventre me fait toujours mal, mais mon cuir chevelu va bien… tant que je n'y touche pas.

En regardant par l'unique fenêtre de ma chambre, je ne vois rien d'autre qu'une violente tempête de neige qui souffle ses confettis blancs contre la vitre. Il fait presque nuit. J'aimerais pouvoir ligoter le soleil afin de le retenir prisonnier dans le ciel, mais les vœux s'adressent aux étoiles et, de toute façon, je n'en vois pratiquement aucune.

Les armées de Fulke et Midas devraient avoir atteint les frontières du Quatrième Royaume à présent. Je pourrais aller à la bibliothèque pour m'en assurer, mais c'est le dernier endroit où j'ai envie de me rendre aujourd'hui.

Je pense toujours que c'est de la folie d'attaquer les terres du roi Ravinger. Non seulement Midas rompt un traité de paix vieux de plusieurs siècles mais Ravinger n'est pas vraiment connu pour sa bonté et sa magnanimité. Ce n'est pas pour rien qu'on l'appelle le Roi Putride, et ce n'est pas uniquement à cause de son pouvoir de décomposition et de mort. On raconte que sa cruauté fait reculer tous ceux qui tentent de l'approcher.

Son royaume est une terre desséchée, corrodée, mais c'est également le lieu où il donne libre cours à sa méchanceté. Son pouvoir lui permet de détériorer tout ce qu'il veut. Les récoltes, les animaux, les gens… mais je pense que sa cruauté est le pire de tous ces maux.

J'espère que Midas sait ce qu'il fait, car c'est dangereux de se faire un ennemi tel que Ravinger. Si Midas échoue, je ne suis pas sûre que toutes ses richesses puissent le soustraire aux conséquences, et cela me fait peur. Parfois, j'aimerais qu'il ne soit pas aussi confiant en sa capacité à résoudre tous ses problèmes avec de l'or.

Midas considère sa richesse comme acquise. Pourquoi ne le ferait-il pas ? Il lui suffit de regarder autour de lui, chaque surface, chaque objet, tout est en or. Il sait qu'il sera toujours aussi riche qu'il le désire.

La reine Malina pense que c'est moi qui suis criarde et vulgaire, mais alors, qu'en est-il de ce château et de tout ce qu'il contient ? Les semelles de ses chaussures sont en soie dorée, pour le confort de ses pieds qui transpirent. Les donjons sous le palais sont en or, pour que les prisonniers puissent y mourir. Même les toilettes sont dorées.

S'il est une chose que j'ai apprise, c'est que tant de richesse… devient insignifiante au bout d'un moment. Vide. Vous pouvez posséder tout l'or du monde et pourtant manquer de tout ce qui a une vraie valeur.

Mais peut-être… peut-être que la haine que Malina éprouve pour moi n'est pas uniquement due au fait que Midas me garde, bien qu'il soit marié avec elle. Peut-être que la reine souhaiterait simplement que Midas la change en or. À cause de ce que ça représente. À cause de la façon qu'il a de m'appeler sa Précieuse.

Et voilà que, soudain, j'éprouve de la peine pour elle. Pour son mariage sans enfant et sans amour. Pour avoir perdu son royaume avant même d'avoir pu exercer le pouvoir. Pour avoir dû rivaliser avec une orpheline en or.

Appuyée contre les barreaux dorés de ma cage, je réfléchis à tout cela en regardant la neige tomber dehors. Sa jalousie, si c'est bien de ça qu'il s'agit, s'est envenimée au fil des ans. Je n'ai aucun moyen d'y remédier à présent. Ce qui est fait est fait. La reine me regardera toujours avec haine. C'est ainsi, voilà tout.

Mais si elle m'en veut parce que Midas ne l'a pas changée en or, elle n'a rien compris. Je ne nie pas qu'il y ait des avantages à être changée en or… mais il y a aussi des inconvénients.

Personne ne me voit autrement qu'à travers le reflet métallique de ma peau. Personne ne regarde au-delà des fils d'or pur de mes cheveux. Mis à part le blanc de mes yeux et de mes dents, pour tout le monde, je ne suis qu'une statue dorée. Un objet qu'on regarde et qu'on n'entend pas.

Une marchandise que l'on peut s'offrir pour une nuit.

La porte de ma chambre s'ouvre, je sursaute et m'éloigne de la fenêtre. Une femme de chambre entre et s'approche de Digby toujours au garde-à-vous, à sa place près du mur. Elle lui chuchote quelque chose à l'oreille. Je reste là à les observer avec méfiance.

Dès qu'elle est partie, je me dirige vers l'autre bout de ma cage pour lui faire face.

– Qu'est-ce qui se passe ?

Digby me montre du doigt la robe qui est toujours suspendue.

– C'est l'heure.

Mon ventre se serre.

– Déjà ?

Je reconnais à peine ma voix. Elle est timide comme celle d'une petite souris nerveuse, or je ne peux pas me permettre d'être une souris ce soir. Je dois être forte.

Digby acquiesce. Je souffle sur une mèche de cheveux qui volette devant mon visage. Je m'efforce de déglutir comme si je pouvais avaler ma nervosité et l'enfouir au plus profond de moi.

Le cœur battant, j'arrache la robe transparente de son cintre et me dirige vers le dressing à pas lents. Devant mon miroir brisé, j'enlève le peignoir que j'avais enfilé ce matin pour me glisser dans la robe. Ce sont mes rubans qui font tout le travail, moi je me contente de remuer sans la moindre expression sur le visage.

Une fois que je l'ai enfilée, je contemple la gaze qui moule mon corps. Comme je l'avais prévu, cette robe est si transparente qu'elle laisse voir toutes mes formes, et même deviner le bout de mes tétons.

La robe a des manches transparentes recouvertes de dentelle dorée. Des fermoirs la maintiennent sur les épaules. Elle se drape sur mes seins, son ample décolleté, plongeant sur le devant, descend jusqu'à mon ventre meurtri. Chaque côté de la jupe est fendu, des orteils jusqu'aux hanches, de sorte que, de quelque côté qu'on regarde, on découvre une bande de peau.

Midas ne m'avait encore jamais demandé de m'habiller ainsi. Bien sûr, je porte des robes qui mettent en valeur mes formes, mais rien d'aussi provocant. Mon corps reste en grande partie dissimulé. Pour que lui seul puisse en profiter. Mais aujourd'hui, pour la première fois de ma vie, je suis vêtue comme une vraie pouliche royale, prête à être montée.

Je sais que les dernières lueurs du jour sont en train de disparaître parce qu'un froid glacial envahit la pièce. Je lève les yeux vers la lucarne, l'obscurité recouvre déjà la terre. Le vide du désespoir m'attire soudain, et je frissonne. J'ai la chair de poule devant la nuit qui s'annonce.

Comporte-toi bien ce soir.

Un trophée à exhiber.

Tiens-toi bien.

Laisse les hommes parler entre eux.

J'ai beau serrer les dents, mon esprit se rebelle. Midas veut que je porte cette chose ? Très bien. Mais il ne m'a pas interdit d'y apporter quelques améliorations.

Mes rubans s'élèvent et, mue par une détermination nouvelle, je me mets aussitôt à l'ouvrage.

Il me suffit de quelques minutes pour enrouler, plier et lier. Après avoir peaufiné les détails, je suis enfin satisfaite du résultat. Mes rubans d'or sont enroulés autour de mon corsage. Ils forment des motifs tressés très élaborés et recouvrent mes seins avant de se resserrer à la taille. Le reste des rubans pend sur toute la circonférence de ma jupe.

Je suis toujours plus dénudée que je ne le voudrais, mais c'est tout de même beaucoup, beaucoup mieux. L'ensemble est corseté et les parties les plus intimes de mon corps sont couvertes. Il faudra que je fasse attention en marchant, car bien que certains rubans m'enveloppent la taille, mes flancs sont toujours un peu exposés à cause du manque de tissu. Mais au moins, je ne me sens plus complètement nue.

Mes cheveux sont déjà tressés, et quelques mèches pendent dans mon dos, ce qui me permet de laisser mon cuir chevelu en paix. Mais voilà que des voix s'élèvent dans ma chambre, je comprends que d'autres gardes sont venus m'escorter jusqu'en bas.

Je devrais être affamée. Je n'ai rien avalé de la journée, mais pour l'instant, je suis incapable de garder la moindre nourriture. J'entends Digby qui m'appelle, je glisse mes pieds dans des mules en satin et je me redresse.

Ne sois pas une souris, Auren.

Je rejoins ma chambre pour me retrouver face à un groupe de gardes, qui m'attendent de l'autre côté des barreaux. Cela fait des mois qu'on ne m'a pas laissée sortir. Il est très rare que Midas me permette de quitter ma cage, tant il est possessif. Lorsqu'il le fait, en de très rares occasions, c'est généralement pour que je dîne avec lui parce que ma présence lui manque, ou pour m'installer derrière lui dans la salle du trône et frimer devant les dignitaires en visite.

Je m'approche, quelqu'un tend un passe-partout à Digby, qui l'insère dans la serrure. Il est en fer, épais et aussi noir que du charbon. Quelle ironie de penser que cette clé est le seul objet qui n'est pas en or.

Le grincement métallique de la clé est si fort qu'il me blesse les tympans et se mue en centaines de lucioles voltigeant à l'intérieur de mon crâne.

Quand Digby ouvre la porte, les autres gardes s'écartent en prenant soin de conserver leurs distances, sous le regard toujours vigilant de mon fidèle gardien. Ils savent qu'il suffit d'un seul faux pas pour que Digby prévienne le roi. Ils n'en ont pas du tout envie.

Je passe la porte de ma cage. On dirait qu'une cage thoracique rigide s'ouvre sur une charnière pour permettre à son cœur de se répandre.

Mes rubans ne traînent pas derrière moi comme d'habitude, mais je me console en sentant leur présence autour de mon buste, comme autant de côtes supplémentaires qui me soutiennent lorsque je sors de ma chambre, entourée par les gardes.

GLD

Je ressens une violente impression de solitude, bien que quatre paires de pieds accompagnent mes pas. Même le doux frottement de mes mules sur le sol poli et le léger sifflement de ma respiration m'effraient.

Tu me fais confiance, n'est-ce pas ?

Ne devrais-je pas toujours le faire ?

Bien sûr.

Cette réponse, c'est tout ce que je possède. Je dois m'en contenter et lui faire confiance.

Mais je ne vais pas me comporter comme une petite souris.

CHAPITRE 10

Je me souviens de la première fois que j'ai visité ce château, il y a dix ans. Entrer dans un palais, après les endroits où j'avais vécu… surréaliste. C'était vraiment surréaliste.

J'avais quinze ans, et je n'avais déjà plus rien d'une enfant. J'avais perdu mon innocence, comme diraient certaines personnes.

Je n'ai jamais perdu mon innocence. Je ne l'ai pas perdue intentionnellement. Elle m'a été volée, peu à peu, cruellement. Je me souviens de chaque morceau qui s'est détaché de moi, jusqu'à ce que je sois à vif, exposée à la rudesse de ce monde, avec un goût amer en permanence au fond de ma gorge.

Non, je n'étais plus innocente quand je suis entrée pour la première fois dans Highbell en compagnie de Midas, mais il m'a rendu une chose que je pensais ne plus jamais avoir.

La confiance.

Il n'était pas encore roi à l'époque, et le château n'était pas en or. Il est difficile, même pour moi, de comparer ce à quoi il ressemble aujourd'hui avec ce qu'il était alors. Ses murailles étaient en pierre grise mouchetée, issue des montagnes glacées sur lesquelles le palais est érigé. C'était lugubre même si c'était luxueux, cette forteresse gris cendre enfouie dans la neige.

Et malgré toute l'opulence qui m'entourait, en arrivant ici pour la première fois, j'étais triste parce que je savais que les quelques mois que nous avions passés en tête à tête allaient prendre fin.

– Je vais demander sa main à la princesse du Sixième Royaume.

Il m'a fait sursauter en m'annonçant cela. Il n'en avait jamais parlé auparavant. Il avait ses projets et ses idées, je le savais, mais je n'avais pas envie de les entendre. J'étais trop heureuse de profiter de ce répit paisible, de la sécurité de son amitié. Mais j'ai toujours su que ça n'allait pas durer.

J'ai levé les yeux vers Midas, mon beau nomade aux cheveux blonds pleins de flocons de neige. Nous avions campé à côté d'une congère gelée, des stalactites s'étaient formées autour comme une géode, on aurait dit des diamants scintillant sous une lune décroissante.

– Pourquoi ?

S'il a entendu le désespoir dans le son de ma voix, il n'en a rien montré, mais son regard brun s'est fait plus doux quand il m'a regardée, pendant que le feu de camp crépitait comme une tension entre nous.

– Le royaume est ruiné.

J'ai froncé le nez.

– Comment un royaume peut-il être ruiné ?

Midas m'a souri en essuyant ses doigts tachés de graisse sur son pantalon et en jetant les derniers os de notre repas.

– Les royaumes peuvent être ruinés assez facilement, en fait. Mais Highbell a lutté pendant des années. Ce n'est guère plus qu'un désert gelé aux confins du monde. Sans agriculture à proprement parler, sans mines assez lucratives pour le renflouer. Il s'effondre, sans alliés ni échanges commerciaux. C'est un miracle que les autres monarques ne l'aient pas déjà conquis.

J'ai recroquevillé mes orteils dans mes bottes doublées de fourrure, en essayant de deviner quelles étaient ses intentions. Il avait l'avantage de l'âge sur moi, sept ans de plus, mais je n'étais pas naïve.

– Qu'en est-il de moi ? lui ai-je demandé.

Je ne comprenais pas comment je parvenais à articuler avec la boule que j'avais dans la gorge.

Midas s'est approché. La neige atteignait les lacets de ses bottes.

– Tu restes avec moi. Je t'ai fait une promesse, n'est-ce pas ? m'a-t-il dit, et j'ai instantanément été soulagée et réchauffée, presque assez pour repousser le froid de la nuit.

– Avec toi à mes côtés, nous sauverons le Sixième Royaume de la ruine, a-t-il conclu.

Je lui ai souri, appréciant son visage glabre qu'il insistait pour raser chaque matin, même si nous étions des voyageurs fatigués, n'ayant souvent rien d'autre que l'autre à regarder. Il était très méticuleux envers lui-même, comme pour tout le reste.

Il n'avait pas besoin de tout me dire, pourtant c'est ce qu'il faisait. Il me confiait ses faiblesses, ses espoirs, ses rêves. Un homme sans haute lignée, sans famille, sans terre. Il voulait sauver un royaume. Apporter la gloire à un endroit qui se mourait au fin fond d'une tombe gelée.

Nous avons parlé longtemps cette nuit-là. Il m'a tout exposé, tous ses plans, ses intentions, mon rôle dans sa vie. C'était un plan brillant auquel il avait réfléchi jusque dans les moindres détails. J'étais très admirative.

Midas m'a attirée à lui, ses mains étaient chaudes.

– Je vais te faire vivre dans un palais, Auren. Tu seras en sécurité. Avec moi.

– Mais tu vas l'épouser.

Il a caressé ma joue du pouce et je me suis penchée en avant à son contact. C'était le premier homme avec qui je faisais ça. C'était comme des pétales qui s'ouvraient pour se gorger de soleil.

– Oui, si tout va bien, elle portera mon nom. Mais toi, tu as mon amour, Précieuse.

Et qu'est-ce qu'une alliance quand on détient un cœur?

Il m'a fait l'amour là-bas, sur une congère qui ressemblait à des nuages, sous une tente de cuir épais qui s'est imprégné du sel de notre sueur. Il m'a serrée dans ses bras jusqu'à l'aube, quand les dernières étoiles se sont éteintes.

Je commence à descendre les escaliers, en compagnie des gardes qui m'entourent. Mes yeux s'adaptent lentement à la lumière plus vive. Le brun délavé des planchers en bois a disparu. Les murs ne sont plus en pierre grise solennelle. Les sols dorés sont lustrés par les milliers de pas qui ont frotté le métal malléable. Les murs astiqués par la main d'un serviteur reluisent, la rampe de l'escalier sent légèrement le vinaigre et le sel, ce mélange abrasif qu'on utilise pour polir toutes les surfaces.

Mes appartements sont situés au tout dernier étage, ce qui signifie que nous avons six volées de marches à descendre. Mes jambes se mettent à me brûler, preuve que je suis restée trop longtemps confinée.

Des portraits de membres de la famille royale décédés depuis longtemps me regardent passer. Le nombre de torches augmente à chaque niveau que nous atteignons, pour repousser la nuit de leur flamme. Lorsque j'arrive au premier étage, mon pouls cogne dans mes tempes. Je distingue de la musique qui s'échappe de la salle de bal.

Mon escorte s'arrête devant une porte sculptée à double battant. Le garde qui se tient devant l'ouvre et s'écarte pour nous laisser passer.

– Vous pouvez entrer.

Je réponds en marmonnant :

– Oui, mais je n'en ai pas vraiment envie.

Digby s'éclaircit la gorge, et j'inspire un grand coup face au flot de lumière, de chaleur et de sons qui se dégage de la pièce.

Je ne peux pas m'enfuir en courant, je ne suis pas une souris.

Mes rubans se resserrent autour de moi, juste un peu, comme pour m'inciter à me redresser. J'entre. Une fois le seuil franchi, je balaie l'espace du regard.

Au centre de la pièce, des musiciens jouent un air de belle facture. Ils sont entourés par des danseurs que les notes de musique incitent à la sensualité, alors que la musique ralentit peu à peu pour se transformer en groove très chaud. C'est un chatoiement d'étoffes et de chairs, de membres qui s'entremêlent aux volutes d'une mélodie impalpable.

L'espace tout entier est éclairé par trois énormes lustres qui font scintiller le sol. Il doit y avoir au moins deux cents personnes, qui toutes se repaissent de la richesse ostentatoire du roi Midas. Leurs vêtements éclatent de mille couleurs somptueuses.

L'odeur mélangée de leur sueur et de leur parfum me submerge. Malgré le blizzard qui fait rage à l'extérieur et le volume de la pièce, la chaleur collective de tous ces corps fait perler des gouttes de transpiration sur ma nuque. Ou peut-être est-ce dû à la nervosité.

De part et d'autre de la salle, l'ambiance est à la rêverie. De longues tables sont dressées où les convives boivent, leurs visages égayés et rougis par l'alcool. Il y a des pouliches partout qui accentuent le côté licencieux de la fête. Je comprends que la soirée a commencé il y a un certain temps déjà.

Deux groupes sont en train d'assouvir leurs désirs dans un coin, dans l'intimité d'alcôves pourtant peu profondes. Deux hommes se partagent même une pouliche en plein milieu de la piste de danse. La fille est entre eux, leurs mains fourragent à l'intérieur de son corsage délacé et de sa jupe retroussée. Elle gémit suffisamment fort pour que sa voix rauque se mêle à la musique comme une version personnelle d'une sérénade.

Et par-delà tout cela, sur une estrade tout au fond de la pièce, se tient mon roi.

À cet instant, tout en lui ressemble à s'y méprendre au célèbre Roi d'Or, le surnom que lui a donné le peuple. De ses bottes cirées à sa couronne étincelante, quiconque lève les yeux sur Midas reconnaît en lui la merveille de la magnificence, le maître de la fortune, le souverain de la richesse.

Et lorsque je m'avance dans la pièce, son regard fauve tombe sur moi.

Il est assis sur son trône. Visiblement la reine est absente, mais ce n'est guère surprenant vu le type de fête qui se déroule sous mes yeux. Il a trois pouliches royales autour de lui ; deux d'entre elles sont assises sur les accoudoirs de son trône et une est à ses pieds ; sa tête repose sur son genou en signe de soumission et d'adoration.

Elles sont toutes seins nus et portent des jupes transparentes semblables à la mienne, mais de couleur noire. Derrière Midas, plusieurs de ses gardes et des gardes du roi Fulke montent la garde ensemble. Les armoiries des deux royaumes, or et pourpre, sont regroupées en signe d'alliance.

Le roi Fulke est assis sur son propre trône à côté de celui de Midas, avec Rissa à califourchon sur ses genoux. Je ne peux pas m'empêcher de m'imaginer à sa place, obligée de laisser traîner ses mains sur moi et ses dents jaunies me mordre.

Comporte-toi bien ce soir.

Mes yeux reviennent sur Midas qui se penche vers l'un de ses gardes et prononce quelques mots. Je suis bien trop loin pour pouvoir l'entendre. En un instant, la musique s'arrête, les danseurs aussi, et tout le monde se retourne pour regarder le monarque qui chasse ses pouliches en se levant.

– Peuple de Highbell, annonce Midas d'une voix forte. Ce soir, nous célébrons la puissance du Sixième Royaume.

Dans la foule, les gens applaudissent, crient des mots incompréhensibles, mais je ne peux m'empêcher de me pincer les lèvres et de froncer les sourcils. Ils l'ont fait. Ils ont attaqué le Quatrième Royaume et ont été suffisamment chanceux pour célébrer la victoire.

– Pourtant, rien de tout cela n'aurait été possible sans le roi Fulke et notre alliance avec le Cinquième Royaume, poursuit Midas en désignant d'un geste magnanime le roi à ses côtés.

La couronne de Fulke est toujours posée de travers sur son crâne chauve et ses joues rubicondes se gonflent dans un rictus, mais au moins il fait lever Rissa de ses genoux.

– Roi Fulke, comme promis, je vous offre cette nuit ma favorite d'or.

Midas me fixe, son regard me cloue sur place malgré la distance qui nous sépare. Ses yeux bruns sont comme un linceul de terre qui m'ensevelit sous son poids.

– Auren, avance.

Deux cents paires d'yeux se tournent vers moi. Des chuchotements frénétiques parcourent l'assemblée tandis que les invités reculent pour me laisser un passage jusqu'au roi.

Midas ne me donne pas seulement à Fulke ce soir. Il en fait également un spectacle public.

– Avancez, m'encourage Digby à voix basse, mais suffisamment fort pour me faire réagir.

La gorge serrée, je me force à faire un premier pas. Mon corps obéit malgré l'envie que j'ai de faire demi-tour et de m'enfuir. Les autres gardes se tiennent à l'écart, mais Digby, impassible, m'accompagne toujours.

Mes yeux papillonnent sur cette foule et mes oreilles sont assaillies par leur murmure. Tous me dévisagent, jaugent la brillance de ma peau, la valeur de mes ongles.

À la façon dont ils me regardent, je me rends bien compte que je ne suis pas une femme pour eux. Je suis un bibelot que le roi garde habituellement caché. Tout le monde veut profiter de cette rare aubaine, comme si j'étais un animal en voie d'extinction.

La traversée de cette salle me paraît faire plusieurs kilomètres.

Lorsque je m'arrête devant l'estrade, tout le monde se tait. Je n'entends plus que mon propre cœur qui bat la chamade et le vent qui hurle dehors.

Je fais la révérence devant mon roi, genoux pliés et tête ployée en avant dans un savant équilibre.

– Relève-toi, ma Précieuse.

Ce que je fais. Mes yeux rencontrent les siens, il me tend la main. Je monte les marches de l'estrade et m'arrête à ses côtés. Il est si beau que j'en ai mal, rien qu'à le regarder. Lui s'adresse à nouveau à la foule.

– Reprenez vos réjouissances.

Aussitôt les musiciens reprennent leurs instruments, les danseurs recommencent lentement à danser et la foule retourne à ses occupations.

– Hmm, tu as fait quelques ajustements, me dit Midas en inspectant mes rubans enroulés autour de ma robe.

Je n'ai aucune raison de le nier.

– Oui, mon roi.

Il fait claquer sa langue en signe de désapprobation, mais glisse un doigt sur ma joue. Mon corps tout entier réagit, palpitant du désir de se blottir contre sa poitrine et d'être serré dans ses bras. De m'extirper de cette folie, de redevenir la rêveuse vagabonde dans sa congère, lorsque nous pouvions rester allongés dans les bras de l'autre et simplement bavarder pendant des heures.

Comme s'il se doutait de la direction que prennent mes pensées nostalgiques, Midas pose un doigt sous mon menton et me relève la tête afin de plonger son regard dans le mien.

– Tu es spectaculaire, tu sais ça ?

Je ne réponds pas, ma langue est liée par les nœuds que j'ai dans le ventre.

Il me tapote affectueusement le menton avant de me lâcher.

– Tu vas être une gentille fille ?

Comporte-toi bien ce soir.

Tiens-toi tranquille.

J'ai un mal de chien à ravaler l'amertume qui me noue la gorge.

– Oui, mon roi.

Il sourit et son visage reprend cet air de beauté décontractée qui me serre le cœur.

– Va t'asseoir avec le roi Fulke, murmure-t-il. Nous avons une dette envers lui qui doit être honorée.

De toute ma vie, je n'ai jamais eu l'impression d'être à ce point une monnaie d'échange.

Midas me fait un signe de tête rassurant, puis se détourne pour se faire servir du vin pendant que deux pouliches l'entourent de leurs gloussements sensuels quand il reprend sa place sur son trône, avant d'être aussitôt accaparé par deux aristocrates. Je suis officiellement abandonnée.

Je me retourne et me dirige vers le roi Fulke, la tête haute. Je ne veux pas qu'il découvre à quel point j'appréhende cet instant. J'ai le sentiment que ça ne ferait que l'amuser davantage, alors que ce que je désire vraiment, c'est qu'il perde tout intérêt pour moi.

En me retournant dans mon lit la nuit dernière, je me suis dit que, quoi qu'il arrive ce soir, j'allais y faire face. Chaque jour, les pouliches sont forcées d'offrir leur corps à des hommes qu'elles n'aiment pas. J'ai moi-même, jadis, enduré bien pire.

Par ailleurs, le roi Midas étend son empire en débarrassant Orea du Roi Putride. Et il a pu le faire parce qu'une seule nuit en ma compagnie vaut une armée tout entière.

Fulke me sourit en découvrant ses dents jaunies et gâtées. Ses yeux parcourent mes formes avec une avidité et un désir évidents. Mes rubans me recouvrent, mais il a visiblement l'impression qu'il ôte tous mes vêtements par la seule force de son regard en imaginant ce qui se cache dessous.

– Tu es à moi pour la nuit, mon petit animal de compagnie doré. Faisons la fête.

La musique va crescendo.

J'ai le moral en berne.

Chapitre 11

Il me force à lui donner la becquée.

Des serviteurs apportent des plateaux débordant de nourriture qu'ils déposent sur une table entre les trônes. Midas et Fulke apprécient, les pouliches autour de moi également.

Il y a des viandes, des fromages, des chocolats, des fruits, du pain. Des gâteaux qui embaument et des dips au vinaigre. Je lui offre de tout, assise sur l'accoudoir de son trône. Je me contorsionne pour qu'aucune partie de mon corps n'entre en contact avec le sien.

Mais j'ai beau m'efforcer de lui présenter la nourriture le plus délicatement possible, chaque fois, sa bouche en profite pour m'aspirer les doigts et les lécher. Ses dents me mordillent même les ongles !

Il gobe le morceau de chocolat que je lui présente et me suce les doigts avant que j'aie eu le temps de les retirer. Il éclate de rire tout en mâchant. Le chocolat tache ses dents qu'il lèche avec délectation.

– Ta peau en or rend cette nourriture incroyablement plus riche.

Je sens que les autres pouliches me regardent. Elles m'évaluent, me jugent, calculent. Elles me considèrent comme une menace, comme si je voulais retenir toute son attention.

Midas discute avec d'autres nobles. Autour de son trône, l'espace se remplit peu à peu de gens qui l'accaparent et cherchent à obtenir ses faveurs. Il ne m'a pas jeté un seul regard depuis qu'il m'a demandé de m'asseoir à côté de Fulke.

– Ouvre.

Je fixe la main qui plane devant mon visage. Fulke me tend une tranche de viande, la sauce dégouline et atterrit sur ses jambières de velours noir.

D'abord, je secoue la tête, l'idée que ses doigts approchent ma bouche ou touchent ma nourriture m'horrifie. Fulke hausse un sourcil charbonneux. Une question. Une exigence.

Comporte-toi bien ce soir.

J'entrouvre à peine les lèvres, mais Fulke enfourne la viande dans ma bouche plus violemment qu'il n'est nécessaire. Il tente d'enfoncer ses doigts, mais je détourne la tête et serre les dents d'un coup sec.

Il sourit.

– Quelle vilaine fille tu es !

Je sens que Midas arrête son regard sur moi. Je me raidis.

– Peu importe. Cela nous promet une soirée émoustillante, n'est-ce pas ?

Ensuite du pain passe entre mes lèvres. Puis du fromage. Du raisin. Je mâche sans réfléchir, silencieuse, concentrée, mes rubans bien serrés autour de moi.

De son index, il frappe deux fois sur sa timbale. Grâce à son pouvoir magique, il la duplique, puis me tend la seconde. Sur un simple claquement de doigts, un serviteur se précipite et les remplit de vin.

– Portons un toast à notre nuit, dit-il avant de lever sa timbale et d'en vider le contenu d'un trait.

J'avale avec peine une gorgée amère.

Fulke finit par se lasser de ce petit jeu. Il attrape les deux timbales et les pose sur la table en repoussant les plats. Je suis contente que ce soit terminé. La nourriture me reste sur l'estomac, aussi lourde que des pierres. J'ai encore le goût de ses doigts sur la langue.

Mais bien évidemment, je ne m'en sors pas aussi facilement. Fulke lève un doigt et me montre sa joue grasse.

– Embrasse-moi.

Je plisse les yeux, je me crispe, mes doigts agrippent les pans de ma robe. Je ne bouge pas. Fulke se met lui aussi à plisser les yeux. D'une main, il m'attrape par l'oreille et me tire jusqu'à ce que ma bouche atterrisse sur sa joue mal rasée, toute rugueuse, si différente de celle de Midas qui est toute lisse. Il a une mâchoire rondouillarde et une joue grasse qui puent le vin, et empestent le stupre.

Mes lèvres ne réagissent pas, je refuse de l'embrasser. Il tire plus fort sur mon oreille qu'il tient entre son index et son pouce. Ma bouche s'écrase contre sa peau.

– Et voilà, ce n'était pas si difficile, tu vois ? s'esclaffe-t-il.

Dès qu'il relâche mon oreille, je m'écarte et manque basculer sur le côté du trône, mais il me rattrape et me redresse en riant de plus en plus fort.

– Inutile de te mettre à genoux dès maintenant.

L'embarras et la colère me brûlent les joues. Je veux m'enfuir. Je veux retourner là-haut, en sécurité dans ma cage, avec les hurlements du vent, la Veuve Gale, pour seule compagnie.

Fulke ne me relâche pas tout de suite. Ses mains serrent toujours mes bras, tellement fort que je me demande si je ne vais pas avoir des marques couleur bronze.

– Tu n'es pas encore assez près, je trouve.

Il me jette sur ses genoux sans prévenir. Un exploit. Vu la rigidité de mon corps, c'est un miracle qu'il soit parvenu à me faire bouger. Je retombe sur lui, toute raide. L'arrière de mes cuisses heurte les siennes et je me redresse pour ne pas entrer en contact avec sa poitrine. J'essaie d'agripper les accoudoirs pour me relever, mais Fulke m'attrape par un poignet et place ma paume de main sur son entrejambe.

– Ici, ma p'tite poulette en or.

J'écarquille les yeux, sidérée. J'ai envie de vomir. Je sens son membre flasque qui commence à gonfler et à durcir. Je veux ôter ma main, mais c'est impossible, il maintient mon poignet avec une force surprenante.

Moi qui vis enfermée dans une cage, jamais je ne me suis sentie aussi piégée.

– Votre Majesté.

Les yeux de Fulke me délaissent pour se tourner vers Rissa, debout devant lui.

– Dois-je danser pour vous ? lui demande-t-elle avec un sourire ravageur.

Ses longs cheveux blonds qui tombent en cascade autour de son visage couvrent à peine ses seins nus.

Il lui lance un regard gourmand et hoche la tête en signe d'acquiescement. Elle se met à danser. Ses jupes noires balaient le sol et effleurent ses chevilles, ses hanches ondulent au rythme de la musique, son regard et la courbe de ses lèvres sont autant de promesses de séduction.

Fulke libère enfin mon poignet pour s'appuyer contre le dossier de son trône. Je parviens à ôter ma main car son attention se reporte sur la performance de Rissa.

– Observe-la bien, me glisse-t-il, la bouche bien trop proche de mon oreille à mon goût. Voilà une pouliche qui sait ce qu'elle fait. Tu ferais bien de prendre exemple sur elle si tu veux apprendre comment plaire à un homme.

Comment plaire à un homme. Comme si ça devait être le but de la vie d'une femme, pouliche ou pas ! Le coin de ma lèvre tressaute légèrement dans un semblant de ricanement.

Devant ses louanges, le sourire de Rissa s'élargit. Son regard se tourne vers moi, elle cherche à savoir si je suis jalouse. Bien sûr que non. Je suis soulagée. Qu'elle en ait eu ou pas l'intention, elle m'a offert un sursis dont j'avais grand besoin. Tout comme j'avais essayé de le faire pour elle dans la bibliothèque.

Je pense que personne ne distingue le léger gonflement de son nez ni l'épaisse couche de fond de teint qui dissimule un bleu, mais moi si, et cela me fait grincer des dents. Je ne voulais pas lui faire mal.

– Mmm, c'est une bonne danseuse, n'est-ce pas, mon chou ?

Obéissante, je hoche la tête. Il adore visiblement sa façon de danser pour lui. Rissa, toujours professionnelle, continue de minauder.

Elle est belle. Elle a des pommettes hautes, de grands yeux ronds, des cheveux blonds qui lui tombent presque à la taille, les courbes d'une amphore, des lèvres carmin. Pas étonnant que Fulke l'apprécie autant. Et elle n'est pas seulement belle – toutes les pouliches de Midas le sont –, elle est sûre d'elle, elle comprend les hommes et sait comment les séduire. Elle peut devenir, par le geste comme par la parole, un objet de désir.

Fulke repose une main sur mes hanches. Ses doigts épais s'enfoncent dans ma chair, comme pour bien me faire comprendre que je lui appartiens. Au bout d'un moment, cela aussi l'ennuie. Il me repousse par terre. Je pense que le spectacle de la favorite de Midas assise à ses pieds le fait jubiler.

Mes jambes sont repliées sous moi, c'est la seule position dans laquelle je suis à peu près décente. Certains des nobles présents à la fête commencent à s'enhardir, sans doute encouragés par la boisson. Ils s'approchent de l'estrade, murmurent entre eux en me dévisageant. Je les dévisage en retour. Je ne baisse pas la tête. Je ne détourne pas le regard.

Je les laisse parler.

Je les laisse regarder.

À présent, Fulke est en grande conversation avec Midas et quelques autres hauts personnages. Ils discutent des nouvelles routes commerciales à établir depuis le Quatrième Royaume. Des nouvelles opportunités d'investissement dans les mines des Racines Noires. Comme si la fréquentation d'une salle de bal en or massif ne leur suffisait pas.

Plus je reste assise par terre, plus mes genoux et mes mollets me font souffrir. J'essaie de bouger un peu pour soulager la pression et permettre au sang de circuler dans mes membres douloureux.

Mais Fulke pose une main sur ma tête. On dirait un maître qui caresse son chien.

– En parlant de nouvelles marchandises, lance-t-il les yeux brillants en passant ses doigts dans mes cheveux, une douzaine de ses cheveux doivent bien valoir un mois de salaire d'un paysan.

– Hmm, marmonne Midas sans s'engager tout en observant la façon dont Fulke me touche.

Il y a de la possessivité dans son regard, pourtant il n'intervient pas. Il ne l'interrompt pas.

Je sens un crépitement aigu, humide, me brûler les yeux comme une mèche qu'on allume ; une flamme invisible vacille au centre de mes iris, alors que des larmes menacent d'en jaillir comme du feu liquide.

Voilà que dans une relation vieille de dix ans, basée sur la confiance, apparaît une fissure. Tel un éclat dans du verre, une fine brèche s'étend comme la toile d'une araignée.

Rissa interrompt sa danse. Elle se glisse aux côtés de Fulke et se met à lui masser les épaules de ses doigts agiles. Ses jambes s'enroulent sur le bras du trône dans un mouvement gracieux.

Pendant qu'il parle, elle poursuit ses caresses sensuelles depuis les épaules vers la poitrine, jusqu'à son ventre et la ceinture du pantalon. Avec un sourire aguicheur, elle effleure son membre qui durcit, attirant ainsi le regard concupiscent de tous les hommes présents dans la pièce. Elle se donne en spectacle, et pas uniquement pour le bénéfice du roi dont elle prend soin.

Soudain, je réalise que cette femme possède un pouvoir. Pas un pouvoir magique comme les rois et les reines, une autre forme de pouvoir, celui du contrôle. Elle tient ces hommes dans la paume de ses mains expertes, elle dirige leurs désirs, contrôle leurs émotions, nourrit leurs fantasmes.

Durant toute ma vie de pouliche royale, je n'ai jamais rien fait de tel, je n'ai jamais appris à le faire. Je n'en ai pas eu besoin puisque je n'ai jamais été partagée. À côté d'elle, j'ai probablement l'air d'être la pire des pouliches, assise là, le dos tout raide, les mains croisées sur les genoux, grimaçant chaque fois que la jambe de Fulke frôle mon épaule ou que sa main descend pour me caresser les cheveux.

– Tu es vraiment douée pour ça, je murmure, suffisamment bas pour que personne d'autre ne puisse m'entendre.

– Je suis une pouliche, me répond Rissa comme si ça expliquait tout.

Je suppose que c'est le cas.

– Mon chou, je pense que nous allons nous retirer à présent, dit Fulke en plongeant son regard dans mon décolleté. Debout. Je veux plonger dans ta chatte dorée dès à présent, puisque Midas insiste pour te récupérer avant l'aube.

Il me relève en me tirant par les bras. Le sang se remet à circuler dans mes jambes.

– Tu peux y aller, ma fille, ordonne-t-il à Rissa. Je n'ai plus besoin de toi ce soir.

– Bien, Votre Majesté, lui répond-elle avec une charmante inclinaison de la tête, avant de se retourner et de glisser gracieusement vers le groupe d'hommes qui l'observent toujours.

Fulke se tourne vers Midas, une main toujours sur mon bras.

– Je vous souhaite une bonne nuit, lui lance-t-il avec un sourire en coin. J'ai hâte de l'avoir pour moi tout seul.

Midas incline la tête vers Fulke, mais ses yeux bruns se tournent vers moi.

– Profitez-en bien.

C'est tout ce qu'il dit. Comme si j'étais un vin ou une pâtisserie, mis à la disposition du roi Fulke pour qu'il en profite. Je détourne la tête, trop blessée pour le regarder. La fissure s'élargit un peu plus.

Lorsque Fulke nous fait descendre les marches de l'estrade, plusieurs de ses gardes s'approchent. Seule son escorte me sépare de la foule qui se met à huer et à brailler des obscénités.

– Chevauchez la pouliche d'or comme il faut, Sire !

– Baisez tout l'or qu'il y a en elle !

Mes dents s'entrechoquent devant tant de vulgarité. L'envie de les frapper, de les faire taire et de trancher leurs gueules ricanantes démange mes rubans. Quand Fulke décide d'en rajouter en lâchant mon bras pour me donner une tape sur les fesses, leurs extrémités s'enroulent autour de mes côtes comme des poings serrés.

Je dois être forte.

Je dois l'être.

Sauf que… le simple fait qu'il me touche les fesses suffit à me faire grimacer. Comment vais-je faire pour supporter qu'il touche une autre partie de mon corps ? Comment suis-je censée faire pour aller jusqu'au bout ?

Tiens-toi tranquille.

Comporte-toi bien.

Fais-lui confiance.

Et soudain, à cet instant précis, au beau milieu de cette salle de bal et des railleries des fêtards, je décide que je ne le ferai pas.

CHAPITRE 12

Je ne veux pas que cet homme me touche. Peu m'importe qu'il soit roi. Peu m'importe que mon roi m'ait offerte à lui pour une nuit et que, grâce à ça, il remporte une bataille. Je ne suis pas d'accord, et je ne vais pas tout bonnement me coucher et accepter. Je ne vais pas *bien me comporter*. Midas ne peut pas me demander ça. Il ne peut pas l'exiger.

Je m'arrête juste avant d'atteindre les portes étincelantes.

Pendant un instant, le roi Fulke et les membres de son escorte ne s'en rendent même pas compte. Ils sont trop accaparés par la fête, trop excités.

C'est seulement en passant le seuil que les cinq hommes semblent réaliser que je n'avance plus avec eux. Ils se retournent pour regarder où je me suis arrêtée, quelques pas derrière eux. Fulke est le dernier à se retourner, mais le premier à prendre la parole.

–Avance, mon chou.

Ma nuque est raide comme de la pierre, mais je parviens quand même à secouer la tête.

–Non.

Et je le jure, ma voix résonne. C'est ridicule, puisqu'il y a deux cents personnes dans la pièce et que les musiciens, bien qu'éméchés, jouent toujours. Mais ce simple mot prononcé tout doucement fait autant d'effet que le grondement d'une avalanche. Tout le monde se tait, s'immobilise et tend l'oreille, comme pour essayer de comprendre la déflagration qui se propage dans la pièce.

– Quoi ? Qu'est-ce que tu as dit ? demande Fulke.

La bonne humeur a disparu de son visage, remplacée par un regard noir, plein d'incrédulité et d'indignation.

Je recule d'un pas en secouant la tête. Ma résolution reste inébranlable, même si ma peur, elle, augmente.

– Je suis la favorite du roi, je dis en me redressant et en parlant haut et fort malgré mes mains qui tremblent. En dépit de mon apparence, je ne suis pas une pièce d'or que l'on peut dépenser à sa guise.

À présent, le silence est assourdissant. Même le vent, à l'extérieur, s'est tu. Je regarde autour de moi sans vraiment savoir pourquoi. Chercher un allié ? Je n'en ai aucun.

Je ne vois pas le coup arriver. Ma tête dévisse vers la droite et la douleur éclate dans mes yeux. Si je parviens à rester debout malgré ce coup terrible, c'est parce que ses mains ont agrippé l'arrière de ma robe en écrasant certains de mes rubans.

Fulke me force à faire face à Midas qui avance en fendant la foule ; celle-ci s'écarte sur son passage comme s'il était un rapide impétueux, une rivière qui sillonne la terre.

– Est-ce ainsi que vos pouliches s'adressent à la royauté ? fulmine-t-il, la bave aux lèvres, tout en me secouant. J'ai bien envie de vous demander sa tête !

– Mais je vous ai donné sa chatte, pas sa tête, répond froidement Midas devant la foule médusée.

Des larmes coulent doucement le long de mes joues, des larmes pitoyables qui atterrissent inutilement sur le sol, à mes pieds.

Je sais que je devrais me taire. Je le sais. Mais je ne peux pas m'en empêcher. Je suis déjà dans le pétrin, alors pourquoi pas ? Qu'est-ce que j'ai à perdre ?

–Je n'ai donc pas plus de valeur que ça? je questionne doucement.

Pas Fulke, mais Midas. Je ne parle pas de ma peau dorée, mais de tout l'amour que j'ai dans le cœur. Est-ce que cela n'a pas plus de valeur?

–Valeur?

Le roi Midas s'arrête devant moi. Son ton est mesuré, mais les spectateurs les plus proches peuvent l'entendre. La foule essaie donc de se rapprocher pour pouvoir écouter ce qu'il dit.

–Tu as plus de valeur que tout l'or de ce château. Mais tu m'appartiens toujours et je t'utiliserai comme bon me semble.

Je n'avais jamais entendu un cœur se briser, mais ça ressemble à du verre qui se fissure.

Mais tu avais promis de me protéger. Tu avais promis de me garder toujours dans ton cœur.

Je veux le lui dire, mais je me tais. Mes yeux humides hurlent ces paroles silencieuses, mais mon roi ne m'entend pas.

Midas regarde son allié.

–Toutes mes excuses, roi Fulke. Veuillez pardonner à son innocence. Je l'ai toujours beaucoup gâtée. Elle se conduira bien à présent.

Je ne saurais dire si Fulke est calmé car je ne le regarde pas. Midas se tourne vers les gardes derrière moi.

–Escortez Auren jusqu'à la chambre du roi Fulke.

–Non!

J'essaie de me dégager, mais deux des gardes de Fulke m'empoignent sans le moindre ménagement. Écrasée entre les armures violettes des gardes, je suis choquée, aveuglée par la colère. Je leur lance des malédictions sans qu'ils lâchent prise pour autant.

Le roi Fulke passe la porte le premier.

–Silence! grogne-t-il. Ou je vais te fouetter toute la nuit jusqu'à déchirer ta peau dorée!

Je me tais, mais je ne suis pas certaine d'être hors de danger pour autant. Je l'ai défié publiquement, et d'après mon expérience, défier un roi ne reste jamais impuni.

Une fois sortie de la salle de bal, je suis traînée à travers le hall d'entrée vers le grand escalier. Mais avant que nous ayons pu l'atteindre, les portes principales s'ouvrent et un soldat portant les armes de Fulke entre en courant. Les gardes de Midas qui surveillent la porte lui crient de s'arrêter, mais il les ignore et se rue vers son roi.

Sa lourde cape violette est couverte de neige et de glace, ses bottes sont boueuses et trempées de neige fondue. Il glisse sur le sol en courant, mais continue d'avancer en hurlant :

– Mon roi !

Fulke s'arrête en fronçant les sourcils.

– Qu'est-ce que cela signifie ?

Le soldat s'arrête devant nous en haletant si fort qu'il doit s'agenouiller un instant pour reprendre son souffle avant de pouvoir parler. Son plastron est encroûté de givre, son visage est gercé par la bise.

– D'où viens-tu, soldat ? lui demande un des gardes rapprochés de Fulke en s'avançant devant son roi pour le protéger.

– De la frontière du Quatrième Royaume, Monsieur.

Le garde fronce les sourcils.

– Où est Gromes ?

– Le messager est mort au combat. Le général a tenté d'en envoyer deux autres, mais je suis le seul à avoir pu grimper à bord d'une des ailes de bois et à m'échapper avant qu'ils nous abattent. J'ai volé toute la journée et toute la nuit.

Les éclats de rire de la salle de bal résonnent quand quelques fêtards pénètrent dans le hall en titubant, sans la moindre conscience de ce qui est en train de se passer.

Une seconde après, Midas arrive à grands pas, accompagné par six de ses gardes – *bien entendu,* ils sont six –, en comptant Digby. Il jette un coup d'œil au messager de Fulke et son regard se fait soudain très sombre.

– Venez. Allons en parler en privé, loin des oreilles et des yeux des noceurs, lance Midas en désignant d'un signe de tête la salle du courrier sur la gauche.

J'espère pouvoir m'échapper, mais les gardes ne me lâchent pas et m'entraînent à la suite du groupe, dans un petit couloir, loin de l'escalier.

La pièce dans laquelle nous entrons est meublée de quelques tables et chaises éparpillées. Du parchemin, des bougies, des bouteilles d'encre, de la cire et des plumes sont mises à disposition afin que chacun puisse écrire ses lettres et les envoyer.

La porte est refermée derrière nous. Me voici coincée en compagnie de deux rois et de leurs dix gardes.

Le messager ne se calme pas. Bien au contraire, il respire plus fort, ses yeux furètent nerveusement dans la pièce, il se place derrière l'une des tables dorées.

Le roi Fulke prend la parole :

– Alors ? Je veux savoir pourquoi mon messager est mort et pourquoi tu m'as été envoyé depuis la frontière.

Les mains du messager tremblent légèrement. Est-ce par nervosité ou par épuisement, je ne saurais dire.

– Mon roi, si je pouvais vous parler en privé…

Le regard noir de Fulke se fait plus sombre encore.

– Es-tu un traître, soldat ? Tu as déserté ?

Le messager écarquille les yeux.

– Quoi ? Non, Sire !

– Alors explique-toi ! exige Fulke en écrasant son poing sur la table.

Le bruit nous fait tressaillir, le messager et moi.

Une sombre résolution s'installe sur le visage de l'homme qui agrippe le pommeau de son épée.

– Dès que votre armée a franchi la frontière du Quatrième Royaume, les hommes du roi Ravinger nous ont attaqués. Votre régiment a été entièrement décimé, Sire.

Incrédule, Fulke balaie cette information d'un geste.

– Tu te trompes. Nos troupes ont percé les lignes du Quatrième Royaume plus tôt ce matin. Nous avons pris Cliffhelm. Nos armées jointes à celles du Sixième Royaume ont été victorieuses. Le Quatrième a été complètement pris au dépourvu. Nos négociations sont déjà en cours.

Le messager jette un coup d'œil autour de lui, ses yeux s'arrêtent sur un Midas stoïque et totalement inexpressif avant de revenir à Fulke.

– Non, Votre Majesté.

– Non ? répète Fulke, comme s'il n'avait jamais entendu ce mot auparavant. Que veux-tu dire par non ?

– Nous... nous n'avons pas réussi à prendre Cliffhelm. L'avant-poste de Ravinger était plein de soldats. Nous n'avions pas encore franchi les murailles qu'ils nous sont tombés dessus.

Un des gardes de Fulke se met à jurer et le roi serre les poings.

– Tu prétends que toute ma division a été anéantie ?

Le messager hésite.

– Oui, Votre Majesté, et...

Fulke attrape une des bouteilles d'encre et la jette contre le mur. Le verre se brise, l'encre éclabousse le mur et dégouline par terre.

– Et quoi ? fulmine Fulke. Crache-le !

Quelque chose ne tourne pas rond. Ça ne va pas du tout. Ils étaient en train de fêter la victoire. Leur plan avait fonctionné à merveille. Que s'est-il passé entre hier et aujourd'hui ? Comment cette information erronée a-t-elle pu être transmise aux rois ? Ou bien est-ce ce soldat qui ment ? Mais si c'est le cas... dans quel but ?

Devant l'air furieux de son roi, le messager serre plus fort encore le pommeau de son épée, et je ne suis pas la seule à le remarquer.

– Que fais-tu, soldat ? demande le garde sur un ton suspicieux en se saisissant lui aussi de son épée.

Mais le messager ne le regarde pas. Il ne regarde même pas Fulke. Il regarde Midas.

Tout mon corps se tend. Mon instinct me dit que quelque chose de terrible va se produire, mais quoi ?

– Explique-moi comment il se fait qu'on nous ait annoncé ce matin la prise de Cliffhelm et que tu m'informes maintenant que mes hommes ont tous été massacrés ! gronde Fulke.

Explique-moi comment les hommes de Ravinger ont pu défaire mes soldats et ceux de Midas sans que nous soyons au courant!

Les gardes de Fulke se rapprochent du messager comme une meute de loups flairant un traître. Un menteur.

Mais ils se rapprochent du mauvais homme.

Le messager relève le menton, il se tient droit bien que la résignation se lise dans ses yeux.

– Ils n'ont pas défait les hommes du roi Midas. Parce que l'armée de Midas ne s'est jamais jointe à la nôtre. L'armée du Sixième Royaume n'a jamais marché vers la frontière du Quatrième. Vos soldats étaient seuls pour affronter les hommes du roi Ravinger, et les messages précédents n'étaient qu'une tromperie.

Ses yeux accusateurs se tournent vers mon roi.

– Midas vous a trahi.

CHAPITRE 13

Pendant un court instant, plus personne ne bouge. Devant la déclaration du messager, un silence choqué emplit la pièce. Puis les deux groupes de gardes resserrent leurs rangs autour de leurs rois respectifs.

Troublé, le roi Fulke fronce les sourcils.

– Tu fais erreur, soldat, lance-t-il au messager.

– Pas du tout.

Midas vient de s'exprimer avec une telle assurance que je me retourne. Lui se contente de fixer Fulke avec une certaine arrogance. Le visage de Fulke exprime la confusion, le choc, puis la fureur, pendant que nous tentons tous d'assimiler ce que nous venons d'entendre.

– Vous m'avez *trahi* ?

La voix de Fulke claque comme un fouet.

Ses gardes agrippent les pommeaux violets de leurs épées qui portent les armoiries de leur royaume gravées sous la forme de glaçons déchiquetés. Il y a quelques minutes à peine, ces hommes trinquaient et riaient ensemble. À présent, ils se font face et la tension entre eux est palpable.

Ils sont passés d'alliés à ennemis.

– Que ce soit votre ultime leçon, Fulke, lui répond calmement Midas, pas inquiet le moins du monde face à la menace mortelle qui plane dans la pièce. Les rois dignes de ce nom n'échangent pas leur armée contre une chatte.

Je ne sais pas qui, de Fulke ou de moi, a l'air le plus choqué.

Le monarque du Cinquième Royaume fixe Midas comme s'il le voyait vraiment pour la première fois, comme s'il n'était plus aveuglé par tout cet or étincelant, par toute cette richesse incommensurable.

– Vous n'avez jamais voulu envahir le Quatrième Royaume, dit-il, comme s'il comprenait enfin.

Midas éclate de rire. Il se moque ouvertement de l'autre souverain.

– Bien sûr que non ! Tout le monde sait qu'on ne s'attaque pas au Quatrième Royaume. Le roi Ravinger décime tous ceux qui osent s'y risquer.

Les visages des gardes de Fulke expriment une fureur noire. Elle assombrit leurs regards.

Je suis horrifiée lorsque je réalise l'étendue de ce que Midas a fait. Pendant des années, il s'est efforcé de créer un lien avec Fulke. Il l'a séduit par sa prodigalité en emplissant ses coffres. Fulke a tout gobé avec avidité.

Je m'étais toujours demandé quel avantage Midas pouvait retirer de tout cela. À présent, je le sais. Midas n'enrichissait pas Fulke. Il considérait le Cinquième Royaume comme sa chambre forte annexe. Fulke y transportait son or pour lui pendant que Midas attendait son heure.

C'est brillant. C'est brutal. Et je sais que, sans aucun doute, un seul roi sortira vivant de cette salle du courrier.

Les lèvres de Fulke se pincent, une goutte de sueur perle sur sa tempe gauche tandis qu'il hoche la tête en signe de compréhension ou de résignation. Il ne montre aucune crainte, il porte seulement un regard froid sur l'échiquier où les pions se mettent peu à peu en place.

– Votre armée n'est jamais allée au Quatrième Royaume dans l'intention de l'attaquer. Vous m'avez menti et attiré mes soldats dans le but de les massacrer afin d'envahir mon royaume.

Les yeux de Midas brillent de satisfaction. Ceux de Fulke étincellent de haine.

D'alliés ils sont devenus ennemis.

La sueur commence à goutter de la tempe de Fulke telle une ligne invisible qui descend, comme celle que Midas a franchie.

Et sans avertissement, je ne sais pas quel roi donne l'ordre d'attaquer le premier. Je sais seulement que, d'un seul coup, une bataille éclate.

Quelqu'un me pousse violemment au sol avant que je puisse dire ouf. J'en ai le souffle coupé, seul un tapis amortit ma chute.

Le violet et l'or s'entrechoquent dans une explosion de cliquetis métalliques.

Le rouge apparaît ensuite, sous la forme de violentes éclaboussures de sang.

Je perçois des cris brefs. Les épées s'entrechoquent brutalement. La brutalité de tout ceci agit sur mon cerveau comme un choc qui fait remonter à la surface des souvenirs de mon passé.

La bataille est trop proche, trop intense. Je me retrouve étalée sur le sol, exactement comme lors d'un autre combat.

Un combat qui eut lieu sous une lune jaune, dont la rondeur éclairait un ciel sombre. Il y a dix ans, des pillards étaient arrivés dans la petite ville où je vivais. Des pillards qui faisaient ce qu'ils savent faire, c'est-à-dire piller. Ils s'emparaient de tout ce qui ne leur appartenait pas. Argent, bétail, céréales, femmes.

Le son des épées s'entrechoquant ressemble à une mélodie macabre et me rappelle une chanson à boire que j'ai jouée à la harpe.

Ils ont pillé le village,
Ils ont brûlé les fermes.
Ils ne reconnaissent aucun roi,
Mais ils s'inclineront devant une bague.

Les paroles idiotes tournent en boucle dans ma tête, je plaque mes mains sur mes oreilles. Mon esprit vacille entre hier et aujourd'hui, entre là-bas et ici. J'entreprends de reculer doucement vers le mur. Si je peux rester fléchie et atteindre ce mur, alors je pourrai atteindre la porte, et si je peux atteindre la porte, je pourrai…

Un corps me tombe dessus, mon menton heurte le sol suffisamment violemment pour que je voie trente-six chandelles. En grognant sous ce poids qui me cloue au sol, je fournis un effort titanesque pour le repousser, puis le faire rouler et enfin parvenir à le faire tomber avant de réaliser qu'il est vraiment, vraiment mort.

Quand je comprends enfin qu'il n'a plus de tête, quelqu'un me soulève. Mes oreilles tintent, j'entends encore cette ritournelle idiote lorsqu'on pose une lame contre ma gorge.

– Espèce de bâtard !

Fulke hurle contre mon oreille en me bousculant.

Je gémis, son poignard s'enfonce un peu plus profondément dans ma gorge en m'égratignant, ses mains tremblent.

– Tu te crois si malin. Tu veux m'occire ? Eh bien, je vais emporter ta salope dorée avec moi dans la mort.

J'éprouve la sensation surréaliste d'avoir la mort qui me frôle le cou. En l'occurrence, la mort, c'est Fulke, et son haleine tiède glisse le long de ma colonne vertébrale comme du vin qu'on aurait renversé. Une terreur gluante humidifie mon épiderme. Sa main serre si fort le manche du poignard que sa lame se met à trembler et s'enfonce plus profondément. Mon sang coule.

Il y a huit hommes étendus sur le sol. Le sang jaillit de leurs blessures béantes et s'étale sous eux. Je cligne des yeux devant les flaques, comme si ce n'était que de la peinture et que tout ceci n'était qu'un mauvais rêve qui se déroule dans ce décor macabre.

Sauf que ce n'est pas le cas.

Tous les hommes de Fulke, y compris le messager, sont morts, ainsi que trois des gardes de Midas.

Les deux autres l'entourent pour le protéger, leurs lames en or tranchantes sont tachées de vermillon. Dehors, le vent hurle, les grêlons cognent contre les vitres.

Midas me regarde avec une expression indéchiffrable. Mes yeux sont probablement écarquillés sous le choc ; le choc et l'horreur.

Je les ferme. Je ne veux pas voir ce qui va se passer. Je ne veux pas voir sa réaction lorsqu'on va me trancher la gorge.

Mourir. Je vais mourir.

La lame s'enfonce comme pour me coincer, pour me piéger en mettant à exécution la menace de Fulke. J'inspire une dernière bouffée d'air et je la garde dans mes poumons, car je ne veux pas que mon souffle m'abandonne.

Mais avant que le tranchant aiguisé ne parvienne à me cisailler plus profondément, le corps de Fulke s'arc-boute et je suis violemment tirée de côté par un bras puissant, pendant que le corps du roi s'écrase au sol et se met à trembler violemment à mes pieds. Stupéfaite, je découvre qu'une épée le transperce de part en part.

Je tourne la tête vers la droite et je vois Digby. Digby, dont j'avais oublié la présence. Il me tient, son visage est éclaboussé de sang, son fourreau est vide.

Je baisse les yeux vers Fulke qui se tord toujours dans un horrible gargouillement. Ses mains se lèvent, agrippent l'épée à l'endroit où elle sort de sa poitrine. Sa bouche s'ouvre et se referme, le sang inonde ses lèvres. Il serre la lame comme s'il voulait l'étrangler et se coupe les paumes.

Il meurt ainsi, les deux mains autour de la lame en or et un rictus aux lèvres comme s'il tentait de nous lancer une malédiction, une malédiction qui nous condamnerait tous à l'enfer.

Midas se tient à l'autre bout de la pièce avec ses deux autres gardes. Tous les yeux sont rivés sur le roi Fulke dont la poitrine s'affaisse en gargouillant dans une dernière expiration. Je le regarde fixement, lui et son sang grenat qui s'écoule de sa blessure, lentement, comme du sirop.

Je me mets à trembler.

Mon cœur cogne contre mon crâne avec un *rap, rap, rap* – ou bien est-ce la grêle qui cogne à la fenêtre ?

Je me retourne et me réfugie dans le cou de Digby. Peu m'importe que ce soit inconfortable à cause de son armure. Je m'accroche à lui, c'est mon corps tout entier qui tremble.

Enfouie contre sa poitrine, je ne cesse de répéter « merci, merci, merci ». Il m'a sauvée. Mon garde taciturne et stoïque vient de tuer un roi pour me sauver la vie.

J'entends des voix ; celle de Midas, celle de l'un des gardes, peut-être aussi celle de Digby. Je n'arrive pas à comprendre ce qu'ils disent, je n'arrive pas à me concentrer.

Mes pieds se balancent légèrement et mes yeux s'illuminent d'éclats de lumière noire. D'autres paroles. D'autres bruits de grêle. Et encore et toujours cette chanson.

– Conduisez-la à ses appartements, ordonne Midas.

Ou peut-être est-ce que je l'imagine ?

Digby me soulève. J'ai toujours le visage enfoui contre sa poitrine.

– Tu as du sang sur toi. J'ai du sang sur moi.

Ma voix me paraît lointaine. Le sang est une chose tellement insignifiante, comparée à tout le reste. Je ne sais même pas pourquoi j'en parle.

Il m'emmène loin, loin vers le haut.

– J'ai vraiment besoin d'un bon côté.

Le bon côté des choses. J'ai besoin d'un côté lumineux pour pouvoir m'y raccrocher. Pour m'empêcher de sombrer.

Le bon côté… Le bon côté, c'est que je n'ai été ni violée ni assassinée.

Dieu du ciel, quel côté lumineux abyssal !

Digby reste silencieux. Il ne fait aucune remarque, ce qui ne m'étonne pas. Mais quoi qu'il en soit, son pas ferme me rassure, même si mon esprit continue à vagabonder et que je vois de plus en plus d'éclairs noirs.

– Tu as tué un roi pour moi, Digby, je murmure.

Il se contente de grogner.

GlD

Je ferme les yeux un instant, bercée par le mouvement de ses pas. Je les rouvre après ce qui me semble n'être que quelques secondes, mais je réalise que je suis déjà tout en haut du palais, dans ma chambre, et que Digby est en train de me déposer sur mon lit.

Je m'assois en appuyant mes mains sur le matelas. Mes doigts plongent dans les couvertures. Digby me regarde, puis fait demi-tour et sort à pas feutrés. La porte de ma cage se referme doucement sur mon intimité. Les bougies allumées dans la pièce sont mes seules compagnes.

Ce soir, j'ai failli être violée par un roi.

Mais ce roi est mort, une lame lui a transpercé la poitrine à quelques centimètres de moi. Son sang a trempé mes mules. Je peux encore sentir son souffle chaud contre mon cou.

Et la nuit m'écrase. Elle m'écrase totalement. Chaque instant de ce qui vient de se passer me hante, je rejoue la scène, je la décortique. Je revois encore et encore le déroulé de la journée, depuis mon réveil jusqu'à maintenant.

Je reste assise ainsi un long moment à réfléchir, à écouter la grêle et le vent, à me demander si j'ai fait quelque chose dans une vie antérieure qui aurait pu offenser les déesses – ou si je suis tellement bien cachée ici, dans le Sixième Royaume, sous une couverture de nuages neigeux qui ne s'estompe jamais, que les étoiles n'ont pas été en mesure de me voir.

Je passe l'heure qui suit à m'interroger. Avec le sang d'un roi mort qui imbibe mes chaussures et une blessure superficielle à la gorge.

Chapitre 14

Une clé qu'on insère dans la serrure de ma porte me tire de mes pensées. Plusieurs séries de pas se rapprochent, des domestiques entrent dans ma cage, les uns après les autres. Ils passent devant moi pour se diriger vers ma salle de bains, des seaux d'eau chaude à la main.

Une minute plus tard, ils ressortent tous en silence, la cage se referme.

Je ne me retourne pas, je ne fais aucun geste, mais j'attends. J'écoute.

Je sens sa présence derrière moi. Il m'observe, mais je reste bien droite, je fixe la fenêtre et le blizzard qui fait rage à l'extérieur.

Finalement, Midas s'avance. Sa silhouette sombre s'arrête à quelques pas de moi.

Il attend un instant et bien que je ne puisse pas voir ses yeux, je sens son regard se poser sur l'entaille que j'ai à la gorge.

Midas fait trois pas lents, puis il me tend la main.

Je ne la prends pas.

– Laisse-moi te laver, Précieuse.

Je lève les yeux vers lui. Je refuse toujours de prendre sa main. Il a l'air d'avoir des remords.

– Je sais, commence-t-il d'une voix rauque, je sais, mais laisse-moi t'expliquer. Laisse-moi… Je veux te prendre dans mes bras. Prendre soin de toi. Laisse-moi t'aider, Auren.

Cette fissure qui se développe lentement à partir de l'entaille dans le verre, stoppe sa progression. Elle attend. S'interroge.

Parce que Midas me l'a déjà dit avant : *Laisse-moi t'aider.*

Est-ce pour ça qu'il prononce ces mots à présent ? Pour me le rappeler ?

Quand je vivais dans la rue, je dormais le jour et je me faufilais dehors pendant la nuit. Affamée, le plus souvent. Effrayée, toujours. J'avais trop peur pour acheter quoi que ce soit, pour aborder qui que ce soit. Je ne le faisais que lorsque c'était absolument nécessaire.

J'errais seule, je restais cachée. C'était le seul moyen pour une fille comme moi de rester en sécurité. D'être sûre de ne pas me retrouver dans la même situation que celle à laquelle j'avais échappé.

Des hommes mauvais. Le monde était dirigé par des hommes mauvais.

J'essayais de faire profil bas, d'être invisible, mais c'était impossible. Je ne l'étais pas.

Je savais qu'il ne fallait pas rester trop longtemps au même endroit. Je le savais, mais j'étais fatiguée. Épuisée. J'ai dérapé. J'ai fait preuve de négligence. Je savais que ce n'était qu'une question de temps avant que quelque chose vienne me le faire payer.

Les pillards sont arrivés cette nuit-là.

Avec le feu et les haches, ils ont pris le village dans lequel je me cachais, celui que j'aurais dû quitter quelques jours auparavant.

Ils ont pris tout ce qu'ils voulaient. Les fermiers qui vivaient là n'avaient pas la moindre chance, ils ne savaient pas comment se défendre. Ils n'avaient même pas d'autres armes que leurs fourches et leurs pelles.

J'ai essayé de m'enfuir. Trop tard. Bien trop tard.

Ramassée dans une ruelle, j'ai été poussée dans un chariot avec les autres femmes qui avaient été tirées de leurs lits.

Elles criaient, elles pleuraient, mais je suis restée silencieuse. Résignée. Je savais que c'était fini pour moi. Je savais qu'il n'y avait aucun moyen de leur échapper. Pas à nouveau. Le destin n'offre pas de seconde chance. Alors j'ai bandé les muscles de mon dos et je me suis préparée à affronter la vie que j'avais tenté de fuir.

Et c'est là qu'il est arrivé. Midas. Comme si les déesses en personne l'avaient envoyé, sur un cheval gris pommelé, en compagnie d'une demi-douzaine d'hommes.

Au début, j'ai pensé que les cris provenaient des villageois qui se battaient encore dans un ultime effort pour défendre leurs maisons.

Mais ensuite, j'ai vu les pillards se faire abattre. Puis le chariot s'est ouvert et les femmes se sont mises à courir en sanglotant à nouveau – cette fois, c'étaient des larmes de soulagement.

Moi, je n'avais pas de famille à retrouver, personne vers qui me tourner. Alors je suis repartie en titubant dans cette ruelle. Je me suis effondrée contre un mur de pierres. Je ne croyais pas que c'était déjà terminé. Je n'avais pas confiance. Mais j'ai tout de même remercié les étoiles.

Au bout d'un moment, le bruit des combats a cessé. Les incendies allumés sur les toits de chaume ont été éteints. La fumée qui s'accrochait dans l'air était la seule chose qui réchauffait mon corps efflanqué et en haillons.

Et puis, une silhouette solitaire est apparue au bout de la ruelle. Je me suis recroquevillée contre des caisses empilées là. Il s'est arrêté devant moi et j'ai levé les yeux vers son beau visage. Il m'a souri. Pas par raillerie, pas avec une inclinaison cruelle des lèvres. Un vrai sourire. Chaleureux. Le simple fait de le regarder a calmé mes tremblements.

Il m'a tendu la main en souriant toujours.

– Tu es en sécurité maintenant. Laisse-moi t'aider.

C'est ce que j'ai fait. Et c'est ce qu'il a fait.

À partir de ce moment-là, il m'a protégée. Quand je voulais me cacher, il m'offrait sa cape et sa capuche. Quand je fuyais la présence des autres, il s'assurait que nous soyons seuls. Quand je m'accrochais à lui, il me soutenait.

Et quand je l'ai embrassé pour la première fois, il m'a rendu mon baiser.

Tu es en sécurité maintenant. Laisse-moi t'aider.

J'en avais assez d'être exposée et vulnérable, il a fait en sorte que je n'aie plus à l'être.

Je déglutis et lève les yeux vers Midas alors que notre passé ressurgit. C'est comme s'il me sortait une fois de plus de cette ruelle sombre, comme s'il me rappelait d'où nous venons, ce qu'il a fait pour moi.

Il a gagné ma confiance. Mon amour. Ma loyauté. Sinon je ne serais pas ici, dans cette cage dorée.

– S'il te plaît, me supplie-t-il, ce qui me surprend.

Midas ne supplie jamais. Pas depuis qu'il s'est couronné roi.

J'hésite un moment, mais le passé est une chose puissante. Ma main se soulève finalement, se glisse dans la sienne et la serre. Un grand sourire illumine son visage lorsque je le laisse me relever et me guider jusqu'à la salle de bains. Alors, quelque chose se réchauffe imperceptiblement en moi. Mon corps arrête de trembler.

La baignoire dorée est remplie d'eau, des volutes de vapeur s'enroulent sur le rebord. On y a ajouté des huiles essentielles, ça sent bon les baies d'hiver.

Il s'arrête au beau milieu de la pièce. Les appliques sont déjà allumées et baignent la pièce de leur lumière bienfaisante. Le miroir suspendu au-dessus du lavabo nous renvoie notre reflet. Midas se serre contre moi.

Je sens ses doigts effleurer ma colonne vertébrale avant de plonger dans mes rubans ; chaque brin de soie est toujours lié autour de moi.

Avec précaution, il me déshabille, couche après couche.

Mes rubans ne font rien pour l'aider, mais ils ne l'arrêtent pas non plus, ils ne se déchirent pas sous ses mains.

Il travaille lentement, en prenant son temps jusqu'à ce que le dernier des longs rubans se détache, glisse jusqu'au sol derrière moi. Pendant tout ce temps, je l'observe dans le miroir, le cœur battant.

Il m'aide ensuite à enlever la robe de pouliche. Ses doigts ne s'égarent jamais, ne franchissent aucune limite, ils se contentent de m'aider à me déshabiller.

Lorsque le tissu tombe à mes pieds, Midas regarde mes yeux dans le miroir pendant un moment avant de me prendre une fois de plus par la main pour me conduire à la baignoire. Je passe une jambe, puis la suivante et je m'assois. J'ai de l'eau chaude jusqu'aux épaules, quelques bulles éparses se mêlent à l'huile qui pénètre ma peau.

Je soupire.

Midas s'assoit sur un tabouret à côté de la baignoire, un gant de toilette à la main qu'il trempe dans l'eau avant de relever la tête pour me regarder.

– Puis-je ?

Je ne réponds pas, je ne hoche pas la tête, mais je lève légèrement le menton. C'est une invitation suffisante. Il s'avance et commence à tamponner doucement ma blessure. La brûlure me fait tressaillir.

– Je suis désolé.

Ses paroles sont douces, régulières, comme ses tapotements sur ma gorge.

– Pour quoi exactement ? je lui demande d'une voix enrouée par l'émotion.

Il mouille et remouille le gant dans l'eau chaude pour laver le sang séché et nettoyer ma coupure.

– Tu n'étais pas censée être blessée.

Je hausse les sourcils en entendant cet aveu, l'indignation me gagne, plus forte que cet engourdissement que je ressens depuis plusieurs heures.

– L'entaille dans ma gorge, c'est loin d'être le pire, je rétorque.

Et je le pense réellement.

Je me dérobe et je m'allonge complètement en plongeant la tête dans l'eau. Les yeux fermés, je la laisse m'envelopper, me pénétrer, je laisse la chaleur apaiser mon corps comme j'aimerais qu'elle apaise mon cœur douloureux.

Quand je me redresse, je reprends ma respiration bruyamment et pose ma tête contre le bord de la baignoire en fixant Midas. Je ne lui cache ni ma douleur ni ma colère.

Midas hoche la tête comme s'il acceptait ce que je lui dis silencieusement.

– Je sais, répète-t-il comme il l'a déjà fait dans la chambre. Je sais à quoi tu penses.

Ce que je pense est loin d'être aussi violent que ce que je ressens, mais je le garde pour moi.

– Je ne pensais pas que tu irais jusqu'au bout, je lui dis alors sur un ton accusateur. Et même si j'étais hors de moi, désespérée, une partie de moi se disait que tu avais un plan.

Ma respiration se fait plus rapide et le niveau d'eau monte et descend au-dessus de ma poitrine. Mes rubans plongent dans l'eau, se regroupent autour de moi une fois de plus, comme s'ils essayaient de m'empêcher de me briser en mille morceaux.

– J'avais confiance en toi, Midas. J'ai confiance en nous. Après toutes ces années, après tout ce que j'ai fait…

Midas m'attrape une main, la serre entre les siennes. Son visage prend un air solennel.

– Je ne l'aurais jamais laissé te toucher.

Je fronce les sourcils, le fil de mes pensées est coupé net.

– Quoi ?

– Écoute-moi. Je savais que Fulke te convoitait. Bon sang, tout le monde le savait. Il était fou au point d'oser exiger ce qui m'appartenait.

Je cligne des yeux en me rappelant le matin où Fulke a demandé à m'avoir, lorsqu'ils ont conclu leur marché.

– C'est pour ça que tu l'as piégé.

Midas incline la tête.

– Vraiment ? C'est ce que tu penses ?

Je fais la moue, le doute m'envahit, mes pensées se font confuses.

– Je ne comprends pas.

Midas glisse son pied autour du pied du tabouret pour le rapprocher. Ses mains sont toujours dans les miennes, des gouttes d'eau coulent sur ses paumes.

– Fulke était un marchand de chair humaine.

Je suis en état de choc.

– Quoi ?

Midas hoche la tête solennellement.

– J'avais entendu des rumeurs, mais j'en suis sûr depuis des mois. Quand j'en ai eu confirmation, j'ai su qu'il fallait faire quelque chose.

J'essaie de le suivre, de recoller les morceaux.

– Donc tu as planifié de l'éliminer ? De le tuer ?

Midas se pince les lèvres devant mon ton critique.

– Tu aurais préféré que je le laisse continuer à vendre son propre peuple ?

– Ce n'est pas ce que je voulais dire.

– Auren, je suis un roi, et les rois doivent prendre des décisions difficiles. Quand il m'est apparu clairement que Fulke n'était plus un allié fiable ni même un honnête homme, j'ai décidé d'agir.

– En le piégeant. En le trompant. En envoyant ses hommes au massacre sans aucun remords. Combien de ses soldats sont morts, Midas ?

– Aussi peu que possible, juste assez pour que ça marche.

Je me rebelle.

– Comme si c'était mieux ainsi !

– Mieux vaut qu'un homme meure avec honneur sur le champ de bataille plutôt qu'un enfant soit vendu comme esclave. Tu n'es pas d'accord, Auren ?

Un coup de poing.

Voilà ce que c'est. Ses paroles me frappent à l'estomac, au cœur, à la gorge. Avec cette phrase, il m'écartèle. Les souvenirs menacent de remonter, de ressurgir dans ma tête.

– Je l'ai fait pour toi, Auren, poursuit Midas plus calmement à présent, en abandonnant ce ton défensif. Pour être sûr qu'ils ne subissent pas le même sort que toi.

Une larme glisse sur ma joue, il jure et l'essuie, l'air grave.

– Je suis désolé. Tu me connais, tu sais comment je suis. Une fois que j'ai un plan en tête, je ne pense plus qu'à ça. Je n'ai pas pris le temps d'envisager les conséquences. Je savais juste que je voulais qu'il disparaisse. Qu'il soit liquidé. Je voulais l'arrêter une bonne fois pour toutes.

Sa main s'approche de ma joue, ses yeux se plantent dans les miens.

– Mais crois-moi quand je te dis que jamais je ne l'aurais laissé t'avoir. C'était une ruse.

J'ai la gorge nouée, je dois m'éclaircir la voix pour pouvoir lui répondre.

– Pourquoi ne pas me l'avoir dit, alors ? Pourquoi ne pas m'avoir tout expliqué avant, pour que je sois au courant ?

– Je craignais qu'il le découvre d'une manière ou d'une autre, que tu ne réussisses pas à faire semblant. J'avais besoin que Fulke se détende. Qu'il soit distrait. Tu as joué ton rôle à merveille.

Je baisse la tête en la secouant.

– J'étais tellement terrifiée, j'ai été tellement blessée. J'ignore si je pourrai jamais dépasser cela un jour.

– Comme je te l'ai dit, je n'ai pas réfléchi.

Il me caresse la joue avant de laisser retomber sa main. Je lui demande alors :

– Tu as tué un roi, Midas. Tu l'as utilisé pour en attaquer un autre. Que vas-tu faire à présent ?

Et je me mets à me mordiller la lèvre, rongée par l'inquiétude.

– Ne t'inquiète pas pour ça. J'ai un plan.

Je ne peux m'empêcher de pousser un petit grognement amer.

– Je suppose que tu ne vas rien me dire, comme tu ne m'as pas dit que tu trompais Fulke en acceptant de me donner à lui.

Midas soupire.

– Je n'ai pas osé t'en dire plus. Personne ne sait rien de tout cela, Auren. Personne à part toi ne connaît mes plans. Et je dois jouer la prochaine partie tout aussi finement. Tout aussi méticuleusement. Mais j'ai besoin que tu me pardonnes, Précieuse. J'ai besoin que tu comprennes.

Vraiment ? Est-ce que je comprends ?

Je suis soulagée, c'est vrai. La tension que j'éprouvais ces derniers jours s'est relâchée. Il n'allait pas permettre à Fulke de me posséder. Il avait un plan.

C'était insensible et irréfléchi, mais logique. Midas est comme ça, il a toujours été comme ça. Son esprit stratégique et brillant ignore parfois les émotions. Il peut comploter et planifier comme un expert, mais il oublie souvent le côté humain des choses.

– J'étais tellement en colère contre toi.

Midas rit, et son rire brise une partie de la tension entre nous. Il nous ramène un pas en arrière vers ce que nous étions, ce que nous devrions être.

– Je sais. J'ai cru que tu me faisais suffisamment confiance et que tu jouais bien la comédie. Mais tout à l'heure, dans la salle de bal, tu étais vraiment furieuse.

La chaleur me monte aux joues.

– Oui, désolée de t'avoir défié devant tout le monde.

Il me sourit tendrement.

– Ce n'est pas grave.

Midas se redresse, attrape un linge sur un crochet et me le tend. Je me lève, sors de la baignoire et le laisse m'envelopper dedans.

Une fois sèche et revêtue d'une chemise de nuit, il me ramène dans ma chambre. Mes rubans humides s'étalent dans mon dos avec mes cheveux. Ma tête repose sur sa poitrine, sa main me caresse le dos.

Ça. C'est ça qui nous a manqué. Depuis combien de nuits ne m'a-t-il plus tenue comme ça dans ses bras ?

Sans doute des mois. Je ne sais pas exactement.

– Tu me tenais dans tes bras tous les soirs, je murmure contre la peau bronzée de son torse qui dépasse de sa chemise défaite.

Il a les jambes croisées, nous sommes allongés l'un contre l'autre sur les couvertures ; nous n'avons pas besoin d'autre chaleur.

Midas sourit.

– C'est vrai. Ce n'était probablement pas la meilleure chose à faire pour un homme récemment marié.

Probablement pas, mais j'en avais tellement envie.

– Si la reine était jalouse, elle avait une étrange façon de le montrer, je réponds en me souvenant de cette première année. Elle t'a offert trois pouliches royales pour ton anniversaire.

Je me souviens d'avoir été choquée. Choquée et jalouse. Sa propre femme s'attendait à ce qu'il fasse l'amour avec d'autres. L'encourageait, même. Mais pas avec moi.

La première fois qu'il a couché avec l'une d'elles, j'en ai été malade. Puis je m'y suis habituée. Ça me fait toujours mal, mais je comprends. C'est un roi. À quoi d'autre pouvais-je m'attendre ?

Comme s'il lisait dans mes pensées, Midas m'attire à lui. Nos deux visages se font face.

– Il n'y a que toi et moi quand je suis ici, me rappelle-t-il. Rien d'autre n'existe en dehors de cette cage.

Je hoche lentement la tête.

– Je sais.

Ses yeux bruns s'arrêtent sur la blessure de mon cou, ses mains remontent pour m'attraper par la taille.

– Tu es à moi.

Ça aussi, je le sais.

Son regard descend le long de mon corps, il resserre sa prise. Le désir bouillonne en nous. J'en ai le souffle coupé. Si longtemps. Cela fait si longtemps.

J'ai tant attendu ce regard. Qu'il ait le temps de m'offrir plus qu'une caresse ou un sourire distrait. Qu'il ne soit pas le roi qui doit se comporter comme tel, mais simplement Midas. Mon Midas.

– Tu es à moi, répète-t-il, et l'une de ses mains s'avance pour me soutenir la tête pendant que l'autre frôle mes fesses, puis les agrippe. Tu m'as manqué.

Ses lèvres se posent dans le creux de mon cou, juste en dessous de la marque laissée par la lame.

– Tu étais magnifique ce soir. Tellement sexy.

Ses doigts remontent ma chemise de nuit jusqu'à ce qu'il puisse glisser sa main dessous, paume nue contre ma cuisse. Ma respiration s'accélère, je soupire dans sa bouche quand il m'embrasse par rafales rapides et violentes.

Je lui réponds :

– Toi aussi tu m'as manqué.

Il nous fait nous asseoir en me gardant sur ses genoux. Mes mains remontent sur ses épaules. Avec un regard impatient, il m'arrache ma robe et me laisse défaire les lacets de son pantalon.

– Tu es si jolie, Précieuse. Tellement jolie.

Mon cœur bat à toute vitesse, mon ventre se noue et se dénoue lorsque ses lèvres effleurent à nouveau ma gorge, remontent le long de mon menton. Et puis son sexe dressé s'enfonce en moi. Son gémissement est un goût suave dans ma bouche que j'avale et que j'essaie de garder.

Il me possède comme ça. Ses hanches poussent, il s'enfonce plus profondément, il me serre dans ses bras, il me serre en me disant qu'il ne me laissera jamais partir. Et quand je commence à gémir et que mes yeux se ferment, sa langue vient me réclamer, me dominer. Il prend, il prend et je donne. Je donne tout.

Mon cœur se gonfle quand il suce ma langue et plonge plus profondément en moi, et je remue avec lui ; mon corps ondule comme une vague pendant que je m'efforce de lui procurer du plaisir, de lui donner ce dont il a besoin. De le rendre heureux.

Et quand il se retire et déverse sa semence sur mon ventre en gémissant, je me rallonge contre sa poitrine couverte de sueur avec un soupir et un doux sourire.

Mais la larme traîtresse qui atterrit sur ma lèvre raconte une histoire différente. Elle salit mon bonheur et éteint mon sourire en me laissant un goût amer dans la bouche.

Midas part avant l'aube avec un baiser, mais ses lèvres ne font pas disparaître le goût. Et là, dans le noir, toute seule, je pleure.

Ce sanglot secret que je laisse s'écouler dans mon oreiller, c'est une affreuse vérité. Mais je ne suis pas encore prête à l'affronter.

Alors je laisse le satin l'absorber et je m'endors lorsque le jour se lève, la candeur profondément enfouie dans ma tête.

CHAPITRE 15

J'observe les gardes déambuler dans ma chambre et embarquer les dernières malles que j'ai remplies plus tôt.

Mon espace semble plus vide qu'à l'accoutumée, il y a des manques visibles dans mon dressing, certaines robes et certaines paires de chaussures ont été enlevées. Dehors, le crépuscule est tombé.

Il est presque l'heure de partir.

Je n'ai pas l'impression qu'il neige pour l'instant, mais la neige ne reste jamais très longtemps absente, c'est la raison pour laquelle j'ai revêtu une épaisse robe en laine bordée de fourrure, et des bottes fourrées en peau de mouton. Tout est en or étincelant bien sûr, jusqu'à mes épais gants en cuir.

Mes cheveux sont enroulés autour de ma tête en d'innombrables tresses pour que le vent ne me décoiffe pas, et tirés en arrière pour que ma capuche puisse dissimuler à la fois ma chevelure et mon visage.

– C'est l'heure.

Je me détourne de la fenêtre pour découvrir Digby de l'autre côté de ma cage. Il a son air bourru et calme habituel, rien ne laisse soupçonner que c'est lui qui a passé au fil de l'épée un roi étranger. Il ne montre aucun signe d'inquiétude, comme lorsqu'il m'a portée sur six étages alors que j'étais couverte de sang. C'est ce que j'apprécie chez lui. Ses manières imperturbables, sa fermeté.

Inconsciemment, je glisse mes doigts sur la cicatrice nouvellement formée sur ma gorge, à l'endroit où le roi Fulke a essayé de la trancher trois semaines plus tôt. Digby le remarque, ses yeux se posent sur ma main que je retire immédiatement pour tenter de contrôler cette agitation nerveuse qui me gagne.

Parfois, je ne peux m'empêcher de revivre ce drame dans mes cauchemars et je me réveille en hurlant et en me tenant la gorge, convaincue que je suis en train de m'étouffer dans mon propre sang.

D'autres fois, mon esprit décide que ce serait une bonne idée d'imaginer ce qui se serait passé si ce messager n'était jamais arrivé, si à la place Fulke m'avait traînée jusqu'à sa chambre et si Midas n'était jamais venu s'interposer.

Ces cauchemars m'empêchent de dormir. C'est probablement pour cela que j'ai des cernes sous les yeux, comme des bleus bronzés qui forment une ombre au-dessus de mes joues.

J'aimerais que Midas soit là.

Trois jours. Il n'a pu rester que trois jours après l'incident, puis il a dû partir avec un régiment de soldats pour le Cinquième Royaume.

J'étais à ses côtés dans la salle du trône la nuit après que Fulke a été tué. J'ai vu le plan de Midas se dérouler pendant qu'il racontait ce qui s'était passé. Le peuple connaît la « touche dorée » de Midas. Mais sa langue en or ? Selon moi, voilà son véritable pouvoir.

– Nous avons été trompés.

La salle était silencieuse, les nobles rassemblés regardaient Midas avec une attention soutenue, tandis que le roi et la reine étaient assis sur leur trône, le visage sombre mais déterminé, face à la foule.

– Mon allié, le roi Fulke, est mort.

Le choc s'est répandu dans le peuple, ce n'était qu'yeux écarquillés et bouches grandes ouvertes dans toute la salle.

Midas a attendu un moment que la nouvelle fasse son effet, mais pas assez pour que les murmures se fassent entendre.

– Le roi Fulke voulait empêcher la pourriture de se répandre à nos frontières. Il voulait s'assurer que nos territoires étaient sûrs et il a été assassiné.

Je me tenais derrière lui, un pas devant les gardes, ma présence étant destinée à montrer un front uni pendant que Midas… déroulait son récit.

– Il a envoyé ses soldats aux confins du Cinquième Royaume pour faire son devoir envers son peuple, mais il a été trompé par l'un des siens. Un homme qui s'est glissé dans les terres ennemies. Le régiment du roi Fulke a été décimé lors d'un combat héroïque contre les hommes du Quatrième Royaume. Et comme si cela ne suffisait pas, ce même transfuge, ce traître, est revenu ici à Highbell sous prétexte de délivrer un message, pour assassiner son propre roi qui ne se doutait de rien.

L'ambiance dans la pièce évoluait, passant de l'horreur à l'indignation.

Midas a fait signe à quelqu'un derrière lui et un garde s'est approché. Il portait un paquet enveloppé dans un tissu noir. Sur un signe de tête de Midas, le garde l'a déballé et l'a montré à la foule.

Des cris ont retenti. Trop nombreux pour pouvoir les dénombrer. Tous étaient dégoûtés, mais ne pouvaient pas détourner le regard.

Le garde brandissait la tête décapitée du messager qui n'était coupable d'aucun crime. Sa tête brillait d'un or éclatant, son expression macabre était figée à jamais.

La foule est restée bouche bée devant le visage du messager-pseudo-traître. Midas observait les réactions.

– Ceci, poursuivit Midas en pointant une main vers le visage grimaçant, est le genre de pourriture qui se répand dans le Quatrième Royaume. Voilà ce que le roi Fulke essayait d'endiguer. Pas seulement la destruction et l'absence de respect

pour nos terres, mais aussi la déloyauté. La défiance. La trahison envers son propre royaume et son propre monarque.

Il était bon. Tellement doué pour l'éloquence. Comme une araignée tissant une toile, il les a captivés tous autant qu'ils étaient.

La tête a été remballée, sans doute pour être forgée plus tard aux portes d'entrée, où sont exposés tous les crânes dorés des traîtres pour que les passants puissent leur cracher dessus et que les vents glacés puissent les cingler.

–Je vais me rendre au Cinquième Royaume, reprit Midas. Je les aiderai autant que possible, je m'assurerai que ce pays et son peuple ne souffrent pas de la perte de leur roi. Je prendrai la place du roi Fulke en réunissant nos terres après sa mort, même si nous étions alliés de son vivant. Je continuerai à assurer la sécurité à nos frontières. Afin de m'assurer que la pourriture des royaumes extérieurs ne nous atteigne pas. Jusqu'au jour où son héritier aura atteint sa majorité et pourra occuper le trône de son père.

Il n'a pas fallu longtemps pour que la nouvelle de la mort du roi Fulke se répande. Midas a réussi à se montrer héroïque, à offrir au peuple un coupable à blâmer tout en gagnant encore plus de pouvoir.

Et voilà qu'il m'a demandé de le rejoindre, mais c'est un secret.

La plupart des gens pensent que je suis déjà au Cinquième Royaume, que j'ai fait le voyage avec lui. Pourtant, Midas ne voulait pas que je vienne avant d'être certain qu'il n'y avait pas de danger. Je suis donc restée derrière lui.

Mais Midas savait qu'il était risqué de me laisser seule au château, il a donc utilisé un subterfuge. Une femme a voyagé avec lui, pas en or bien sûr, mais peinte en doré afin de me ressembler. Pendant ce temps j'attendais, sous bonne garde jour et nuit. Même les serviteurs n'ont pas été autorisés à monter à mon étage. On n'a même pas prévenu la reine de ma présence.

Les seules personnes que j'ai vues ces dernières semaines sont les quelques gardes que Digby a apparemment choisis lui-même pour me surveiller.

Mais à présent, il est temps de partir.

J'éprouve des sentiments mitigés en me dirigeant vers Digby qui tient la porte de la cage ouverte pour moi, mais j'essaie de ne pas montrer mon appréhension.

Au moment où je franchis le seuil, je jette un dernier regard à ma cage en parcourant tous les objets qui m'entourent depuis aussi longtemps que je me souvienne.

C'est étrange, mais je ressens un sentiment de perte en me retournant et en suivant Digby et les gardes qui m'accompagnent. Ma cage… J'ai compté sur elle pendant tant d'années. Je l'ai détestée aussi, oui, mais c'était un refuge sûr que je suis en train de quitter.

Nous descendons les escaliers en silence. Le château l'est aussi. Quand nous arrivons au niveau inférieur, je ne peux m'empêcher de regarder la porte close de la salle du courrier.

Je me demande quels domestiques ont été chargés de nettoyer le sang. Je me demande si ces serviteurs sont encore en vie ou s'ils ont emporté ces chiffons imbibés de sang dans la tombe, parce que…

Non. Ne pense pas à ça maintenant. Loyale. Je suis loyale.

En me forçant à quitter cette pièce du regard, je m'aperçois que les immenses portes menant à l'extérieur, déjà grandes ouvertes, laissent entrer des rafales d'air glacé. Au-delà des marches en pierre et de la cour, une procession de carrosses et de chevaux attend, prête à nous conduire au Cinquième Royaume.

Je sens soudain les poils de ma nuque se hérisser. Je me retourne. La reine Malina, debout au deuxième étage, la main sur la rampe d'escalier, me regarde. Son visage est fermé, ses cheveux blancs lisses forment une couronne autour de sa tête et elle a les yeux braqués sur moi. Elle me fixe avec une intensité qui me serre la gorge.

De la haine. C'est avec de la haine qu'elle me regarde, réalisant soudain que Midas lui a menti, que pendant tout ce temps j'étais dans le château. Que je vais maintenant le rejoindre parce qu'il m'a envoyée chercher.

Si j'étais elle, je me détesterais probablement aussi.

– Ma Dame ?

Je me tourne vers les gardes qui m'attendent près de la porte. L'un d'eux me tend un épais manteau de fourrure. Je murmure un « merci » en le prenant avant de l'enfiler. Je ne me retourne pas vers la reine, mais je sens son regard qui me poursuit.

Je serre le manteau plus fort contre moi.

Il est lourd mais doux, le tissu est doublé de cuir et de fourrure pour me tenir chaud pendant les nuits polaires. Je relève la capuche en descendant les marches de l'entrée. Je sens les dernières chaleurs du château me quitter. Mais je sens aussi que la tension commence à s'estomper.

Dès que je franchis le seuil de la porte, je relève le menton et mon visage pointe vers le ciel.

Dix ans.

C'est le temps qui s'est écoulé depuis que j'ai mis un pied dehors pour la dernière fois.

Le vent froid glisse sur moi avec langueur en me chuchotant tout doucement la bienvenue. Les gardes échangent un regard et frappent leurs pieds l'un contre l'autre tandis que je reste là, immobile. Je les ignore.

Parce que ce moment… m'appartient.

Quand j'ai choisi de me cacher, j'étais à peine sortie de l'enfance. Vulnérable. Blessée. Effrayée. Complètement traumatisée par ce que le monde avait à offrir.

Alors je me suis cachée dans une cage et j'étais contente de le faire. Tout ce que j'ai enduré ensuite, je l'ai voulu. J'ai accepté mes barreaux, je les ai même chéris, non pour y rester, mais pour empêcher les autres d'entrer.

Mais tout ça me manquait. L'air frais dans mes poumons. L'odeur de la brise. Le froid sur mes joues. Sentir le sol sous mes pieds.

Ça m'a tellement manqué.

– Ma Dame, me dit un des gardes avec hésitation, nous devrions y aller.

Je laisse mon regard embrasser le ciel sombre au-dessus

de moi encore un instant ; les nuages gris incandescents me cachent la lune. Mais je jure que, pendant une seconde, je vois une étoile me faire un clin d'œil.

Alors je lui rends la pareille.

CHAPITRE 16

Le siège du carrosse est tapissé de velours, les parois lambrissées de cuir, le sol recouvert de moquette. L'ensemble, entièrement doré, respire le luxe ; pourtant, je suis sûre qu'en restant à l'intérieur pendant ce long voyage je vais vraiment me sentir à l'étroit.

Pour l'instant, notre procession s'éloigne du château de Highbell et je me contente d'admirer le paysage par la fenêtre et de respirer l'air frais qui s'infiltre dans les interstices de son cadre.

Une douzaine de pouliches sont également du voyage, installées dans d'autres carrosses. Nous devons toutes rejoindre Midas au Cinquième Royaume. Des gardes à cheval nous escortent sur la route sinueuse qui serpente le long de la montagne gelée. C'est affreusement lent, mais pour le moment, ce rythme ne me dérange pas. Je savoure la paix de la nuit, le pas régulier des chevaux qui m'emportent loin de la cage du palais, vers la nouveauté.

Pendant que nous nous éloignons, les nuages commencent à s'amonceler. Notre court répit semble vouloir s'achever. Il se met à pleuvoir dru, des gouttes de pluie iridescentes qui gèlent en tombant.

Notre groupe poursuit sa route. Les gardes se contentent de remonter leurs capuches. Les chevaux se sont depuis longtemps adaptés au froid du Sixième Royaume, ils ne rechignent pas à emprunter cette route pentue, enneigée et verglacée, en pleine nuit.

Lorsque mon carrosse glisse sur une plaque de glace ou qu'il subit un choc, je m'efforce de ne pas m'imaginer que je suis à deux doigts de dévaler le flanc de la montagne.

Heureusement, les gardes et les chevaux avancent avec précaution dans la neige. Nous allons voyager de nuit, comme Midas l'a ordonné. Nous dormirons le jour, ce qui offrira un avantage à nos éclaireurs pour monter la garde.

On prendra notre temps, deux semaines, une semaine et demie au mieux si le temps se maintient, mais le temps ne se maintient jamais. Pas par ici. Ça sera bien plus long que pour Midas et ses hommes, car notre groupe n'a pas l'habitude de voyager ni d'être exposé aux éléments, notre marche sera donc plus lente, plus prudente.

J'observe notre descente laborieuse de la montagne, mon souffle embue la vitre de ma fenêtre, ce qui m'oblige à essuyer régulièrement la condensation avec ma main gantée. Des gants auxquels je vais devoir m'habituer et que je n'ôterai probablement jamais avant d'être entrée dans le château du Cinquième Royaume. C'est une bien petite concession à faire pour pouvoir sortir dans ce monde glacial si exposé.

Le temps pour notre caravane de terminer la descente de la route sinueuse de montagne, la nuit est déjà tombée. Il n'y a pas le moindre soupçon de lune ni d'étoiles derrière l'épaisse couverture nuageuse, seules les lanternes accrochées aux chariots dispensent une lumière indispensable pour nous guider sur le chemin.

Nous traversons le pont de Highbell, taillé dans du schiste qui provient de la montagne que nous avons laissée derrière nous. Les sabots martèlent les pavés du pont érigé au-dessus du gouffre entre la montagne et la vallée.

À l'autre bout, c'est la ville de Highbell. Elle a été construite en lisière de la forêt de pins géants. Ces arbres sont tellement hauts qu'en levant les yeux on n'en voit pas le sommet. Ils sont si grands qu'il faudrait plusieurs hommes, bras tendus, pour faire le tour d'un seul tronc. Les pins se dressent fièrement, leurs aiguilles bleues et blanches pendent comme des stalactites dégoulinant d'une sève qui les rend encore plus longues et plus pointues.

Mais ces arbres, vieux de centaines d'années – peut-être même de milliers –, offrent à la ville un rempart contre le vent qui descend des montagnes. Leurs branches arrêtent les rafales hivernales et les violents blizzards, protégeant les bâtiments derrière elles.

La ville elle-même est éclipsée par ces arbres, ce qui donne à l'ensemble un effet presque comique. Même dans l'obscurité, je me rends bien compte que la lumière des bâtiments les plus hauts est entièrement dominée par les pins.

Et tout à coup je me sens trop loin, trop enfermée. Peut-être est-ce seulement maintenant que je prends conscience que je suis vraiment sortie de ma cage. Pas de Midas, pas d'attentes, pas de rôle à jouer. J'ai quitté le palais, la montagne, et je veux simplement regarder, je veux tout voir. Et pas derrière une vitre comme d'habitude, mais en plein air, avec le monde extérieur tout autour de moi, et moi à l'extérieur, avec lui.

Dès que les roues du carrosse roulent plus facilement sur la route pavée de la ville, je frappe à la fenêtre. Digby chevauche à côté de moi, bien sûr. Il tourne la tête en m'entendant. Mais je ne lui laisse pas le temps d'arrêter mon attelage. J'ouvre la portière du carrosse alors qu'il est encore en mouvement et je saute.

Digby pousse un juron et ordonne au cocher de s'arrêter, mais il est trop tard. J'ai déjà atterri sur le sol. Digby dirige son cheval vers moi, son visage buriné esquisse une grimace qui me fait sourire.

Je le taquine :

– Tu fais déjà la tête, Dig ? Ce n'est pas bon signe pour notre voyage, tu sais ?

– Retournez à l'intérieur, Ma Dame.

Digby n'a pas l'air de trouver ça drôle. Pas du tout. Et, bien entendu, ça me fait sourire encore plus.

– C'est une grimace, alors. Mais que tu sois renfrogné ou pas, j'ai envie de me dégourdir les jambes. J'ai l'impression d'être enfermée.

Il cligne des yeux, puis me lance un regard qui signifie : *Vraiment ? Vous avez vécu dans une cage pendant les dix dernières années, et maintenant vous avez l'impression d'être enfermée ?*

Devant son défi silencieux, je me contente de hausser les épaules.

– Je peux monter à cheval un moment ?

Il secoue la tête.

– Il pleut à verse.

Je fais un geste de dénégation.

– À peine, j'ai une capuche et je n'ai pas froid. Je veux sentir l'air sur mon visage. Juste un petit moment.

Ses sourcils gris se froncent pendant qu'il me dévisage, juché sur son cheval, mais j'agite la main vers les bâtiments de la ville et de ses habitants.

– Nous sommes en sécurité à Highbell, n'est-ce pas ?

Bien entendu, c'est d'ailleurs pour ça que je pose la question.

– Bon, accepte-t-il enfin. Mais si le temps se dégrade ou si vous avez trop froid, vous devrez regagner votre carrosse.

J'acquiesce en essayant de ne pas jubiler trop ouvertement.

– Vous savez monter à cheval ? insiste-t-il d'un air sceptique.

Je hoche à nouveau la tête.

– Bien sûr. Je suis une excellente cavalière.

Malgré mon grand sourire, il garde son air dubitatif, mais il ne m'interroge pas davantage. À vrai dire, je ne suis pas sûre de savoir encore monter à cheval, mais je suppose que c'est ce que nous n'allons pas tarder à découvrir.

Digby siffle. Un cheval blanc est aussitôt amené par un garde qui le tient par les rênes. En m'avançant vers lui, je remarque ses longs poils touffus.

Les chevaux du Sixième Royaume ont été spécialement sélectionnés pour résister au froid. Ils ont une robe très épaisse. Les poils plus longs se trouvent au niveau du poitrail et juste au-dessus des sabots. Mais malgré cela, on les a équipés de lourdes couvertures de laine posées sous leur selle et d'épaisses jambières.

Je m'approche du cheval en lui murmurant gentiment bonjour sous la surveillance inquiète de Digby. Je lève une main gantée vers son museau et je me mets à le caresser lentement, tout en remarquant sa queue tressée qui s'agite. L'emblème en or de Highbell étincelle fièrement contre son poitrail, sur le harnais de cuir qui pend à son cou.

Lorsqu'il me donne un coup de tête pour avoir osé ralentir mes caresses, je ne peux m'empêcher de sourire et je me mets à lui frotter affectueusement le nez.

– Comment t'appelles-tu ?

– Crisp, me répond l'autre garde, capuche sur la tête, cape et gants assortis pour se protéger du froid.

En regardant à nouveau le cheval dans les yeux, je lui murmure « Tu vas m'aider ici, d'accord, Crisp ? » avant de faire le tour de la selle.

Heureusement, il n'est pas trop grand. Je glisse sans difficulté mon pied dans l'étrier, puis je me redresse en croisant les doigts pour ne pas rater mon coup et tomber par terre.

En serrant les dents, je balance ma jambe de l'autre côté. Je glisse légèrement sur la selle avant de parvenir à me stabiliser. Dès que je suis installée sur Crisp, j'assure mon assise en lançant un regard satisfait à Digby, mais je découvre que tous les gardes me dévisagent, l'air vaguement horrifiés.

Mon sourire s'évanouit.

– Quoi ?

Digby lance aux autres, d'un air renfrogné : « Dégagez ! » L'ordre les fait réagir et les cavaliers se replacent à l'avant, puis le cortège se remet en marche.

J'observe Digby en remettant la capuche sur ma tête pour éviter que la pluie glacée ne me mouille le visage.

Il pousse son cheval et s'installe à ma droite sans m'expliquer clairement de quoi il s'agit. En regardant derrière moi, je croise le regard d'un autre garde qui vient chevaucher à ma gauche. Je lui demande :

– Pourquoi me regardaient-ils tous comme ça ?

Le garde me jette un regard penaud et se met à rougir sous sa capuche.

– Eh bien… c'est que les dames ne montent pas à califourchon, normalement.

Je baisse les yeux sur mes jambes, je suis à califourchon.

– Oh.

J'avais oublié. Je chevauchais toujours ainsi avant, mais à l'époque je ne me souciais pas des convenances.

Derrière moi, j'entends des ricanements féminins qui s'échappent d'un des carrosses qui transportent les autres pouliches, puis l'une d'elles qui s'écrie :

– Alors elle aime ça, écarter les cuisses, après tout !

C'est Polly. C'est la voix de Polly. Le rouge me monte aux joues.

– Devrais-je…

Mais le garde secoue la tête.

– Vous serez plus en sécurité ainsi et c'est mieux pour les longues distances. Ne vous en faites pas à cause d'elles.

Je tire doucement sur les rênes de droite en exerçant une pression avec ma jambe gauche pour faire légèrement tourner Crisp et le faire avancer pour ne plus avoir à entendre les railleries des pouliches.

Mon cheval manœuvre avec aisance. Je pousse un soupir de soulagement en me rendant compte que je me rappelle ce qu'il faut faire. Plus le temps passe et plus je me détends, sans plus me soucier de ce que peuvent dire les autres pouliches.

Nous progressons et je profite de la liberté, heureuse de ne plus être enfermée. La pluie, bien que légère, est encore froide, mais je suis bien trop excitée de me retrouver à l'air libre pour m'en soucier.

Crisp avance d'un pas régulier, ses poils épais réchauffent mes jambes. Je suis ravie de porter des bas épais et des bottes si bien isolées.

La ville de Highbell est jolie la nuit, ça me fait oublier la baisse de température. La plupart des bâtiments ont trois étages, tous sont bâtis dans la même roche grise provenant de la montagne. Les rues sont pavées, légèrement inégales par endroits, mais j'aime le bruit qu'y font les sabots des chevaux. Des lampadaires leur apportent une lumière vacillante. Tout cela est tellement pittoresque que j'en ai à nouveau le sourire aux lèvres.

Les gens sortent pour nous regarder. Ils observent le cortège royal avec un vif intérêt, mais je prends soin de garder ma capuche relevée pour qu'elle couvre la majeure partie de mon visage et ma chevelure d'or. Même les pouliches du bordel ouvrent leurs fenêtres sur notre passage et saluent les gardes, seins nus, en leur envoyant des baisers.

Le garde qui chevauche à ma gauche paraît tout gêné et baisse la tête quand l'une des femmes lui fait une offre plutôt généreuse en minaudant. Je ne les blâme pas. Il est beau, il a un visage ouvert et amical. Le genre de visage qui a probablement toujours l'air gentil même lorsqu'il est en colère. Il a des cheveux blond cendré et des yeux d'un bleu profond, quelques poils épars sur le menton, preuve qu'il ne parvient pas à laisser pousser sa barbe.

– Comment t'appelles-tu ?

Il tourne la tête vers moi et je m'aperçois qu'il a l'air très jeune, à peine une vingtaine d'années.

– Je m'appelle Sail, Mademoiselle.

– Eh bien, Sail, tu as l'air d'avoir du succès auprès des dames, je dis en désignant d'un signe de tête les pouliches penchées aux fenêtres qui le regardent beaucoup plus que les autres.

Il rougit, et ce n'est pas parce que le fond de l'air est vif.

– Ma mère me corrigerait si je manquais de respect à une femme en la forçant à coucher avec moi contre quelques pièces de monnaie.

À cet instant, je décide que j'aime bien Sail.

– Tu sais, on pourrait te rétorquer que c'est l'un des rares métiers que nous, les femmes, pouvons faire pour gagner un salaire décent et parvenir à rester indépendantes.

Sail pâlit comme s'il venait de réaliser ce qu'il vient de dire, de se rappeler qui je suis.

– Je ne voulais pas… je ne voulais pas insinuer que le métier de pouliche n'est pas respectable. Je suis sûr qu'il existe beaucoup de pouliches très respectables. Enfin, je veux dire, j'ai juste…

– Détends-toi, je dis en coupant court à ses bégaiements.

Il se met à fixer nerveusement les carrosses des pouliches royales, comme si elles pouvaient l'entendre.

– Tant que tu ne les méprises pas, ça ne me pose pas de problème.

– Bien sûr que non, s'insurge-t-il. Les pouliches de cette ville sont probablement plus dures à cuire que toute l'armée, étant donné tout ce qu'elles doivent supporter.

Je jette un coup d'œil à certains des habitants qui ricanent en regardant ouvertement le bordel. Sur leurs visages, je ne lis aucune trace de désir, mais un violent appétit charnel et une amère jalousie. Je hoche lentement la tête avant de parvenir à détourner le regard.

– Sur ce point, nous sommes bien d'accord.

Chapitre 17

En ville, la nouvelle de notre passage se répand rapidement. Les gens se massent le long de la rue, quelques personnes nous saluent, d'autres nous interpellent pour nous demander qui voyage dans le groupe, quelle personne importante elles pourraient apercevoir. Je garde la tête basse et mes mains gantées posées sur les rênes, n'osant ni lever les yeux ni baisser ma capuche.

Les gardes qui nous précèdent nous ouvrent la voie, mais notre caravane avance d'autant plus lentement qu'ils doivent en permanence repousser les gens pour faire de la place à nos carrosses.

Au bout d'un moment, nous quittons la route pavée et ses attroupements pour nous enfoncer plus profondément dans le cœur de Highbell. Je soupire un peu lorsqu'enfin nous ne sommes plus dévisagés par des dizaines de personnes. Mes mains se détendent sur les rênes, mais mon soulagement est de courte durée.

Plus nous avançons, plus les alentours s'appauvrissent. Juste sous mes yeux, Highbell la magnifique ville immaculée se mue en un bidonville sordide.

Je constate ce changement d'un œil méfiant en notant que même les cris semblent différents, sans cette jovialité qu'il y avait le long de la rue principale. Ici, on n'entend plus que des pleurs de bébés, les cris des hommes, les claquements des portes.

– Normalement, nous aurions dû rester sur la rue principale, mais comme nous nous dirigeons vers le Cinquième Royaume, la route du Sud est le moyen le plus rapide de sortir de la ville, murmure Sail qui chevauche beaucoup plus près de moi à présent – tout comme Digby – car la route pavée est beaucoup plus étroite.

Les bâtiments qui bordent la chaussée ne sont plus en pierre de taille mais en bois. Les structures sont en mauvais état, certaines, tordues, s'effritent, d'autres s'affaissent avec l'âge comme si la neige et le vent s'étaient efforcés de les alourdir pendant des années et que la nature finissait par gagner contre l'homme.

Même les pins géants semblent plus abîmés, leur écorce est craquelée et éclatée, leurs branches ont perdu la moitié de leurs aiguilles.

Les lampes qui bordent la route se font de plus en plus rares, jusqu'à disparaître complètement. La route qui n'est plus pavée se transforme en boue détrempée et glacée que les sabots des chevaux soulèvent.

Et la puanteur…

L'air ne sent plus la fraîcheur et la liberté. Au contraire, il stagne, il semble vouloir s'accrocher aux façades affaissées des bâtiments. L'odeur de pisse et de sueur est si forte qu'elle me pique les yeux.

– Qu'est-ce que c'est ? je demande en désignant cette partie détruite et misérable de la ville.

– Les bidonvilles, répond Sail.

D'autres bébés gémissent, d'autres adultes se querellent, des ombres se bousculent dans les ruelles et des chiens errants reniflent dans les coins, leurs côtes sont visibles à travers leur pelage galeux, comme rongé par le givre.

Highbell n'est plus aussi pittoresque. Incapable de détourner le regard, je m'enquiers :

– Depuis quand est-ce que c'est comme ça ?

– Depuis toujours, me répond Sail en haussant les épaules. Je suis moi-même originaire du côté Est. Il y a un peu plus d'espace, mais… ce n'est pas très différent d'ici, admet-il.

Je secoue la tête en regardant les flaques qui jonchent le sol. Elles ne sont pas dues à la pluie, mais aux seaux d'excréments que les gens déversent par leurs fenêtres. Je cherche à comprendre.

– Mais… Midas a tout cet or.

Traitez-moi de naïve, mais je pensais que depuis que Midas avait été couronné, depuis que le palais de pierre s'était transformé en or pur, Highbell tout entière était, elle aussi, devenue une ville riche.

Je n'avais pas envisagé une seconde qu'ici même en ville, certains sujets du roi Midas puissent être pauvres. Pourquoi le seraient-ils ? Il a les moyens de les payer grassement, quel que soit le travail qu'ils effectuent. L'or n'est pas un problème pour lui, alors pourquoi son peuple vit-il dans une telle misère ?

– Je suis certain qu'il utilise son or autrement, Ma Dame, me rassure Sail bien que je remarque la façon dont il regarde son armure plaquée or, ainsi que la culpabilité que je devine dans ses yeux bleus pendant qu'il scrute notre environnement.

Il est en état d'alerte comme tous les gardes. On dirait qu'ils s'attendent à ce que des bandits nous attaquent. Vu les environs, j'imagine que ça doit être possible. Certains de ces gens ont l'air suffisamment désespérés pour le faire.

Nous représentons une menace ouverte pour les gens en détresse que nous croisons, et quelques gardes dégainent leur épée. Je sens soudain dans ma poitrine un poids qui me comprime le cœur, qui m'oppresse.

Et voilà que j'aperçois des enfants qui sortent de derrière des caisses d'ordures vides et qui nous observent avec de grands yeux. Leurs vêtements ne sont plus que des haillons, leurs visages sont décharnés par la faim, une crasse froide semble être collée sur leurs joues… ma sensation d'oppression s'intensifie, elle me fait encore plus mal.

En tirant sur les rênes, je dirige Crisp de façon à couper la route à Sail pour me placer contre le carrosse.

– Ma Dame ! s'écrie-t-il, et j'entends Digby qui jure à nouveau lorsque j'arrête Crisp et que je saute en atterrissant plus fort que je ne le voulais.

Je manque glisser sur la boue glacée, mais le carrosse amortit ma chute. Il roule toujours lentement quand j'ouvre la portière, mais il s'arrête à l'instant même où je pénètre à l'intérieur.

– Ma Dame, nous ne pouvons pas nous attarder ici ! lance Sail derrière moi.

Je l'ignore, trop occupée à soulever la banquette de velours et à fouiller dans mes affaires.

– Remontez sur votre cheval, grogne Digby pendant que je continue à chercher frénétiquement en écartant écharpes et mitaines.

Je cherche, je cherche…

– Je l'ai.

Je sors. Notre halte en plein milieu de la rue a intrigué d'autres petits yeux perçants, d'autres silhouettes sombres qui commencent à converger vers moi.

– Remontez sur votre cheval, m'ordonne encore une fois Digby.

– Une seconde.

Je ne le regarde pas, je suis bien trop occupée à les chercher.

Là-bas. De l'autre côté de la rue, un groupe d'enfants est blotti à côté d'un puits. Autour d'eux, des seaux et des bouts de corde jonchent le sol et les flaques d'eau crapoteuses.

Je m'approche. J'entends quelques gardes grommeler et quelques pouliches demander pourquoi on s'est arrêté. Puis le bruit inimitable de quelqu'un qui saute de son cheval et qui court vers moi à grandes enjambées.

Mais je continue, droit vers ce groupe d'enfants. Quand ils me voient arriver – ou peut-être est-ce à cause du garde qui me suit de près–, deux d'entre eux s'enfuient. Mais la plus jeune, une petite fille de quatre ans peut-être, ne bouge pas. Elle reste là devant les autres à me dévisager pendant que je m'agenouille devant elle.

Ils sont douze au total à présent, sans compter les autres qui accourent, tous trop maigres, trop sales. Et leurs yeux, leurs yeux sont bien trop vieux pour leur âge. Leurs épaules tombent, signe d'une lassitude qu'aucun enfant ne devrait avoir.

–Comment t'appelles-tu?

Elle ne me répond pas, mais son regard balaie mon visage comme si elle pouvait discerner la lueur de ma peau sous ma capuche.

–Tu es une princesse? me demande une fille plus âgée.

Je souris en secouant la tête.

–Non. Et toi?

Les enfants se moquent de moi en échangeant des regards.

–Tu penses que les princesses vivent dans les bidonvilles comme des gamins des rues?

Je baisse ma capuche en lui faisant un sourire complice.

– Peut-être les princesses secrètes.

Plusieurs d'entre eux restent bouche bée.

–Tu es la fille en or! Celle que le roi garde pour lui.

Je m'apprête à répondre, mais Digby se glisse entre nous, tous ses sens en alerte.

–Il est temps de partir.

J'acquiesce, je vais me relever, mais avant je plonge les mains dans ma bourse de velours.

–Très bien, princes et princesses secrets. Tendez vos mains.

Ils comprennent ce que je vais faire et se mettent à tendre leurs paumes avec empressement, en se bousculant les uns les autres. Je les réprimande.

–Pas de ça!

Je dépose une pièce dans chaque main. Ils s'enfuient en courant dès que leurs doigts sales se referment dessus. Je ne suis ni offensée ni surprise. Quand on est dans la rue, on ne s'attarde pas. Surtout avec de l'argent ou de la nourriture dans les mains. Il suffit d'une seconde d'inattention pour que quelqu'un de plus grand et de plus méchant vienne vous le prendre.

Quand j'arrive à la petite fille silencieuse, je lui donne ma bourse qui contient trois pièces d'or. Elle ouvre de grands yeux et, comme si son corps savait ce que ça signifiait, son estomac se met à gargouiller assez fort pour rivaliser avec les chiens errants.

Je porte un doigt à mes lèvres et je murmure :

– Utilises-en une, caches-en une et donnes-en une.

Un risque, c'est un risque de lui donner autant d'or. Bon sang, même leur en donner un peu est risqué. J'espère qu'elle est assez maligne, assez intelligente pour être en sécurité. La petite fille me fait un signe de tête solennel, puis fait demi-tour et part en courant aussi vite que ses petits pieds peuvent la porter. Brave petite.

– Au carrosse. Immédiatement.

Je me redresse et je me tourne vers mon garde. La colère de Digby se lit sur son visage. Je suis sur le point de lui lancer une taquinerie ou de rétorquer quelque chose de bien senti, mais je me tais aussitôt en voyant que tous les gardes ont sorti leur épée et qu'ils font face à tous ces gens qui sont sortis dans les rues et qui m'ont vue distribuer des pièces d'or, en assez grande quantité pour vouloir se battre. Pour tuer.

Des hommes et des femmes en haillons, affamés, désespérés, osent approcher, leurs yeux balaient les essieux dorés des carrosses, l'armure précieuse des gardes. Ils calculent sans doute ce qu'ils pourraient s'offrir avec une seule de mes pièces d'or.

Mais soudain leurs yeux s'arrêtent sur moi. Sur mes cheveux, sur mon visage. Je réalise trop tard que je n'ai pas remis ma capuche.

– La favorite du roi.

– C'est la femme changée en or.

– C'est le joujou doré de Midas !

Ils continuent d'avancer malgré les avertissements des gardes. Je suis pleine de culpabilité et d'inquiétude.

Stupide. C'était stupide.

La tension est palpable, les gens sont à deux doigts de craquer, prêts à tenter le tout pour le tout et à attaquer des soldats armés dans l'espoir de récupérer l'or de Midas.

La main de Digby se pose sur mon bras et me fait enfin réagir.

– Allons-y.

Je lui obéis. Je cours vers le carrosse alors que les voix des gens se font plus insistantes, leurs pas plus proches.

Juste avant que j'atteigne la première marche, l'un d'entre eux se jette en avant et fonce droit sur moi. Je crie quand il grogne en tentant d'arracher quelques-uns de mes cheveux d'or. Ses doigts sont aussi crochus que les serres d'un faucon.

En un instant, Digby est là, il s'interpose entre l'homme dément et moi. Il lui balance un coup d'épaule bien placé qui le fait s'effondrer dans une flaque d'eau à moitié gelée.

– Reculez! gronde Digby en pointant son épée vers la foule en guise d'avertissement.

La foule s'arrête, mais elle ne recule pas, ne se disperse pas.

Je me précipite dans le carrosse, Digby claque la portière derrière moi et nous redémarrons cahin-caha au milieu des cris des gardes, des ordres et des menaces.

Une bagarre toute proche me fait sursauter. Au fur et à mesure que nous avançons, les gens me lancent des insultes, crachent sur les carrosses, maudissent le roi.

J'ai trop peur pour regarder par la fenêtre, alors je reste assise bien droite sur mon siège en maudissant ma stupidité.

Je sais très bien qu'il ne faut pas exhiber sa richesse dans les quartiers pauvres d'une ville. Mais voir ces enfants… c'était comme regarder mon passé dans un miroir. Je n'avais plus les idées claires.

Les cris se font plus forts, les chevaux accélèrent l'allure, aussi vite qu'ils le peuvent dans une rue boueuse et détrempée. Je prie pour que personne n'attaque, encore, et encore, je supplie les déesses étoilées de les tenir à distance.

Pas parce que j'ai peur pour moi, et certainement pas à cause de ce qu'ils pourraient voler. Mais parce que je ne veux pas que les gardes soient obligés de leur faire mal. Ces gens ont suffisamment souffert.

Une pauvreté comme celle-ci est une véritable blessure. Une blessure que le roi Midas a laissée pourrir et s'infecter. Ce n'est pas leur faute, ce désespoir, cette décision qu'ils doivent prendre d'attaquer ou pas pour avoir une chance de s'offrir un repas, une couverture, des médicaments. C'est une question de survie. Et nous tous, autant que nous sommes, nous ferions pareil à leur place, nous nous débattrions avec ce « et si » qui pèse des tonnes.

Mais heureusement personne n'attaque. Heureusement, les gardes rengainent leur épée. Pourtant je n'éprouve aucun soulagement, seulement de la culpabilité. La culpabilité d'avoir fait miroiter une carotte à des affamés et de la leur avoir arrachée sans ménagement.

Le château d'or sur la montagne lointaine doit être une véritable épine dans leur pied. Le rappel constant d'un horizon qui leur est inaccessible.

J'aimerais que le soleil se lève plus tôt. J'aurais aimé que ma bourse contienne plus de pièces d'or. J'aurais aimé paver cette rue d'or. Sous le couvert glacial de la nuit, mon impuissance me pèse, tandis que notre groupe poursuit sa route sans autre incident, dépasse les derniers bâtiments décrépits après que le dernier visage qui m'obsède a disparu.

C'est un constat bien triste, bien amer. Si même la capitale d'un roi couvert d'or est aussi pauvre que ça, quel espoir le reste d'Orea a-t-il ?

CHAPITRE 18

Je pensais qu'après les bidonvilles, je ne pouvais pas avoir pire vision de l'extérieur.

J'avais tort.

Alors que nous quittons les derniers quartiers périphériques de la ville, je plisse les yeux pour tenter de voir quelque chose là-bas au loin, au-delà des torches de l'avant-garde.

– Que…

Je ne termine pas ma phrase, mais mon carrosse s'arrête. Dehors, des voix s'interpellent.

Digby descend de cheval et avance à grands pas. Je ne perds pas de temps, j'ouvre la portière et je sors, les yeux fixés sur ce quelque chose que je n'arrive pas à distinguer.

Je dépasse les autres carrosses qui transportent les pouliches royales de Midas. Le bel étalon, Rosh, regarde par la fenêtre en fronçant les sourcils.

– Tu sens cette odeur? demande-t-il à quelqu'un à l'intérieur.

Je n'entends pas la réponse.

Sail me rejoint. Je continue à avancer. J'aperçois un groupe important de nos gardes qui discutent avec des soldats de l'avant-poste. L'avant-poste lui-même n'est qu'une simple tour de guet en pierre et une muraille qui s'élève à flanc de montagne derrière nous. C'est un point de contrôle pour tous ceux qui veulent entrer dans la ville.

Je m'approche, mais Sail me fait signe de m'arrêter.

– Nous ferions mieux d'attendre ici.

– Que... qu'est-ce que c'est?

Je tente de regarder par-delà les soldats, vers ces silhouettes qu'on aperçoit derrière les torches. Je n'arrive pas à les distinguer d'aussi loin, mais quelque chose me pousse à aller voir.

J'avance en contournant les chevaux, toujours accompagnée par Sail. Il insiste pour que je fasse demi-tour, mais je refuse, alors même qu'une sensation de malaise m'envahit, comme une prémonition.

À six mètres de distance, l'odeur m'assaille. Sail ralentit, il a un violent haut-le-cœur.

Je me mords la langue et je me précipite. Une fois arrivée à la hauteur des soldats, mon cerveau est enfin capable d'intégrer ce que mes yeux et mon nez lui disent.

Là, devant la muraille de Highbell, une douzaine de corps sont pendus, accrochés à une rangée de branches noueuses, battues par les vents.

Les corps sont... en mauvais état. Abominables.

Ce ne sont pas seulement des cadavres. Ce ne sont pas des têtes dorées plantées sur des piques, avertissant les gens que s'ils enfreignent la loi, la colère de Midas sera terrible. Non, ils sont... ils sont...

– Pourris, dit sinistrement Sail à côté de moi, comme s'il lisait dans mes pensées. C'est ça l'odeur. Pendant toute cette semaine, nous avons reçu ces petits présents du Roi Putride.

J'ai la bouche complètement sèche. Les corps sont comme moulés à certains endroits, on dirait que le roi Ravinger a utilisé son pouvoir pour les faire pourrir comme des fruits. Des touffes de moisissure verte, blanche et noire s'agglutinent autour de leurs blessures mortelles comme un plumage macabre.

D'autres parties de leurs corps sont brunies et ratatinées, comme une peau qu'on aurait laissée trop longtemps au soleil. Et le reste a… juste disparu. On dirait que ces parties de leur corps, après avoir entièrement pourri, se sont désintégrées comme autant de pelures de peau et de poudre d'os.

De la bile se forme au creux de mon estomac. Je protège le bas de mon visage avec ma main. Je n'ai pas besoin de demander à Sail qui ils sont. On voit bien les emblèmes pourpres sur leurs armures encore visibles. Ce sont les soldats du roi Fulke.

– Il les a envoyés ici et au Cinquième Royaume, m'avoue tristement Sail pendant que Digby et les autres discutent entre eux à plusieurs mètres des corps putrides.

– Pourquoi ?

Sail hausse les épaules.

– Pour nous envoyer un message, je suppose. Pour nous signifier que le Roi Putride est en colère. Et que les hommes de Fulke n'ont pas eu la moindre chance.

– Mais pourquoi les envoyer ici ? Ce n'est pas l'armée du roi Midas qui a attaqué, je lui fais remarquer.

C'était une trahison bien sûr, mais c'est un fait.

Sail hausse les épaules.

– Il doit savoir que les rois Midas et Fulke étaient alliés, et que Midas est maintenant assis sur le trône du Cinquième Royaume. Je ne pense pas que le Roi Putride en soit ravi.

Un malaise m'envahit. Je ne voudrais vraiment pas avoir à subir la fureur du roi Ravinger. S'il est suffisamment en colère pour envoyer ces cadavres jusqu'ici alors que ce n'est même pas l'armée du Sixième qui a attaqué sa frontière… Je ne veux pas savoir ce qu'il ferait si jamais il découvrait que toute cette affaire est la conséquence d'un complot et d'une machination de Midas.

Devant nous, Digby semble donner un ordre. Les soldats se séparent, un groupe se dirige vers les corps tandis que les autres retournent à leur poste.

Sail et moi restons là à regarder les gardes détacher les corps, après s'être couvert le visage avec des bandes de cuir pour tenter de se protéger de la puanteur. Un groupe plus important commence à creuser un grand trou dans la neige, puis un par un, les corps sont traînés dedans jusqu'au dernier, comme des graines qu'on sèmerait dans un jardin macabre.

Les gardes poursuivent leur travail, ils tassent la neige sur les morts jusqu'à ce qu'il ne reste plus qu'un petit monticule pour marquer leur tombe.

Une fois que c'est fait, l'odeur disparaît. Je frissonne et m'emmitoufle dans mon manteau. Digby se retourne et se dirige droit vers moi. Je me crispe en murmurant à Sail :

– Accroche-toi.

Digby s'arrête juste devant moi. Malgré le froid, la sueur perle sur son front. Il me regarde un long moment sans rien dire. Je m'efforce de rester impassible, dans l'attente de sa réprimande.

Je sais que je nous ai mis en danger en ville, moi et tous les autres. Je sais que c'était stupide et imprudent de ma part. Je sais que ma décision impulsive de distribuer de l'argent aurait très bien pu déclencher une émeute, mais sur le moment, je n'y ai absolument pas pensé. Je voulais juste leur venir en aide. Je voulais juste rendre la vie de ces enfants un peu plus gaie, même pour un instant.

Digby me dévisage, puis son regard s'apaise et il soupire.

– Restez dans le carrosse la prochaine fois.

C'est tout ce qu'il dit avant d'opérer un demi-tour et de rejoindre ses hommes. Il aboie des ordres en leur signifiant qu'il est temps de repartir.

Je pousse un énorme soupir qui se transforme en épais nuage de vapeur devant moi. Sail me donne un coup de coude.

– Ce n'était pas si terrible que ça, n'est-ce pas ?

Je laisse échapper un petit rire en secouant la tête pendant que nous retournons vers mon carrosse.

– Non. Je m'en suis bien tirée.

Midas, lui, m'aurait hurlé dessus si j'avais fait quelque chose d'aussi dangereux.

Lorsque nous l'atteignons, Sail m'ouvre la portière et s'écarte.

– Eh bien, si ça peut vous soulager, moi j'apprécie ce que vous avez fait là-bas.

Surprise, je le regarde, mais il se contente de hausser timidement les épaules. Il est gêné soit par ce qu'il vient de me dire, soit par mon regard.

– C'était risqué et irréfléchi, mais ça montrait que vous vous souciez d'eux. Que vous avez vu, que vous avez regardé. Personne d'autre ne se serait jamais arrêté pour eux, me dit-il, et le ton qu'il emploie m'explique tout ce que j'ai besoin de savoir sur qui il est et d'où il vient.

La tristesse m'envahit, je parviens à peine à sourire.

– Toi, tu l'aurais fait, Sail. Tu te serais arrêté, toi aussi.

Je viens à peine de le rencontrer, mais je le sais, au plus profond de moi. Parce que ce soldat issu des bidonvilles n'est pas tellement différent de moi.

Sail baisse la tête et je lui offre mon plus beau sourire avant de monter dans le carrosse. Il referme doucement la portière derrière moi. Au moins, je sais que dans ce monde, pour chaque Roi Putride, il existe quelqu'un comme Sail pour équilibrer les choses.

Nous voyageons encore pendant deux heures, jusqu'à ce que Digby donne finalement l'ordre de s'arrêter juste une heure avant l'aube. À présent, nous sommes loin des murs de la ville, avec rien d'autre qu'une étendue de neige immaculée autour de nous et une chaîne de montagnes dans notre dos. Le château d'or est hors de vue.

Au plus près du feu, une tente en toile épaisse et en cuir est dressée pour moi, des tapis en fourrure sont déroulés sur le sol. Sail monte la garde devant ma tente. Il me fait un clin d'œil et je me glisse à l'intérieur pour avaler ma ration de nourriture avant de me glisser sous les couvertures.

La nuit s'estompe et le soleil se lève à peine. Je me blottis plus profondément sous les couvertures dorées, mes rubans bien enroulés autour de moi. Mes jambes et mon dos sont douloureux, mais ce n'est rien comparé à la vision atroce de ces pendus en putréfaction ou à la pauvreté écrasante de Highbell.

Et puis… je suis dehors. Je suis en mouvement, pas inactive. Je suis dans le monde, et je l'embrasse au lieu de m'en cacher. C'est au moins quelque chose.

Je ne sais pas ce que je vais faire une fois que j'aurai atteint le Cinquième Royaume. Je ne sais pas à quoi m'attendre. En une seule nuit, j'ai déjà dû faire face à un dénuement déchirant et à une monstrueuse cruauté. Mais je vais bien. Même si je n'ai plus la sécurité que m'offrait ma cage, ce monde ne m'écrase pas. Il ne me brise pas.

Pour l'instant, je vais bien.

CHAPITRE 19

— Bon Dieu de bordel !

Je marmonne en m'agrippant aux rênes et en m'efforçant de rester en selle. Pourtant je ne chevauche pas depuis très longtemps, depuis trente minutes tout au plus. La nuit est épaisse et brumeuse, comme si l'air retenait des plaques de brouillard glacial et les forçait à s'accrocher à nous pendant que nous traversons ce paysage gelé.

J'ai dormi comme une souche toute la journée, je devrais être reposée, prête à repartir, mais pas du tout. Je suis fatiguée, et complètement trempée.

Je serre les dents, mes jambes se mettent à trembler. L'intérieur de mes cuisses n'est plus qu'un énorme bleu. À chaque pas que fait Crisp, je grimace. Tout mon corps est endolori.

Les sept derniers jours ont été éreintants. Même si le temps s'est à peu près maintenu, il n'est pas facile de voyager de nuit dans le froid mortel du Sixième Royaume.

Chaque nuit, je me suis efforcée de réapprendre à monter à cheval et mes muscles me détestent. Je suis incapable de monter Crisp plus de quelques heures avant de tomber de cheval et de devoir retourner dans mon carrosse en titubant.

Mais comme je n'aime pas rester enfermée, je continue. Je me force à m'asseoir, à monter à cheval, à supporter la douleur parce qu'en contrepartie je peux être dehors et profiter de l'air frais. Je peux parler à Sail qui est toujours partant pour chevaucher à mes côtés, avec son sourire facile et de bonnes histoires à raconter.

C'est agréable, plus agréable que je ne saurais le dire, d'avoir un ami et d'oublier les contraintes d'une cage. Même si je me gèle les fesses.

Mais ce soir mes cuisses et mon dos me font souffrir plus tôt que d'habitude, mon corps menace de se révolter. Mon estomac n'est pas satisfait non plus. La viande séchée que j'ai mangée à mon réveil ne m'a pas suffi ; j'ai encore faim.

La nuit va être longue.

– Ça va ? me demande Sail avec un sourire.

Ses poils de barbe sont plus longs, maintenant que nous sommes sur la route depuis plus d'une semaine, mais ils poussent toujours de manière inégale. Peu importe, il parvient à rendre ça charmant.

– Très bien, je lui mens en serrant les dents.

Je tente une fois de plus de me déplacer légèrement sur la selle pour soulager cette douleur dans mon dos et mes jambes. Cela irrite Crisp. Je me baisse pour caresser son pelage blanc du bout de mes doigts gantés.

– Désolée, mon vieux.

– Ça m'a pris des mois pour parvenir à rester en selle, m'explique Sail en chevauchant à côté de moi.

Son cheval est une belle jument calme à la robe blanche mouchetée de brun.

– Ah oui ? Je suis sûre que tes sergents ont dû adorer, je lui dis avec un petit sourire, qu'il me rend aussitôt.

– Chaque fois que je tombais, ils m'envoyaient nettoyer les stalles. Et pelleter du crottin de cheval dans une écurie glacée, c'est franchement nul.

– Petit veinard.

– Eh bien, nous n'avions pas de chevaux dans les bidonvilles, me répond-il sans la moindre amertume, comme si c'était simplement une évidence.

– Je m'en doute.

– Mais dès que j'ai cessé de craindre ces fichus animaux, j'ai arrêté de paniquer et de me faire éjecter.

Il caresse le cou de sa jument, un contact amical qui la fait hennir doucement.

– Je monte bien à cheval, n'est-ce pas, ma belle ? gazouille-t-il à son oreille.

Je pouffe.

– Si seulement ton sergent pouvait te voir.

Sail sourit et se redresse.

– Et vous ? me demande-t-il en penchant la tête vers moi. Vous avez déjà été jetée à terre, vous avez déjà nettoyé un box ?

– Fort heureusement, non. Mais il ne faut jamais dire jamais, pas vrai ?

– Je ne pense pas que la favorite du roi aura à porter une pelle de sitôt, dit-il en me souriant.

Il serait surpris des choses que j'ai faites dans ma vie, des choses que j'ai dû faire. Mais je ne lui en parle pas, tout comme je ne lui dis pas comment j'ai appris à monter à cheval quand j'étais plus jeune. Ni qui m'a appris.

Tout en avançant, je jette des coups d'œil à Sail quand il regarde ailleurs. C'est étrange d'avoir un ami.

Plus que l'envie de sortir, plus que le désir de changement, je réalise à quel point j'avais besoin de ça, de cette relation avec une autre personne. Pas d'une alliance intéressée, pour des raisons politiques ou sociales ni même sexuelles. Mais d'une simple amitié. Deux personnes qui aiment parler ensemble, qui peuvent partager des histoires et des éclats de rire, qui se font des messes basses pour amuser l'autre.

Je me demande comment ce serait si j'aimais quelqu'un comme Sail. J'imagine que ce serait facile de tomber amoureuse, d'être séduite par un être aussi gentil et direct que lui. Dans une autre vie, peut-être.

– Il fait plus froid ce soir.

L'observation de Sail me tire de mes pensées, je me mets à regarder le paysage.

– En effet, je confirme en sentant le froid s'insinuer en moi.

Il m'a fallu un certain temps pour m'habituer à voyager de nuit. Au début, chaque ombre au loin me semblait étrange et inquiétante, mais j'ai appris à me concentrer sur les traces des gardes devant moi, dans la lueur des lanternes des carrosses qui oscillent à droite et à gauche au fur et à mesure que nous avançons.

Le paysage n'a pas beaucoup changé depuis que j'ai quitté Highbell. Aussi loin que l'on peut voir, ce ne sont que collines enneigées et escarpements rocheux. Nous avons laissé derrière nous les derniers villageois de la région il y a déjà plusieurs jours et, la plupart du temps, nous n'avons eu à subir qu'une légère chute de neige ou un peu de grésil.

Crisp me bouscule légèrement sur le côté en contournant un rocher et lorsque je serre les cuisses pour ne pas glisser, je pousse un petit gémissement. De douleur. Mes cuisses sont tellement douloureuses.

– Au carrosse.

Digby est remonté jusqu'à moi. Tout au long de la nuit, il passe de l'avant à l'arrière, le long de la caravane. Il est attentif, constamment mobile, il vérifie tout, s'assure que notre rythme est le bon, que notre direction est correcte, que tout le monde avance bien et reste vigilant.

– Pas encore, je réponds en lui souriant pour cacher ma grimace.

Il secoue la tête en marmonnant quelque chose.

– La tempête arrive, lance Sail.

– Tu crois ? je lui demande en regardant le ciel.

Je discerne des nuages qui avancent dans un ciel sombre vaguement éclairé, comme si la lune voulait sortir sans y parvenir. Pour être honnête, ça ne me paraît pas différent des autres nuits.

Sail se tapote le nez.

– Je peux sentir un bon gros orage. C'est un don.

Je minaude.

– Et qu'est-ce que ça sent, un bon gros orage ?

– Ça sent comme un enfer glacé.

– C'est un peu sinistre, tu ne crois pas ? En plus, les nuages ressemblent toujours à ça.

Mais Sail secoue la tête.

– Attendez un peu. Je pense que ça va être vraiment méchant.

– On parie ?

Sail accepte avec enthousiasme, mais Digby intervient.

– Non.

Je tourne la tête.

– Quoi ? Pourquoi pas ?

– On ne parie pas avec la favorite du roi, assène Digby en fixant Sail derrière moi.

– Ce n'est pas drôle.

Digby hausse les épaules.

– On ne s'amuse pas non plus avec la favorite du roi.

– Maintenant, tu es tout simplement méchant.

Il me regarde d'un air fatigué avant de faire claquer sa langue pour que son cheval accélère et nous dépasse.

– Ne vous en faites pas, ma Dame. Il vous a fait une faveur car vous auriez perdu le pari.

J'éclate de rire en penchant la tête en arrière, vers le ciel maussade.

– Maintenant, tu me provoques.

– On parie, alors ? me demande Sail avec une grimace comique.

Je vais lui répondre lorsque la voix d'une autre femme se fait entendre.

– Un peu puéril, vous ne trouvez pas ?

Mon dos se crispe, c'est la voix de Polly. Le carrosse des pouliches roule légèrement devant nous, Polly a passé son bras à la fenêtre et posé sa tête blonde sur son coude. Elle m'observe d'un air dédaigneux.

J'espérais que voyager en compagnie des autres pouliches royales les calmerait et comblerait un peu le fossé qui nous sépare, mais il n'en est rien. La plupart du temps, nous restons séparées. Je n'ai pas le droit à autre chose qu'un regard en passant devant les autres. Elles restent ensemble dans leurs carrosses ou dans leurs tentes, et moi je reste dans la mienne. Elles ne m'adressent pas la parole.

Sauf Polly.

Qui me parle uniquement pour afficher son aversion manifeste envers moi.

– Je suis quasiment certaine que parier est le second passe-temps favori des hommes de ce royaume, et qu'ils ne trouvent pas ça puéril du tout, je rétorque.

– Le deuxième ? répète Sail. Quel est le premier alors ?

Je lui lance un sourire en coin.

– Se payer du bon temps avec une pouliche.

Sail glousse timidement, mais Polly gâche tout en intervenant :

– Et qu'est-ce que tu en sais ? Le roi ne te monte jamais quand il nous fait appeler. Tu n'es même pas une véritable pouliche royale. Il te laisse regarder, c'est tout. C'est plutôt triste, vraiment. Tu n'es qu'un trophée. Les mâles au sang chaud ne veulent pas d'une salope glacée et métallique comme toi dans leur lit.

L'embarras qui m'envahit efface toute trace du moment agréable que j'étais en train de vivre. C'est une chose d'avoir à supporter le spectacle de leurs coucheries avec Midas, mais ç'en est une autre qu'elle me le lance au visage, et en présence de Sail et des autres gardes…

Polly sourit, visiblement très contente d'elle-même.

– Ne t'en fais pas. Je ferai en sorte de satisfaire le roi Midas.

Sail me lance un regard compatissant qui ne fait qu'empirer les choses. Je donne un coup de talons sur les flancs de Crisp pour qu'il accélère.

Je double Polly sans un regard, les mâchoires serrées et les joues brûlantes. Crispée sur les rênes, je me faufile entre les gardes en forçant leurs chevaux à se pousser pour me laisser passer.

De la distance. J'ai juste besoin de prendre de la distance.

Je contourne un cheval après l'autre et ne ralentis qu'une fois que j'ai presque atteint l'avant de la caravane, loin de Polly et de sa langue de vipère.

Comme si on pouvait fuir ses désillusions. Comme si je pouvais éviter mes blessures, ma honte, les sombres pensées qui m'assaillent chaque fois que je ferme les yeux pour m'endormir.

Je me doute qu'un jour il faudra que je cesse d'ignorer toutes ces pensées envahissantes. Elles vont finir par me rattraper. Elles vont se faufiler en moi et refuser d'être planquées dans un oreiller trempé de larmes ou entre les fissures d'un miroir.

Tôt ou tard, tous les doutes et toute cette amertume que je tente de contrôler vont déborder et exiger que je les affronte.

Mais pas ce soir.

Pas encore.

CHAPITRE 20

Je laisse Crisp ralentir son allure pendant que mon dernier espoir de créer des liens avec les autres pouliches s'éteint comme la mèche humide d'une bougie.

Il est temps de l'accepter et d'être heureuse d'avoir au moins un ami dans ce groupe de voyageurs. Un ami et un garde bourru et protecteur qui n'a pas hésité à tuer un roi pour me sauver. C'est déjà bien plus que ce que je pouvais espérer.

Après quelques minutes passées à broyer du noir en silence, Sail vient, comme je m'y attendais, trotter à mes côtés.

– Ignore Polly. Elle est simplement jalouse.

Je lui lance un regard moqueur comme si ça m'était égal, comme si ça ne m'atteignait pas.

– Ignore-la ! Comme toi, tu as ignoré Frilly hier ?

Le haut de ses pommettes s'empourpre, il détourne son regard.

– Quoi ? Non, il ne s'est rien passé. Elle avait juste besoin d'une couverture supplémentaire, c'est tout.

– Relaxe ! Je te taquine.

Sail jette des coups d'œil autour de lui comme s'il craignait que quelqu'un nous entende. Je comprends son inquiétude car les pouliches royales sont réservées à la royauté. Elles ne sont pas autorisées à fréquenter quelqu'un d'autre. Il suffirait d'un simple ragot pour détruire Frilly et Sail, et il n'en est pas question.

– Il y a des filles qui se languissent de toi à la maison ? je lui demande, curieuse de connaître sa vie en dehors de l'armée.

Sail fait à nouveau ressortir son charme enfantin quand il se penche vers moi.

– Juste quelques-unes, plaisante-t-il, trois ou quatre, mais elles n'en pincent pas autant que je le voudrais.

– C'est vrai ? Eh bien, j'espère que tu es gentil avec elles.

– Je suis très gentil. Ce garçon des bidonvilles a plus d'un tour dans son sac !

Il me fait rire.

– Tu veux bien partager ces tours avec moi ?

Sail ouvre déjà la bouche avec enthousiasme pour me répondre, mais Digby nous rejoint à nouveau et lui coupe la parole.

– On ne partage pas ses tours avec la favorite du roi, grogne-t-il, exaspéré. Tu veux que le roi Midas te coupe la tête et la plonge dans l'or, mon garçon ?

Sail pâlit en secouant la tête.

– Non, Monsieur.

Je soupire en regardant mon garde stoïque et grincheux.

– Ne sois pas si rabat-joie, Dig !

– Au carrosse, me répond-il d'un ton bourru.

– Non merci, je rétorque gentiment.

Devant mon entêtement, il soupire. Son exaspération me fait sourire. Ce n'est pas un jeu à boire, mais c'est le moment le plus drôle que j'aie jamais passé avec Digby, qui en outre parle plus qu'il ne l'a jamais fait. Je considère cela comme une grande victoire.

Pendant que notre groupe poursuit sa route, Sail me raconte des histoires de son enfance avec ses quatre grands frères. Il me distrait assez pour que j'oublie mes jambes douloureuses.

Les nuages s'amoncellent au-dessus de nous, comme le ressac d'une mer démontée, en projetant une brume arctique dans les airs. Les chevaux de tête font des percées dans la neige pour que nous puissions avancer, mais même pour nos chevaux robustes, il est fatigant et difficile de se frayer un chemin dans la neige épaisse, et Digby doit constamment les faire permuter.

Au fur et à mesure que la nuit avance, la température dégringole. Il fait si froid que même mes cuisses si douloureuses sont engourdies. Lorsque le vent se lève, il est si violent que Sail ne se vante même plus d'avoir eu raison au sujet de la tempête.

Bientôt, tout le monde doit s'arc-bouter, le corps serré contre son cheval et la tête emmaillotée dans des bandes de tissu pour se protéger un minimum du froid.

Digby revient vers moi au galop, sa lourde cape enroulée autour de lui.

– Au carrosse, et cette fois c'est un ordre.

J'acquiesce, cédant enfin car ce serait idiot de ne pas profiter de l'opportunité que j'ai de me soustraire au froid glacial et aux vents violents. Les cieux nous avertissent, ils nous laissent le temps de nous préparer avant que les nuages se délestent. Bien que j'aime chevaucher au grand air, je préfère ne pas être dehors dans le blizzard.

Avec Sail toujours à mes côtés, je manœuvre rapidement Crisp pour qu'il se dirige vers mon carrosse. Je saute en bas et je le gratifie d'une tape sur sa croupe poilue.

Avec un regard coupable, je fais un geste à Sail en désignant mon carrosse.

– Tu es sûr que tu ne peux pas…

Mais il secoue la tête.

– C'est bon. Nous, les soldats du Sixième, nous sommes très résistants. Le froid ne nous atteint même pas, me ment-il avec un clin d'œil tandis que son souffle s'envole comme une épaisse fumée. Rentrez avant d'attraper mal.

Mon cocher s'arrête juste assez pour me laisser le temps d'y grimper et refermer la portière en frissonnant. Puis il reprend sa route et je m'assois en me frottant les jambes et en secouant mes mains. J'essaie de soulager mes muscles endoloris et de réchauffer mes membres en les frictionnant.

Puis je regarde par la fenêtre : le temps se dégrade de plus en plus. La lumière se limite à présent aux lanternes et au clair de lune masqué.

En moins d'une heure, la tempête s'abat sur nous. Les vents hurlent si fort que les vitres s'entrechoquent et que le carrosse vacille comme s'il menaçait de basculer. Je me déplace sur le côté droit pour me protéger du vent.

La grêle commence à tomber. Des grêlons claquent contre le toit comme des milliers de coups de poing. Le bruit est si fort qu'il couvre celui des sabots des chevaux et le raclement des roues, jusqu'à ce qu'on entende plus qu'une pluie de boules de glace tombant du ciel.

Je ronge mon frein en regardant dehors, je déteste que les gardes et les chevaux aient à endurer ça. Chaque grêlon qu'ils reçoivent doit leur faire un mal de chien.

Heureusement, je m'aperçois que nous quittons le chemin pour prendre la direction d'un bosquet d'arbres. Ce ne sont pas des pins géants, mais ils seront suffisamment épais pour nous protéger de la tempête.

Je trouvais que nous étions lents, mais c'est dix fois pire à présent. Avec la grêle et le vent qui nous assaillent, il nous faut presque une heure pour atteindre l'orée du bois.

L'avant-garde de notre groupe est en train de passer sous le premier arbre lorsque mon carrosse est violemment secoué. Je suis projetée au sol, mon corps heurte la banquette en face de moi et ma nuque cogne contre la paroi.

– Merde ! je jure en me frottant la nuque et en tentant de regagner mon siège.

Le carrosse rebondit à nouveau violemment en manquant me faire retomber, mais je m'appuie sur les parois et je parviens à me maintenir debout.

Il s'arrête soit volontairement, soit à cause de la neige épaisse, et Digby ouvre la portière pour vérifier que je vais bien.

– Ça va, je le rassure.

– Le carrosse est coincé, m'explique-t-il en tenant la porte ouverte.

Je sors. Mes pieds s'enfoncent dans la neige profonde qui m'arrive presque aux genoux.

– Ça va ? hurle Sail qui fait avancer Crisp.

Ma seule réponse possible, c'est de hocher la tête car les bourrasques de vent couvriraient ma voix. Je passe un pied dans l'étrier pour me hisser sur mon cheval. Dès que je suis assise, Sail attrape les rênes et nous guide à travers la neige épaisse. Les lourds sabots de nos chevaux se fraient un passage dans l'immensité blanche.

En plissant les yeux face au vent, je regarde en arrière. Tous les carrosses sont bloqués, la neige d'un bon mètre d'épaisseur les empêche d'avancer.

Les gardes se bousculent et se crient dessus en tentant de libérer les chevaux et d'aider les pouliches en les dirigeant vers un abri.

Dès que Sail et moi atteignons les arbres, nous sommes soulagés. Quelques grêlons parviennent encore à nous atteindre à travers les branches, mais ils sont bien moins nombreux. Les gardes coupent et empilent du bois pour allumer un feu. Lorsqu'ils tentent de l'allumer, il crache, il fume, les branches humides refusent de prendre. Jusqu'à ce que Digby arrive, plus sévère que jamais. Un coup de silex, et des étincelles volent et embrasent le petit bois comme s'il n'osait pas désobéir à mon garde.

Sail me conduit jusqu'à l'endroit où les autres chevaux ont été rassemblés. La neige a été déblayée pour qu'ils aient un endroit où se reposer. Une botte de foin les attend déjà.

Je saute à terre pour m'occuper de Crisp, mais Sail insiste pour que je me réchauffe pendant qu'il prend soin des chevaux. Il me mène à l'une des bûches disposées autour du feu qui grandit et je m'y assois, épuisée, frissonnante et gelée jusqu'à la moelle. Les pouliches s'installent lentement sur d'autres bûches, en se serrant les unes contre les autres pour se réchauffer.

J'observe les gardes qui empilent du bois, montent des tentes, transportent des troncs d'arbres et pellettent la neige pour créer un coupe-vent. Aucun ne reste inactif pendant que je grelotte près du maigre feu en tendant mes mains tremblantes et gantées vers les flammes.

Ensuite, les gardes rassemblent des briques près du feu. Une fois chaudes, elles seront fourrées dans nos sacs de couchage afin de nous réchauffer les pieds pendant que nous nous reposerons.

Les gardes travaillent vite et efficacement. Leur rapidité me surprend. Bientôt, tout le monde est rassemblé autour du feu ; les tentes sont montées partout où un espace sous les arbres le permet.

La grêle continue. De véritables glaçons tombent et ricochent sur l'écorce et les branches en emportant des éclats de bois avec eux. On croirait entendre de petites explosions contre les arbres, tandis qu'au-dessus, les branches gémissent sous la poussée du vent.

C'était juste une question de temps avant que la tempête se déchaîne. Nous avons eu de la chance d'avoir des nuits douces pendant si longtemps.

Je repère Sail sur la gauche. Il est en train de monter ma tente. Je me dirige vers lui, il est occupé à planter la bâche dans le sol en tirant sur le tissu pour le tendre.

– Tu veux de l'aide ? je lui demande en élevant la voix pour qu'il puisse m'entendre malgré la grêle.

Mais Digby arrive avec mes fourrures dans les bras.

– Non. Vous n'aidez pas.

– Nous sommes à votre service, Mademoiselle Auren. Pas l'inverse, confirme Sail.

Je plaisante.

– Tant mieux, parce que je ne sais vraiment pas comment on monte une tente.

Ça l'amuse. Après avoir tout assemblé, Digby et lui empilent les fourrures à l'intérieur, ainsi que ma lanterne afin de m'offrir de la lumière et un peu de chaleur bien que ma tente soit la plus proche du feu.

Devant ce traitement de faveur, je culpabilise un peu. Les gardes et les autres pouliches doivent partager une tente à cinq ou six, alors que j'ai la mienne pour moi toute seule. Mais ils peuvent au moins se réchauffer les uns les autres.

J'engloutis ma part de nourriture et d'eau bouillie, puis je repars vers ma tente. Il reste encore quelques heures avant l'aube, mais vu la violence de la tempête, nous ne pourrons sûrement pas reprendre la route de sitôt.

En me voyant, Sail qui était assis sur une souche devant ma tente se lève et maintient le rabat pour que je puisse entrer. Il va monter la garde pendant que je me repose.

– On dirait bien que vous avez perdu notre pari, hmm ?

– Ah, mais en fait, je n'avais pas eu le temps d'accepter le pari, n'est-ce pas ?

Sail s'esclaffe et secoue la tête. Le fait que, quoi qu'il puisse arriver, il soit toujours de si bonne humeur témoigne de son caractère.

– Pour cette fois, vous avez eu de la chance. Je ne vous laisserai pas vous en tirer si facilement la prochaine.

– Merci pour l'avertissement. Bonne nuit.

– Bonne nuit, ma Dame.

Je me glisse à l'intérieur, je baisse les stores en tissu avant de me déshabiller rapidement, d'enfiler une épaisse chemise de nuit en laine et de plonger sous mes couvertures en fourrure en ayant pris soin de mettre mes bottes à sécher à côté de la lanterne.

La brique chaude sous mes pieds me fait un bien fou, même si je sais que sa chaleur ne va pas durer bien longtemps. Pas avec cette grêle, pas avec le vent qui semble pouvoir traverser toutes les couches possibles pour me transpercer.

Le beau temps a tenu pendant sept jours, mais maintenant, il est brisé en mille morceaux dont les éclats pleuvent du ciel.

Dehors, la tempête gronde comme si elle voulait nous avertir.

Je réaliserai trop tard que j'aurais dû l'écouter.

Chapitre 21

La tempête fait rage.

Pas comme la Veuve Gale qui siffle et gémit de désespoir, mais plutôt comme une femme bafouée qui fait pleuvoir un enfer de vengeance glacé, exactement comme me l'avait prédit Sail.

Trois jours interminables et des nuits plus longues encore. De la grêle et de la neige, suivies par d'horribles averses qui déversent des trombes d'eau glacée détrempant et gelant tout sur notre campement.

Tout le monde est malheureux, même Sail qui est de nature optimiste. Je pense que même le pauvre Crisp est à deux doigts de se révolter. Le feu s'éteint en permanence malgré les abris en bois que les gardes confectionnent pour tenter de le protéger du vent et de l'humidité.

Ils finissent par se résoudre à découper une des bâches de tente qu'ils attachent solidement en hauteur, entre les arbres, pour empêcher la pluie de tomber directement sur les flammes. Cela nous permet de nous abriter, mais les hommes doivent à présent dormir entassés les uns sur les autres dans des conditions très difficiles.

Personne ne peut chasser. De toute façon, il n'y a pas d'animaux par ce temps, ce qui signifie que la seule nourriture à notre disposition, c'est de la viande séchée et des noix. Rien de chaud, rien de frais, à part la sempiternelle neige bouillie. La plupart du temps, chacun reste cloîtré dans sa tente en se morfondant, en grelottant et en maudissant un ciel indifférent.

Jusqu'à ce que le quatrième jour, la tempête se calme enfin.

Je me réveille en entendant le crépitement des flammes au lieu du bruit du vent, de la grêle ou de la pluie. En passant la tête dehors pour la première fois depuis des heures, je constate que la boue a disparu et qu'à sa place une épaisse couche de neige scintille dans la lumière grise déclinante. Les flocons tombent doucement du ciel en dansant paresseusement.

– Dieu merci !

À en juger par la position du soleil, je dirais qu'il reste environ une heure de lumière du jour.

Je m'aperçois qu'autour de moi la plupart des hommes sont soit en train de faire du repérage, soit de dégager les carrosses encore bloqués, tandis que d'autres affûtent leurs armes ou se restaurent. Mais l'ambiance n'est plus morose, plusieurs gardes se taquinent gaiement et discutent, l'air détendus.

La plupart d'entre eux se sont habitués à moi, maintenant que nous voyageons ensemble depuis des jours et des jours, mais de temps à autre ils me lancent encore des coups d'œil curieux ou des regards en coin. Mais aucun d'eux ne tente de m'aborder, exception faite de Digby et Sail. Midas les a prévenus, ou bien c'est Digby qui l'a fait. Probablement les deux.

Je fais ma toilette dans ma tente en attendant la tombée de la nuit. Je sais que nous allons reprendre notre route dès que nous aurons levé le camp.

Je me lave avec un pichet d'eau, en utilisant un chiffon froid et humide. Voyager n'est pas très glamour et mon confort, mon lit, mes oreillers, mon bain me manquent cruellement.

La seule pensée d'un bon bain dans de l'eau chaude me donne envie de gémir. Hélas, je dois me contenter d'une toilette de chat, la plus rapide possible. J'ai déjà la chair de poule, je claque des dents.

Il me faut une certaine dose de courage pour me verser le pichet sur la tête. Au contact de cette eau si froide, je manque pousser un cri, mais je parviens à me retenir et à vite frotter mon cuir chevelu et mes mèches avant de ne plus sentir le bout de mes doigts.

Je m'habille à la hâte, ma peau est encore légèrement humide. Je m'aide de mes rubans pour tresser mes cheveux, puis ils s'enroulent autour de moi en formant une couche isolante bienvenue.

Je suis en train d'enfiler des collants molletonnés sous ma lourde robe lorsqu'on introduit un plateau-repas dans ma tente ; c'est sans doute Digby qui s'assure que je mange un peu avant de reprendre la route.

J'attrape le plateau et m'assois sur ma couche en me couvrant les genoux avec mes fourrures. Il y a une cuisse entière de viande rôtie. Même sans épices ni assaisonnements, je la dévore en quelques secondes. C'est chaud et frais, bien meilleur que la viande séchée que j'ai dû avaler ces derniers jours.

Après avoir fait disparaître tout le contenu de mon assiette sans pour autant la lécher malgré l'envie que j'en ai, je participe au rangement de ma tente en roulant mes fourrures, en pliant mes vêtements dans le coffre et en mouchant la lanterne.

Lorsque je sors, le camp est démantelé. Les hommes ont revêtu leur armure et pelleté de la neige sur le foyer. Les chevaux ont déjà été emmenés, attelés aux carrosses qui ont été décoincés et réparés. L'ombre de la nuit commence à se déployer sur l'horizon avant de plonger le monde dans l'obscurité.

– Prête, Mademoiselle Auren ? me demande Sail en me rejoignant.

Je chasse le flocon de neige qui s'est posé sur ma joue.

– Je suis plus que prête. J'ai bien cru que cette tempête ne finirait jamais.

– Nous avons perdu quelques jours et le sol est glacé, mais la nouvelle couche de neige va nous aider. Nous ne sommes plus très loin du Cinquième Royaume.

– Tant mieux, je dis en le suivant à la lisière du bois, là où les chevaux sont déjà alignés.

Mais Digby m'arrête en me lançant d'un air renfrogné :

– Vos cheveux sont mouillés.

– Excellent sens de l'observation, Digby, je le taquine avant de relever ma capuche.

Sail aussi se met à froncer les sourcils.

– Il a raison. Vous allez attraper froid.

– Ça va aller.

– Vous voyagerez dans le carrosse jusqu'à ce qu'ils soient secs, annonce Digby.

C'est à mon tour de faire la grimace. Je n'ai aucune envie d'être enfermée dans une calèche après l'avoir été trois jours dans une tente.

– Je préférerais vraiment monter à cheval.

Digby secoue la tête.

– Je porterai ma capuche, j'insiste.

Il ne répond pas et se contente de m'accompagner jusqu'à mon attelage, puis ouvre la portière en me dévisageant. C'est évident, il ne va pas se laisser convaincre et, de toute façon, Crisp n'est pas là.

Je pousse un soupir de défaite et grommelle :

– Bon. Mais dès que c'est sec, je chevauche à tes côtés, et je vais te bassiner pendant des heures !

Je n'en suis pas certaine, mais j'ai l'impression de discerner l'esquisse d'un sourire sur ses lèvres.

– Ha ! Tu as presque souri ! je jubile en le pointant victorieusement du doigt avant de me tourner vers Sail. Toi aussi tu l'as vu, n'est-ce pas ?

Il acquiesce en souriant.

– Sans aucun doute.

Digby fait les gros yeux et m'indique l'intérieur du carrosse de la main.

– Dedans.

– Ouais, ouais.

Je m'exécute, tandis que Sail me lance un sourire complice. Je m'installe confortablement sur le siège rembourré et notre groupe se met en marche, une fois de plus. Au moins, j'ai offert un vrai répit à mes jambes et mon dos, mes muscles ne sont plus douloureux.

Je dénoue mes cheveux en espérant qu'ainsi ils sécheront plus vite. Je m'ennuie déjà à mourir, pourtant je ne suis là que depuis quelques minutes à peine. Je m'appuie contre la paroi du carrosse et je ferme les yeux en me demandant combien de jours il nous reste avant d'atteindre le Cinquième Royaume. Je sais que la tempête nous a ralentis, mais j'ignore de combien de temps.

Le roulement régulier me berce ; je finis par m'endormir parce qu'en ouvrant les yeux, je remarque que la petite lanterne intérieure s'est éteinte.

Mes rubans sont enroulés autour de moi sous mon manteau, ils m'offrent un peu de chaleur supplémentaire et mes cheveux sont secs. Leurs mèches dorées tombent en cascade dans mon dos.

Je me sens désorientée dans la pénombre. Troublée, je tente de comprendre ce qui m'a réveillée et je réalise que mon carrosse s'est arrêté.

Il fait encore nuit, nous n'avons donc pas voyagé très longtemps. Le carrosse s'est probablement encore coincé et la secousse m'a réveillée. J'essuie la condensation sur la vitre et je regarde dehors, mais je ne discerne qu'un épais voile d'obscurité.

Je frappe alors contre la vitre.

– Digby ? Sail ?

Je n'obtiens pas de réponse et je n'entends aucun des hommes à l'extérieur. Un sentiment de panique m'assaille et ma main se porte vers la cicatrice à ma gorge. Je n'avais plus fait ce geste depuis plusieurs jours.

Je presse mon visage contre la vitre en tentant de distinguer quelque chose, n'importe quoi, mais la seule chose qui soit visible, c'est la faible lueur de la neige sur le sol. Tout le reste est plongé dans l'obscurité.

Je saisis la poignée pour pouvoir sortir et partir aux nouvelles, mais la portière s'ouvre brusquement, ce qui me fait sursauter. La tête de Sail apparaît.

– Bonté divine, tu m'as fait peur. Qu'est-ce qui se passe ?

– Désolé, Mademoiselle Auren, me dit-il en remarquant ma main plaquée sur ma gorge.

Je la baisse très vite pendant qu'il s'éclaircit la voix.

– Digby a ordonné une halte. Les chefs ont remarqué des mouvements dans la neige, alors il a envoyé des éclaireurs.

– Quel genre de mouvements ?

– Je ne sais pas exactement.

Je me lève pour sortir, mais Sail me bloque le passage et me lance un regard penaud.

– Digby veut que vous restiez dans le carrosse.

Évidemment, mais je ne supporte pas d'être coincée là. Cette sensation d'enfermement…

Dès l'instant où j'ai posé un pied hors du château de Highbell, quelque chose a changé. Comme si l'on avait ouvert une vanne et que l'eau de toute une décennie, l'eau qui m'avait complètement engloutie, avait commencé à s'écouler. Je n'avais plus besoin de faire des efforts pour maintenir ma tête hors de l'eau. Plus besoin de retenir ma respiration, de compter les secondes, de me rappeler que j'avais suffisamment d'air dans les poumons et que le flot en jaillissant n'allait pas me faire suffoquer tandis que je m'efforçais de surnager.

Je ne peux pas faire marche arrière, retourner vers tout ça. Mentalement, émotionnellement et même physiquement, car cette pensée suffit à faire perler ma sueur et je sais, je sais que je ne peux plus le supporter.

C'est pourquoi, même si on m'a ordonné de ne pas bouger, même s'il y a du danger dehors, je ne peux pas rester ici. C'est trop étroit, ça me rappelle trop ma lutte constante pour flotter au lieu de couler.

Alors je repousse Sail et je plonge dans l'obscurité.

CHAPITRE 22

J'atterris dans la neige. Derrière moi, Sail marmonne un juron, mais il ne discute pas, il ne tente pas de me faire rebrousser chemin. C'est ce que j'apprécie chez lui.

– Où sont passés les autres gardes ?

Il me les montre du doigt.

– Là-haut, sur la colline d'où ils peuvent avoir un meilleur point de vue.

J'acquiesce rapidement pendant que nous nous frayons un chemin dans la neige. Quand nous passons devant les carrosses des pouliches, certaines sortent la tête par la fenêtre pour tenter de voir ce qui se passe. Les cochers attendent sur leur banc, ils essaient d'empêcher les chevaux qui piétinent dans la neige de devenir trop anxieux.

Rissa m'appelle. Ça me surprend car elle ne m'a pas adressé la parole depuis cette nuit dans la salle du trône, quand le roi Fulke avait requis nos services.

– Que se passe-t-il ?

Je lui réponds honnêtement.

– Je ne sais pas encore.

Ses yeux bleus papillonnent comme pour mieux voir le paysage nocturne.

– Si tu découvres quelque chose, tiens-nous au courant.

Et elle rentre la tête sans attendre ma réponse. La conversation à voix basse entre Rosh et Polly reprend immédiatement.

Je fixe la vitre un certain moment avant de bouger. Je ne sais pas si je dois me réjouir que Rissa ait enfin daigné m'adresser la parole ou si, au contraire, je dois être offensée par son arrogance.

Sail me regarde et sourit sans rien dire.

– Quoi ?

Il hausse les épaules.

– Rien. Je suis surpris que vous ne m'ayez pas demandé de livre, c'est tout.

Je fronce les sourcils.

– Un livre ?

– Ouais, pour lui balancer sur la tronche.

Il éclate de rire en disant ça, moi j'ose tout juste un petit rire embarrassé.

– J'essayais de l'aider !

Sail rit si fort qu'il en perd le souffle.

– Rappelez-moi de ne jamais vous demander de l'aide, Mademoiselle Auren.

J'esquisse un sourire.

– Imbécile.

– C'est mon histoire préférée vous concernant.

Je pousse un gémissement en me couvrant le visage.

– Vous, les gardes, vous n'êtes qu'une bande de commères. Tout le monde est donc au courant ?

Sail sourit.

– Ouaip.

Je secoue la tête.

– Bonté divine !

Son rire diminue.

– Ne soyez pas gênée. J'adore cette histoire.

Je lui lance un regard noir, mais il lève les mains en l'air.

– Pas uniquement pour les raisons auxquelles vous pensez, m'explique-t-il. Pour être honnête, je n'étais pas sûr de vouloir ce poste qui consistait à vous escorter jusqu'au Cinquième Royaume. Bien sûr, chez nous, je me contentais de surveiller le mur d'enceinte. C'était barbant comme tout et je me gelais les cou…, je veux dire, je gelais, se corrige-t-il avec un sourire gêné.

Je le taquine.

– Tu peux dire « couilles », tu sais. Pas besoin de surveiller ton langage ni de te censurer. Je ne suis qu'une pouliche, après tout.

Mais Sail secoue la tête en signe de dénégation.

– Vous êtes évidemment bien plus que ça, ma Dame. Et vous devriez exiger que les autres vous traitent comme telle.

Ses paroles me surprennent, mon sourire s'estompe devant la conviction qu'il affiche et qui introduit quelque chose de sérieux entre nous. Quelque chose de plus lourd que le ton léger sur lequel nous bavardons habituellement.

– Comme je vous le disais, reprend-il en comblant un silence gênant, je n'étais pas sûr de vouloir ce poste, même si ça représentait un énorme avancement pour moi. Mais ensuite, une fois que Digby a formé l'équipe, nous nous sommes mis à discuter entre nous. À échanger des informations. Et c'est là que j'ai appris que vous aviez balancé ce livre à la figure de cette pauvre Mademoiselle Rissa.

Il secoue la tête en gloussant.

– Certains pensaient que vous étiez juste une…

– Une salope ? je suggère.

Il me lance un regard penaud.

– C'est ça. Mais d'autres ont compris ce que vous vouliez vraiment faire et à quel point Mademoiselle Rissa était fatiguée. On a pigé.

– Contents de vous, hein ?

– Très. Mais c'est ainsi que j'ai su que j'avais pris la bonne décision en acceptant de vous protéger. Parce que vous n'êtes pas ce que certains prétendent, vous n'êtes pas une espèce de petite pouliche snobinarde et gâtée, qui méprise tout le monde du haut de sa tour d'ivoire en faisant reluire sa peau dorée.

Je ne peux m'empêcher de grimacer.

– Non, vous vous êtes donné la peine de sortir Mademoiselle Rissa d'un mauvais pas, quitte à passer pour la méchante. Vous avez agi, un peu brutalement certes, et ce n'était probablement pas le plan le mieux réfléchi du monde, mais vous avez agi. Vous n'êtes pas restée les bras ballants.

– Je l'ai fait saigner du nez.

Sail hausse les épaules.

– Vous avez également fait en sorte qu'elle puisse se reposer tout le reste de la nuit.

Je détourne le regard.

– C'est vrai, c'était ça mon plan. Bien que, comme tu l'as dit, son exécution ait été un peu… compliquée.

– Vous voyez ?

Il me défie du regard, comme si je venais de lui donner raison.

– Vous êtes différente. Et vous ne méritez pas de vivre des moments aussi difficiles.

Je tourne la tête vers lui en replaçant mes cheveux derrière mes oreilles tandis que nous poursuivons notre marche dans la neige. À dire vrai, je suis touchée. À cause de ce qu'il m'a dit, à cause de la façon dont il me voit. Mais je ne sais pas comment lui répondre. Je ne suis pas douée pour m'ouvrir aux autres, pour leur parler franchement. Comment le serais-je alors que toute ma vie durant, j'ai fait mon possible pour tout réprimer ?

Sail doit s'apercevoir de mon malaise, il doit savoir que je me sens piégée sous le poids de ses remarques, donc il fait ce que j'ai appris à aimer chez lui. Une fois encore, il détend l'atmosphère en réussissant à me rendre le sourire et à nous remettre sur un pied d'égalité.

– Je peux toutefois vous donner un conseil ? Vous devriez peut-être songer à arrêter le lancer de livres.

Un sourire se forme sur mes lèvres.
–Je m'en souviendrai.

Tous les deux, nous atteignons enfin la crête d'une petite colline. Devant nous, tout le monde est regroupé, les silhouettes sont éclairées par les lanternes que chacun tient à la main. Le vent joue dans mes cheveux que je remets rapidement en place sous ma capuche.

Si la plupart des gardes sont encore sur leur cheval, quelques-uns sont à pied, ils discutent. Je retrouve Digby tout à l'avant du groupe, son visage est tourné vers l'horizon lointain.

–Qu'est-ce que vous regardez? je lui demande en me plaçant à ses côtés.

Digby laisse échapper un long soupir avant de se tourner vers Sail.

–Que fait la favorite du roi hors de son carrosse?

Sail se gratte nerveusement la nuque.

–Eh bien, vous voyez, ce qui s'est passé, c'est que… hum… elle…

Je l'interromps pour ne pas lui attirer d'ennuis.

–Ce n'est pas sa faute, c'est moi qui ai insisté. Qu'est-ce qui se passe?

Digby soupire à nouveau, mais étonnamment, il me répond.

–Les éclaireurs nous ont dit qu'ils ont repéré des mouvements dans la neige.

–Comme… des empreintes de pas?

Il secoue la tête.

–Comme un mouvement, loin devant. De la neige qui bouge.

–Qu'est-ce qui pourrait en être la cause?

Les hommes échangent un regard, puis l'un d'eux se lance:

–Une avalanche.

J'ouvre de grands yeux.

–Cette montagne, là-bas, m'explique un autre garde qui porte une barbe épaisse, couleur caramel.

Il lève la main pour m'indiquer la direction et reprend :

– Pourtant nous l'avons surveillée et nous n'avons rien vu. Un autre éclaireur s'est rendu à l'endroit où le mouvement avait été noté pour voir s'il entendait quelque chose, s'il trouvait un signe quelconque indiquant que la montagne allait se détacher.

Je plisse les yeux en direction de l'endroit qu'il a indiqué, mais je ne distingue que les crêtes noircies des montagnes. Et devant nous, tout autour de nous, ce sont les Barrens. Les terres gelées et ouvertes à tous les vents entre le Sixième et le Cinquième Royaume, rien d'autre qu'une steppe glacée sur des kilomètres et des kilomètres.

– Une avalanche pourrait nous atteindre ?

– Oui, répond sinistrement Digby.

La barbe caramel m'explique :

– Il est tombé beaucoup de neige et la tempête a tout remué. Une avalanche provenant de cette montagne traverserait les Barrens. Le sol est plat, il n'y a rien qui puisse l'arrêter ni même la ralentir. Au contraire, ça l'aiderait à prendre de la vitesse. Elle pourrait nous atteindre facilement.

Je déglutis violemment, une boule glacée atterrit dans mon estomac.

– Et si on attendait ici et qu'on surveillait la situation ? demande Sail.

– En attendant, nous risquerions d'être encore plus exposés et de taper encore plus dans nos provisions, commence Digby. Nous serions des cibles faciles pour toute cette neige.

La barbe caramel reprend la parole.

– Nous devons passer par cette vallée. C'est le seul moyen d'atteindre le Cinquième Royaume.

Je me frotte les avant-bras, le froid s'insinue davantage en moi, exposés que nous sommes au sommet de cette colline.

– Quand est-ce que l'éclaireur sera de retour ?

Les gardes échangent un regard lourd de sous-entendus.

– C'est bien ça le problème. Il devrait déjà être de retour.

CHAPITRE 23

Les visages des gardes sont fermés. Ils sont mal à l'aise. Les corps des sentinelles qui montent la garde au sommet de la colline sont tendus, depuis la ligne de leurs épaules jusqu'à leurs pieds bien ancrés dans le sol.

En haut de cette colline sans nom qui surplombe la dernière étendue de plaine du Sixième Royaume, je me sens soudain très vulnérable, comme un arbre qu'on aurait dépouillé de son écorce.

Pendant un certain temps, personne ne dit mot. Tous les visages sont tournés vers la montagne au loin, là où l'éclaireur s'est aventuré. La neige commence déjà à recouvrir les traces de ses pas qui s'éloignent de notre groupe.

De longues minutes passent. Nous attendons, les yeux rivés au loin, mais il n'y a toujours aucun signe de l'éclaireur. À côté de moi, Digby se pince de plus en plus violemment les lèvres, comme s'il venait de prendre une décision. Il regarde quelques-uns des hommes.

–Vous trois avec moi. Nous partons à la recherche de l'éclaireur. Les autres, vous restez avec les carrosses. Préparez-vous.

Les trois hommes acquiescent et courent récupérer leurs chevaux. Digby se tourne vers Sail.

– Prends soin d'elle, lui ordonne-t-il d'un ton bourru.

Sail le salue en frappant sa protection d'épaule gauche de son poing droit.

– Oui, chef.

Digby me lance un regard qui signifie « ne faites pas de bêtises ».

Pour le rassurer, j'essaie d'imiter le salut de Sail, mais je rate mon coup et je me frappe le bras beaucoup trop fort. Je marmonne un « ouille » en grimaçant et en me frottant l'épaule.

Digby soupire et regarde à nouveau Sail.

– Tu ne la lâches pas d'une semelle.

– Hé ! je m'écrie avec indignation.

Sail se retient difficilement de rire.

– Comptez sur moi, Monsieur.

Digby place son pied dans l'étrier de son cheval et se hisse sur la selle pendant que je resserre mon manteau contre moi.

Il siffle, et lui et les trois autres descendent la colline au galop dans la direction où l'éclaireur a disparu. L'un d'eux porte une lanterne pour leur ouvrir la voie.

Bon sang, je ne sais vraiment pas comment ils vont parvenir à retrouver l'éclaireur, mais j'espère qu'ils vont réussir et revenir rapidement. L'attente sème en moi une sensation de malaise qui m'inquiète. Rester ici, inactive, telle une eau stagnante laissée à l'abandon…

– Tu penses qu'ils vont le trouver ?

Sail hoche la tête d'un air confiant.

– Ils retrouveront sa trace.

– Même dans le noir ?

J'ai des doutes.

– Ne vous inquiétez pas, tente-t-il de me rassurer. Digby est le meilleur garde que j'aie jamais rencontré. Il est intelligent et il a un très bon instinct. Je suis sûr que l'éclaireur s'est tout simplement perdu. C'est très facile par ici.

J'acquiesce en ravalant mes inquiétudes.

– Venez, Mademoiselle Auren, on va vous ramener au carrosse. Au moins, vous y serez à l'abri du froid.

J'hésite, je regarde la lanterne vacillante du groupe de recherche dont la lueur diminue avec la distance. Bientôt, on ne distingue plus qu'elle ; les ombres des cavaliers ont été totalement absorbées par la nuit.

Je fixe cette lumière comme s'il s'agissait de celle des lucioles du sud d'Orea. On raconte qu'elles apparaissent le long des chemins sombres et isolés et qu'elles ramènent chez eux les égarés grâce à leur lueur ultraviolette.

Depuis cette nuit où l'on a tenté de m'égorger, j'ai entièrement dépendu de la présence constante de Digby. Nous n'en avons jamais parlé – ce n'est pas son genre –, mais la nuit, dans l'obscurité de ma cage, lorsque je me réveillais après un cauchemar, je le trouvais toujours là, en train de monter la garde contre le mur, quand bien même son service ne commençait que plusieurs heures plus tard.

On aurait dit qu'il savait que j'avais besoin de sa présence, qu'il savait que je continuerais à voir cette lame, ce sang, cette ligne ténue entre la mort et la vie. Il savait, et chaque nuit il est venu me protéger, même si ce n'était que contre mes rêves délirants.

C'est idiot, mais à le voir disparaître ainsi, j'ai l'impression que quelqu'un me griffe le dos à la base de mes rubans.

– Ne vous inquiétez pas, me répète Sail qui a visiblement lu dans mes pensées. Ils seront bientôt de retour.

– Et si la montagne se déchaîne ?

Sail entreprend de me guider vers le bas de la colline.

– Une petite chose minable comme une avalanche ne suffirait pas à l'arrêter. Il est bien trop têtu. Et c'est un trop bon soldat, me dit-il en souriant.

Je lui réponds par un petit rire nerveux en tentant de donner le change, de cacher mon inquiétude.

– Ah bon ? Alors il doit détester avoir à faire du baby-sitting à plein temps.

Sail secoue la tête.

– J'ai entendu dire que c'est lui qui l'avait demandé.

Je baisse les yeux.

– Vraiment ?

– Vraiment.

Lentement, un sourire se dessine sur mes lèvres glacées. Je savais bien que je lui plaisais.

– Je vais réussir à le faire jouer à un jeu d'alcool avec moi.

Sail glousse.

– Vous aurez du mal. Je ne l'ai jamais vu se détendre ni se laisser aller. Mais si quelqu'un peut y arriver, c'est bien vous.

– Tu sais pourquoi on s'est arrêtés ?

Je fais face à Rissa et aux autres pouliches qui sont sorties de leurs carrosses, elles sont debout en cercle dans la neige.

– L'éclaireur a disparu. Ils sont partis à sa recherche.

Son joli visage se chiffonne.

– On s'arrête ici pour la nuit ?

Sail secoue la tête, une main posée sur le pommeau de son épée.

– Non, dès qu'ils seront de retour, nous devrons continuer à avancer.

Il se tourne vers moi.

– Venez, vous tremblez comme une feuille.

Je ne discute pas et nous dépassons les pouliches. Au moment où j'atteins mon carrosse, le tonnerre se met à gronder. Je lève les yeux au ciel en gémissant.

– Une autre tempête ?

L'idée d'être à nouveau coincée sous un déluge de vent et de pluie glacée ne me paraît pas franchement attrayante.

Sail fait la moue, mais il ne regarde pas le ciel. Il scrute la montagne devant lui.

– Je ne crois pas que c'était le tonnerre.

– Hé, c'est quoi ça ? s'écrie une pouliche derrière nous en pointant un doigt loin devant.

Tout le monde se presse, abandonnant les carrosses pour contourner la colline et observer la vallée. Sail et moi les rejoignons, nous scrutons le paysage; soudain, je remarque quelque chose qui brille comme un phare au loin.

– Est-ce que c'est… un feu? demande Polly.

Une lumière intense plane, une lueur orange qui transperce la nuit, comme un éclat lumineux sur du verre.

– Peut-être que c'est la lanterne de l'éclaireur? propose quelqu'un.

– Non, répond Sail en secouant la tête. À cette distance… c'est beaucoup trop gros pour une lanterne.

Mais aussitôt le feu rougeoyant « beaucoup trop gros » se brise en dizaines de petits feux. Les flammes s'étendent, se déploient jusqu'à former une ligne à travers la plaine enneigée, si étendue que je dois tourner la tête de gauche à droite pour pouvoir toutes les voir.

– Bon sang, qu'est-ce que c'est…

Puis ce bruit retentit à nouveau. Comme un coup de tonnerre au loin. Le genre de son si sourd qu'on l'entend à peine, qu'on le ressent plutôt. Mais il ne vient pas des nuages.

Derrière la rangée de feux étranges, la neige semble glisser à la base de la montagne. Elle tombe. Un panache de fumée blanche s'élève, s'épanouit en étouffant un instant les boules de lumière, la neige au pied de la montagne *bouge*.

– Oh, dieux du ciel, c'est une avalanche! s'écrie l'une des filles.

Deux autres cris paniqués lui répondent, certaines des pouliches font demi-tour et se mettent à courir.

Moi je regarde, captivée, les ombres que je prenais pour le pied de la montagne se détacher. Elles se détachent et se mettent à suivre les taches de feu. Et ces formes sombres, ces lumières qui se déplacent si vite, se dirigent droit sur nous. Le bruit gronde à nouveau et tout mon corps se crispe.

– Ce n'est pas une avalanche, me souffle Sail.

L'effroi me mord comme le ferait une brume glacée, j'en ai la respiration coupée.

– Putain de merde, jure un garde. Des pirates des neiges!

Un clignement d'yeux. Une respiration. Un moment de solitude pour que les mots s'enfoncent, s'enfoncent, s'enfoncent en moi. Et puis, c'est le chaos.

Avant même que je puisse comprendre ce que tout cela signifie, Sail m'attrape par le bras et me tire derrière lui. Je trébuche dans la neige épaisse, mais il ne me lâche pas. Il ne me permet pas de ralentir. Son visage est livide, il est paniqué. Tellement, tellement paniqué.

– Venez !

Il se met à courir vers les carrosses en m'entraînant avec lui. Mes pieds essaient de suivre, mes jambes s'enfoncent dans la neige jusqu'aux tibias, le bas de ma robe est détrempé.

Trop lentement, j'ai l'impression que nous allons trop lentement, même si j'avance aussi vite que je peux.

Les hommes lancent des ordres, des mots aboyés en tous sens. Je ne parviens pas à me concentrer suffisamment pour les comprendre. Sail continue de m'entraîner au milieu des autres femmes qui courent à nos côtés en trébuchant et en hurlant.

Nous sommes sur le point d'être attaqués par des pirates des neiges.

J'ai entendu parler d'eux, mais c'étaient toujours des récits lointains que je ne pensais pas devoir vivre un jour. Ils errent ici dans les Barrens, ils harcèlent le port de Breakwater en pillant les importations, en traquant les routes commerciales, en volant tout ce qu'ils peuvent.

Ils se font appeler les Red Raids, leurs visages sont toujours couverts de cagoules rouge sang. J'ai entendu Midas s'emporter à propos de vols de cargaisons, sans aucun doute perpétrés par eux. Mais personne n'a jamais mentionné un quelconque danger pour nous. Les pirates des neiges s'attaquent aux navires et aux gros chargements. Pas aux caravanes de voyageurs.

Sail et moi courons aussi vite que nous pouvons. Au moment où j'atteins enfin mon carrosse, un autre coup de tonnerre retentit. Mais cette fois, il est accompagné d'un nouveau bruit. Sail et moi nous arrêtons pour écouter, la respiration haletante. En penchant la tête, nous tendons l'oreille.

C'est bruyant. Grave. Irrégulier.

– Qu'est-ce que c'est? demande une pouliche pendant que les autres se ruent vers leurs carrosses en se bousculant au passage.

Le bruit s'amplifie, irrégulier mais constant, un ensemble de sons plutôt qu'une source unique. Une fraction de seconde plus tard, je comprends que ce sont des voix. Des centaines de voix qui poussent un cri de guerre. De plus en plus fort, de plus en plus proche.

– Il faut partir! Maintenant! crie Sail aux autres, qui sont déjà à cheval.

Ils tirent sur les rênes ou aident les pouliches à grimper dans les calèches en les poussant pour les faire accélérer.

– Allez, allez! lance Sail en arrachant pratiquement ma portière.

Je me rue à l'intérieur, il la claque derrière moi et je la verrouille. Mon cœur bat comme un fou, au rythme du cri de guerre qui résonne sur cette terre stérile.

J'entends Sail crier: « Où est ce putain de cocher? » D'autres cris, d'autres pouliches qui défilent. D'autres gardes qui sautent sur leurs chevaux.

– Merde!

Par la fenêtre, je vois Sail abandonner son cheval pour courir vers mon carrosse. Son corps disparaît de ma vue quand il saute sur le siège du cocher.

– Dégagez! Dirigez-vous vers le col! Protégez la favorite du roi!

Une seconde plus tard, le claquement des rênes fend l'air aussi violemment que la foudre tranchant un arbre en deux. Le carrosse s'emballe, me faisant voltiger. Il se met à foncer dans la neige, Sail fait galoper les chevaux aussi vite qu'ils peuvent.

Je suis ballottée, mon corps est secoué en tous sens. J'entends le martèlement des sabots des chevaux tandis que nous nous éloignons et les roues qui grincent dans la neige profonde.

Des gardes à cheval convergent autour de nous, ils galopent de part et d'autre de mon carrosse pour le défendre, pour me défendre. Leurs capes dorées flottent derrière eux, leurs capuchons sont rabattus, leurs visages sont des ombres effrayantes que je peine à distinguer. Par la fenêtre de gauche, j'aperçois un des carrosses des pouliches qui roule à côté de nous. Les autres sont invisibles. Nous avançons vite, très vite.

Je m'efforce de calculer à quelle distance se trouve le col de la montagne et si nous avons un espoir de l'atteindre, mais mon ventre se noue en découvrant la distance qui nous en sépare. C'est trop loin. Nous sommes trop loin.

Des cris retentissent. Je regarde à gauche et à droite, d'une fenêtre à l'autre, mais chaque fois que je me tourne, il me semble qu'il manque un nouveau garde, qu'il a disparu dans la nuit.

Les flocons de neige obscurcissent ma vision et c'est encore pire lorsque le carrosse subit une violente secousse qui envoie la lanterne extérieure se fracasser contre la paroi. Sa flamme s'éteint.

Me voilà à présent dans une terrible obscurité, je roule à une vitesse folle, des cris de guerre retentissent, assez forts pour couvrir les bruits des sabots, des roues et des rênes qui claquent. C'est de plus en plus fort, quelle que soit la direction vers laquelle Sail nous dirige, quelle que soit la vitesse de nos chevaux.

Ils viennent pour nous. Comme s'ils nous attendaient. Comme s'ils savaient.

Une peur aiguë m'étreint. Ma vision se trouble, j'ai du mal à respirer.

Je sens mes vingt-quatre rubans relâcher leur pression autour de ma taille. Ils s'en détachent et glissent sur mes genoux comme des serpents lovés, sur la défensive. Quand mes mains se mettent à trembler, ils glissent entre mes doigts, sur mes paumes, s'enroulent autour de mes pouces. Leurs longueurs soyeuses s'entrelacent, comme un ami qui me serrerait la main pour me réconforter.

Moi aussi, je les serre.

C'est bruyant. Assourdissant. Proche. Tout se met à vibrer à cause de la vitesse, du vent, du bruit. Dehors, quelque chose s'écrase. Quelqu'un crie. Un cheval hennit. Le vent se déchaîne.

Par la fenêtre, je vois ces boules de lumière qui arrivent sur nous. Tellement vite.

Derrière elles, il y a des ombres gigantesques que j'ai du mal à discerner, mais ces lumières rougeoient comme un signal d'alarme, comme un présage dont je ne peux détourner le regard.

L'une des roues heurte soudain quelque chose de dur, je suis projetée en l'air. C'est uniquement grâce à mes rubans qui s'étirent et prennent appui sur les parois que je ne tombe pas.

Sail me crie quelque chose que je n'entends pas, et une seconde plus tard, le carrosse prend un virage serré à gauche. Les roues se soulèvent, mais pas le sol. Nous le heurtons de plein fouet, je pousse un cri et nous nous mettons à glisser.

L'attraction terrestre disparaît pendant une fraction de seconde. C'est comme un arrêt sur image, la gravité n'existe plus, mon corps entier est en apesanteur, il flotte, suspendu par des fils invisibles.

Et puis ce vol stationnaire, ce coussin d'air, s'arrête violemment. Le carrosse se renverse et, cette fois, même mes rubans ne peuvent résister à l'impact.

Je culbute, ballottée, je roule comme une boule de neige sur une pente glissante, je prends de la vitesse sans le moindre espoir de m'arrêter en douceur, sans pouvoir rien contrôler. Je dois me résoudre à constater que je suis en train de tomber et que seule une collision pourra arrêter ma chute.

Comme une poupée de chiffon, je suis projetée en tous sens, toutes les parties de mon corps se cognent aux parois du carrosse. Pendant un instant, j'ai peur que ce basculement ne s'arrête jamais, j'ai peur d'être piégée dans la chute, de tourner éternellement dans le noir, sans espoir d'en sortir.

Le verre se brise, le bois se fend, les plaquages dorés éclatent. Et dans un dernier salto, le carrosse gémit et s'écrase sur le flanc dans un monticule de neige. Ma tête heurte la portière dans un craquement horrible.

Je sens une explosion de douleur, une flambée de ce feu rouge, rouge, qui brûle derrière mes yeux qui s'assombrissent. Et puis je m'évanouis avec ces voix toujours présentes, comme une présence turbide qui infecte l'air et m'engloutit complètement.

CHAPITRE 24

Les rayons d'un soleil oublié depuis longtemps apaisent mes yeux, des lueurs dorées caressent mes paupières closes.

Je fredonne dans mon sommeil, je suis joyeuse, je m'abandonne à la nostalgie. Je tourne mon visage vers cette chaleur dorée, mais je n'arrive pas à la voir ni à la sentir.

Un autre frôlement soyeux sur mon front et je parviens à ouvrir les paupières, mais c'est une explosion de douleur qui me saisit. Je cligne des yeux pour éviter qu'elle n'irradie tout mon crâne, deux de mes rubans s'éloignent de mon visage pour aller caresser mes bras, comme pour les réveiller, eux aussi.

Ce n'étaient donc pas les rayons du soleil, c'étaient mes rubans protecteurs. Cette lueur réconfortante n'était que dans ma tête.

En gémissant, je m'assois pour tenter de reprendre mes esprits, et tout me revient. Mon corps tout entier se raidit pendant que je réintègre le présent et que je découvre autour de moi le carrosse immobile et brisé, couché sur le flanc.

La neige qui s'accumule à travers la fenêtre brisée engourdit déjà mes jambes. Je parviens à les replier, mes yeux s'adaptent à l'obscurité quasi totale et je tente de me relever. La portière est au-dessus de moi, je me glisse lentement pour pouvoir me lever. Mes doigts tâtonnent, je cherche la poignée.

Je parviens à l'attraper, mais je tressaille en entendant le bruit des combats à l'extérieur. Le bruit parfaitement reconnaissable du choc des épées, les gémissements gutturaux des blessés, les cris des femmes. Je me recroqueville un instant, ces bruits me donnent envie de me mettre en boule et de me boucher les oreilles.

Je me force pourtant à rester debout, bien que j'aie les genoux qui tremblent et que le vertige m'assaille. Je le supporte parce que je ne peux pas m'évanouir à nouveau. Je ne peux ni me recroqueviller ni me cacher.

Sail est là dehors. Les autres gardes, les autres pouliches… Alors je resserre ma prise sur la poignée pour me stabiliser et je sors la tête du cadre vide de la fenêtre. Juste un peu, juste assez pour regarder par-dessus.

La seule chose que je vois quand je lève les yeux, c'est un homme qui grimpe sur le carrosse en faisant un bruit sourd. Je sursaute et je me cogne la tête, déjà douloureuse, contre le cadre de la fenêtre en essayant de me réfugier à l'intérieur. Comme si j'avais le moindre espoir de me cacher ! Je n'en ai pas le temps. L'homme se penche, me dévisage pendant que j'essaie de m'enfoncer, il m'agrippe par les bras et me tire vers le haut.

Je crie, je me débats, mais il me soulève comme une plume. Ma résistance ne le gêne pas le moins du monde. Il me sort violemment hors du carrosse en m'éraflant la taille contre les bords déchiquetés de la vitre brisée.

Je suis à peine sortie, debout sur le toit, qu'il se retourne et me jette négligemment sur le côté.

Je n'ai même pas le temps de reprendre ma respiration avant de basculer la tête la première et de tomber par terre. J'atterris violemment sur un rocher dissimulé sous la couche de neige. Mon épaule et ma lèvre heurtent la pierre et du sang se met à couler dans ma bouche. Je grimace de douleur.

Étourdie, j'entends cet homme sauter à terre derrière moi, il me relève en me tirant par l'arrière de mon manteau, m'étranglant à moitié.

À la lueur éthérée d'une lune furtive derrière le brouillard, je distingue à peine l'un des chevaux mort dans la neige, toujours attelé. L'autre cheval n'est plus là, la sangle s'est détachée, les rênes ont disparu.

Sail n'est pas là.

Des doigts enveloppés d'épais bandages blancs me saisissent le menton et tournent mon visage pour me forcer à regarder l'homme qui me tient. La première chose que je remarque, c'est qu'il est vêtu de fourrure blanche de la tête aux pieds. Il se fond dans le paysage qui nous entoure, exception faite du tissu rouge sang qui lui recouvre le visage : le fameux emblème des Red Raids.

– Qu'avons-nous ici ?

Sa voix est étouffée mais rauque, comme si son larynx avait gelé depuis longtemps dans ce monde glacé, comme si sa gorge était congelée. Ses mots jaillissent comme des éclats de glace.

– Ne t'approche pas d'elle, putain !

Je tourne la tête vers la gauche et je vois Sail que trois autres pirates forcent à avancer sous la menace de leurs poignards. Son armure plaquée or et sa cape ont disparu. On l'a même dépouillé de son uniforme, il ne porte plus que sa tunique et son pantalon. Son visage est tuméfié, une blessure sanglante coagule sur son front, due soit à l'accident du carrosse, soit à sa lutte contre les Red Raids.

Le pirate qui me retient rit en voyant Sail se débattre, mais ceux qui le tiennent par les bras le maîtrisent facilement en lui donnant un coup de poing dans le ventre qui le fait se plier en deux. Il se met à tousser douloureusement, penché sur la neige tassée, des gouttelettes de sang atterrissent à ses pieds.

– À présent, jetons un coup d'œil à celle-ci, lance mon ravisseur en repoussant ma capuche.

Au moment où ma capuche tombe, le pirate attrape à nouveau mon menton et incline ma tête, pour la diriger vers la lumière blafarde. Ses yeux s'agrandissent en passant en revue mes cheveux, ma peau, mes yeux.

– Jette un coup d'œil sur celle-là, putain.

Je me crispe sous l'effet de la peur, tout comme mes rubans qu'il écrase dans mon dos.

– Elle a de la peinture sur tout le visage.

Je cligne des yeux, mais je n'ose pas regarder. Je n'ose pas parler. Celui qui retient Sail se lèche les lèvres.

– Hmm. C'est une jolie fille. Cap'tain Fane voudra la voir.

Le pirate grogne et lâche mon menton.

– Vous trois, amenez-les, dit-il avant de fourrer deux doigts dans sa bouche pour lancer un sifflement assourdissant. Je vais m'assurer qu'on embarque le carrosse.

L'un de ses acolytes s'ébroue.

– Bonne chance. Merde, ce putain de truc est super lourd ! Regarde tout l'or qu'il y a dessus !

– Oui, bien assez lourd pour en tirer un bon prix.

Derrière moi, j'entends du mouvement, d'autres Red Raids arrivent, répondant au sifflement de mon ravisseur. Le premier pirate me libère alors pour me passer à un autre qui agrippe brutalement mon bras. Je suis traînée vers l'avant malgré les protestations que j'essaie d'émettre. Sail et moi sommes emmenés en haut d'une colline, abandonnant le carrosse brisé derrière nous.

Sail garde ses yeux rivés sur moi, ignorant la façon dont les deux pirates le malmènent. Il ne se débat pas pour lui-même, mais pour essayer de se rapprocher de moi, comme s'il voulait me protéger, me préserver de tout cela.

– Ne fais pas le con, putain ! ricane l'un des pirates qui pointe sa lame sur le flanc de Sail en guise d'avertissement.

Les larmes qui coulent de mes yeux sont froides. Tellement, tellement froides.

– Je suis vraiment désolé, ma Dame, me dit Sail, le regard empreint d'amertume.

Outre son armure, les pirates l'ont dépouillé de son casque. La peur se lit sur son visage, qui est encore plus pâle que d'habitude. Les seules couleurs que j'y discerne sont ses bleus et son sang. La terreur sinistre qu'il exprime est si différente de sa jovialité habituelle, si différente de cette douceur et de cette bonhomie qui illuminent normalement ses traits.

– Ce n'est pas ta faute, Sail, je réponds doucement en essayant d'ignorer le pirate à ma droite, qui me serre tellement le bras qu'il me coupe la circulation.

Mon corps meurt d'envie de trembler, mais je refrène cette envie, comme on presse une main sur une plaie qui saigne. Je la réprime. Je la retiens.

– Si, ça l'est.

La voix de Sail vacille et mon cœur se fend devant cet aveu tremblant. Il se brise plus profondément encore en voyant les mouvements rapides de sa glotte. On dirait qu'il essaie d'avaler sa panique, ou de passer à travers en dépit des circonstances.

Je ne peux m'empêcher de penser à ce qu'il m'a raconté quand nous cheminions côte à côte pendant ces longues nuits. Ses quatre frères aînés qui couraient pieds nus comme des sauvageons au milieu des taudis de Highbell. Sa mère, dure mais courageuse, qui les chassait de la maison à coups de balai, mais qui partait seule dans la nuit à leur recherche quand l'un d'eux n'était pas rentré à temps pour souper.

Il ne mérite pas ça. Il est passé des baraques aux baraquements, puis à la garde personnelle de la favorite du roi, tout ça sans un sou en poche. C'est la personne la plus gentille que j'aie jamais rencontrée, il ne mérite pas d'être traîné sur une colline par un vulgaire pirate.

Sail me regarde, son œil au beurre noir gonfle de plus en plus. Il a l'air de souffrir. Pas pour lui, mais pour moi.

– J'étais censé vous garder. Vous protéger…

– Tu l'as fait, je le coupe, car je refuse qu'il s'en veuille pour ça. Tu ne pouvais rien faire d'autre.

– Bon, fermez-la, vous deux, ou on vous bâillonne.

Le pirate qui me tient me secoue comme pour souligner ses paroles, je deviens toute molle.

Les yeux bleus de Sail brillent de colère en voyant que le pirate est si dur avec moi, mais d'un signe de tête je l'exhorte à ne pas réagir.

Nous nous taisons. Telle une prémonition douloureuse, ma cicatrice à la gorge me brûle. C'est une réaction physique, comme si mon corps savait que ma vie est une fois de plus sur le fil du rasoir.

Mes rubans meurent d'envie de s'enrouler autour d'elle pour la protéger, ils sentent sa vulnérabilité, mais je les retiens, je les garde serrés autour de moi.

Derrière nous, le col de la montagne ressemble à une toile de fond menaçante. Les hurlements du vent s'échappent de cet espace entre les crêtes, ils semblent nous repousser encore plus loin. Je tourne le dos à sa silhouette sombre. Je déteste la vue de sa bouche moqueuse qui nous regarde, grande ouverte, comme pour rire de nous.

Trop loin. Beaucoup trop loin. C'était notre seule chance d'évasion, et nous n'avons jamais eu le moindre espoir de l'atteindre. Même les montagnes le savent.

Le vent moqueur continue de souffler.

Chapitre 25

Sail et moi sommes traînés vers le sommet de la colline. Nous laissons des empreintes derrière nous, dans la neige profonde qui menace de nous faire basculer à chaque pas. Mais les Red Raids continuent à avancer, leurs jambes qui s'enfoncent et la difficulté à mettre un pied devant l'autre ne leur posent aucun problème.

Nous ne faisons que quelques dizaines de pas, pourtant l'effort que me demande chacun d'entre eux et la pression du pirate sur mon bras suffisent à me laisser pantelante lorsque nous atteignons le sommet.

Je suis trop occupée à reprendre mon souffle pour profiter de la vue. Mais quand je parviens finalement à regarder la plaine en dessous, j'ouvre de grands yeux. J'entends Sail qui inspire profondément à côté de moi.

Le vide, le paysage désertique qui n'est rien d'autre qu'une étendue blanche comme neige pour laquelle les Barrens sont célèbres, a disparu. Ce vide a été envahi.

Devant nous, il y a trois grands vaisseaux pirates en bois blanc. Ils sont posés sur les congères comme des navires amarrés dans un port maritime, mais ils n'ont pas de voiles.

Ces navires ressemblent davantage à d'énormes traîneaux, mus non pas par le vent, la marée ou les rames, mais par une force totalement différente.

– Les Griffes de feu, lance Sail à côté de moi, choqué et effrayé.

Je mange des yeux les félins des neiges. Ils sont énormes. Ils mesurent au moins trois mètres de haut, avec des crocs crochus qui dépassent de leurs mâchoires inférieures, dont les extrémités ressemblent à des pelles qu'ils utilisent pour fouiller la neige et la glace.

Mais le plus impressionnant chez ces animaux en dehors de leur taille, ce sont les flammes rougeoyantes qui lèchent leurs pattes. Chez certains elles sont allumées, chez d'autres non ; certains ont les quatre pattes qui flamboient, tandis que chez d'autres une seule brûle, comme s'ils avaient un pied à la porte de l'enfer.

Voilà qui explique les boules de feu que nous avions vues au loin.

L'un des Red Raids lève son fouet, le fait claquer au-dessus d'une rangée de ces créatures pour les faire avancer. Un énorme grognement s'élève, dévoilant leur férocité. Le son fend l'air et s'infiltre dans le sol en le faisant vibrer sous mes pieds.

Voilà qui explique le bruit du tonnerre.

– Je pensais que les Griffes de feu étaient un mythe.

Le pirate qui se tient à mes côtés se met à ricaner.

– Plutôt un cauchemar, lance-t-il, et bien que son visage soit couvert, je me rends compte qu'il sourit. Ils peuvent tuer un homme d'un seul coup de patte. Ou une femme.

Je le regarde en m'efforçant de ne pas frissonner.

– Tu mourrais sous leurs griffes en forme de rasoir ou brûlée vive dans leurs flammes. Ce n'est pas une bonne façon de partir.

Je ne veux pas approcher ces choses. Malheureusement, les pirates commencent à nous faire descendre de la colline pour nous rapprocher des bêtes, des bateaux et des centaines de pirates qui sont déjà en bas.

Mes yeux absorbent tout ce que je peux. Je cherche des visages familiers, j'espère les voir tout en priant de ne pas les croiser. Au fur et à mesure que nous avançons, je découvre des signes de lutte, d'autres chevaux morts, un autre carrosse en morceaux. Chaque centimètre carré d'or en a été arraché pour être transporté à bord des navires.

Les pirates travaillent méthodiquement, ils dérobent tout, jusqu'au moindre coffre et rideau.

Les chevaux survivants sont eux aussi conduits à bord du plus petit navire, leurs sabots claquent sur la rampe en bois. La plupart regardent nerveusement les Griffes de feu. Crisp est parmi eux. Je le repère à sa queue et à la cordelette dorée que j'avais tressée dedans.

Les pirates fouillent tout, ils emportent les pouliches qui hurlent, et pillent toutes nos affaires. Ils battent et se moquent de nos gardes qui sont bien moins nombreux. Ils portent tous les mêmes vêtements de fourrure blanche, le même tissu rouge enroulé autour de leur visage et de leur tête, seuls leurs yeux sont visibles.

Les flammes aux pattes des félins éclairent ce sinistre tableau, le baignant dans une couleur rouge, vacillante, ce qui rend la scène bien pire encore. Lorsque mes yeux se posent sur l'un des vaisseaux, je remarque le sang qui jonche la neige blanche, si sombre qu'il semble noir. Et les gardes immobiles, éparpillés sur le sol.

À côté de moi, Sail s'est arrêté. Il se tait. L'effroi s'insinue dans ma poitrine comme une fumée âcre, me brûle les yeux, m'empoisonne.

Partout où je regarde, il y a des gardes morts ou capturés qui sont dépouillés de tout sauf de leurs sous-vêtements. Ceux qui sont encore en vie sont tous ensanglantés, ils tremblent de froid, on leur vole même leurs bottes. Leurs vêtements et leurs armures sont jetés en tas avant d'être embarqués sur les navires.

Je me mords la langue si fort qu'un filet de sang au goût de cuivre dégouline sur mon menton. Je mords encore, j'écrase ma langue entre mes dents, je mords, je mords.

Quand nous approchons des vaisseaux, la chaleur dégagée par les rangées de Griffes de feu remplace le froid intense de la nuit, mais ne me réchauffe pas, ne me réconforte pas du tout.

Je cherche parmi les gardes en tentant de regarder au-delà des pirates qui m'entourent, mais je ne le vois pas. Je ne vois pas Digby.

Un pirate bourru qui nous voit approcher nous tombe dessus.

– Encore une pouliche? demande-t-il en me regardant. Emmenez-la par là.

Il fait un signe de tête vers la gauche, je me tourne dans cette direction. Les pouliches sont alignées là, un groupe de pirates les regardent, les reluquent, les tripotent. Rosh, le mâle, est forcé de se mettre à genoux, les pirates se moquent de lui, lui crachent dessus. Sa tête blonde est baissée vers le sol.

On m'entraîne déjà vers les filles. J'appelle Sail, mais les pirates qui le retiennent l'emmènent ailleurs.

– Ça va aller, me promet-il, mais même en état de choc, je vois bien qu'il me ment.

– Sail! je crie son nom, prise de panique. Sail! je hurle en me débattant.

Mais rien. Mes efforts ne mènent à rien. Même si c'était le cas, même si je parvenais à échapper à celui qui me retient, il y a des centaines d'autres pirates qui s'empareraient de moi.

– Ça va, me ment Sail, la gorge serrée, le visage crispé par l'angoisse. Ça va. Ça va.

Sa réponse sonne comme une supplique.

On m'emporte, Sail disparaît de mon champ de vision et je suis violemment poussée vers les douze autres pouliches. On m'aligne avec elles devant le plus grand des vaisseaux, des dizaines de Griffes de feu soufflent dans notre dos. Leurs pattes incandescentes font jaillir de la vapeur, une brume écarlate qui fait rougeoyer le sol.

On me pousse au bout de la file. Dos au navire, j'aperçois Sail qu'on traîne en face de nous. On le force à se mettre à genoux dans la neige, à côté des autres gardes qui sont encore en vie.

Le pirate qui le surveille lui balance un coup de pied dans les côtes pour s'assurer qu'il reste à terre. Sail se met à tousser en serrant ses bras autour de son ventre, mais il garde la tête haute, il me regarde. Comme s'il voulait s'assurer qu'il ne me perd pas, ou qu'il voulait me montrer que je ne suis pas seule.

J'entends un gémissement à ma gauche et réalise que c'est Polly qui tremble à côté de moi. Des larmes coulent sur son visage couvert de taches de rousseur. Elle sanglote tellement fort qu'elle a du mal à respirer. Sa robe est déchirée en plusieurs endroits, le haut de son corsage tombe en lambeaux. Ses mains tremblantes essaient de retenir le tissu, mais il est bien trop abîmé, ses seins sont quasiment nus.

La colère monte en moi, la colère et le désespoir. Je retire rapidement mon manteau et je le pose sur ses épaules pour l'aider à se couvrir. Elle tressaille et essaie de repousser ma main, mais quand elle comprend que c'est moi, elle s'interrompt.

– Qu'est-ce que tu fais ? me demande-t-elle, oubliant son habituel ton moqueur.

J'ignore sa question, j'attrape son bras et je le passe dans la manche de mon manteau avant de l'aider à passer l'autre. J'entreprends ensuite de boutonner le manteau, mais mes mains tremblent si fort que je dois m'y reprendre à plusieurs fois pour parvenir à fermer le premier bouton.

Lorsqu'elle est couverte, elle me regarde. Une trace sombre se dessine sur sa joue, indiquant clairement l'endroit où on l'a giflée.

– Merci, murmure-t-elle.

J'acquiesce tout en sentant l'air froid qui me mord plus violemment à présent, mais vous voulez savoir quel est le bon côté des choses ? J'ai toujours ma robe en laine épaisse et mes jambières. Un regard sur nos gardes, pour la plupart nus, suffit à me faire grimacer. S'ils ne se mettent pas rapidement à l'abri du froid, ils risquent d'être en hypothermie et d'avoir des engelures.

– Que vont-ils nous faire ? je me demande à mi-voix pendant que les pirates continuent à travailler.

Quelques-uns nous surveillent, ils s'assurent que nous ne bougeons pas, mais hormis les pleurs et les chuchotements, aucune des pouliches n'ose le moindre mouvement.

À quelques personnes de moi, Rissa parle à voix basse à la fille à côté d'elle. C'est l'une des nouvelles pouliches, parmi les plus jeunes, et je ne connais toujours pas son nom. Elle est petite et effacée, avec des cheveux noirs soyeux et des yeux en amande, et pour l'instant elle semble pétrifiée. Rissa capte mon regard, le sien est sinistre bien qu'elle serre la main de la fille dans la sienne pour la réconforter.

À côté de moi, Polly a un rire amer.

– Qu'est-ce que tu crois ? Ce sont des pirates. Les Red Raids sont célèbres pour leur brutalité et leur sauvagerie. Personne d'autre ne pourrait survivre ici, dans les Barrens. Ils vont se servir de nous et ensuite nous vendre, comme tout ce qu'ils volent. Et ça, c'est si on a de la chance.

Mon corps entier se met à trembler et ma main se lève pour se poser sur ma cicatrice. J'étais terrifiée cette nuit-là, avec le roi Fulke. Mais ça ? C'est un tout autre niveau de peur. C'est une forme très différente de captivité.

Il suffit de regarder ces pirates pour être certaine qu'aucune d'entre nous ne veut être amenée sur ces navires.

Mais avec les Griffes de feu sauvages derrière nous et les pirates vicieux tout autour, nous n'avons nulle part où aller. Nulle part où nous cacher. Ma voix intérieure me dit que c'est ma faute. Que je n'aurais jamais dû vouloir quitter la sécurité de ma cage.

Je suis une idiote.

L'horreur de la situation s'installe lentement. Elle pénètre profondément en moi alors que nous restons là, frissonnant dans le froid. La neige continue de tomber doucement, les flocons atterrissent délicatement sur nos épaules tremblantes. Encore un fardeau à porter.

J'ignore combien de temps nous restons là.

Les pirates s'efforcent de nous dépouiller de chaque objet que nous possédons. Puis les piles sont distribuées, les morceaux choisis, et un par un, ils sont tous transportés sur les navires, jusqu'au dernier petit bout de viande sèche salée.

Les gardes presque nus, toujours agenouillés dans la neige, s'épuisent. Deux d'entre eux, incapables de tenir plus longtemps, s'effondrent. Les autres tentent de les pousser, de les encourager à se relever. L'un d'eux y parvient.

Pas l'autre.

Depuis un certain temps, Sail s'est mis à claquer des dents et même à plusieurs mètres de distance, je vois que ses lèvres sont toutes bleues.

Son pantalon est trempé là où on l'a forcé à s'agenouiller. Du givre s'est accumulé sur ses sourcils et ses tempes, là où sa sueur a coulé. Malgré les vagues de chaleur provenant des Griffes de feu dans notre dos, ce froid glacial sape nos forces et notre moral.

Pourtant, Sail continue à me regarder fixement, inflexible. Quand mon corps frissonne, il se retient. Quand mes lèvres tremblent, les siennes s'étirent légèrement en un sourire triste. Lorsqu'une larme tombe sur ma joue froide, il acquiesce, il me parle sans prononcer le moindre mot.

Ça va aller, ça va aller.

Il me protège, il me soutient de ses yeux bleus si bienveillants.

Alors, quand un autre de nos gardes s'effondre sur le sol, je ne le quitte pas des yeux. Je ne détourne pas le regard quand une Griffe de feu se met à grogner si près de moi que je jurerais qu'elle est sur le point de me lacérer le dos. Je ne détourne pas le regard quand une des femmes se met à gémir en suppliant. Ses pleurs éclatent comme des torrents d'eau glacée.

Je ne détourne pas le regard.

Et puis, quelqu'un descend. Une rampe a été abaissée sur le plus grand des vaisseaux, de grosses bottes résonnent lourdement sur le bois blanc.

À chacun de ses pas mon cœur tressaute, ce n'est que quand je l'entends juste derrière moi que je quitte Sail des yeux.

Les Red Raids s'immobilisent quand l'homme s'arrête au pied de la rampe. Chaque pirate se tourne vers lui. Je remarque la fourrure blanche qui recouvre son corps et la bande de tissu rouge qui camoufle son visage comme celui de tous les autres, mais également l'horrible chapeau de pirate qui trône fièrement sur sa tête. Il est d'une couleur cramoisie, comme si son cuir était imbibé de sang. L'unique plume noire qui y est plantée en guise de panache, comme un signe de mort, m'indique qui est ce personnage.

C'est le capitaine des Red Raids.

CHAPITRE 26

Le capitaine des pirates est accueilli par un de ses hommes en bas de la rampe.

– Comment ça s'est passé, Quarter ?

– C'est la meilleure prise qu'on ait jamais faite, Cap'tain. L'or de ce butin ? Vous aviez raison, c'est bien celui de Midas.

Je vois briller une lueur d'excitation dans ses yeux.

– Hmm, répond le capitaine en balayant la neige du regard.

Il s'arrête sur les gardes agenouillés et s'approche d'eux.

– Vous les avez déjà déshabillés ?

Quarter glousse derrière lui.

– Leurs armures étaient plaquées d'or. Même leurs bottes en étaient recouvertes.

Le capitaine se frotte les mains, mais ce n'est pas pour se réchauffer. C'est le frottement de satisfaction d'un escroc.

– Excellent.

– Les chevaux aussi sont de belles bêtes. On les a déjà chargés sur le bateau, poursuit Quarter.

Le capitaine acquiesce, se retourne et daigne enfin poser les yeux sur nous.

– Tant de femmes ?

– Des putes, à ce qu'il paraît.

Cette nouvelle pique l'intérêt du capitaine. Il s'avance pour nous examiner, ses bottes crissent dans la neige détrempée, il nous dévisage.

– Hmm, pas seulement des putes, murmure-t-il en tripotant la robe d'une des filles. Elles sont beaucoup trop bien habillées pour de vulgaires putes.

Il se tourne vers Quarter et, malgré le tissu rouge qui lui couvre le visage, je comprends qu'il sourit.

– Ce sont les pouliches royales de Midas.

Quarter écarquille les yeux et laisse échapper un léger sifflement.

– Eh ben, merde. Vous entendez ça, les Reds ? Ce soir, nous allons chevaucher des pouliches royales !

Un rugissement d'approbation s'élève, on dirait une meute de loups hurlant à la lune avec une rage jubilatoire. À côté de moi, Polly se met à gémir.

Le capitaine longe la file des femmes, en étudiant attentivement chacune d'entre nous. Lorsqu'il arrive à Polly, elle tremble tellement fort que je crains qu'elle s'évanouisse. Quand il voit qu'elle porte un manteau de fourrure, il fait un geste de la main.

Quarter s'approche aussitôt, attrape le manteau et l'ouvre d'un coup sec qui fait sauter les boutons. Polly pousse un cri strident, elle essaie de le remettre en place, mais un autre pirate s'avance et lui immobilise les bras dans le dos.

Le capitaine repousse alors les lambeaux de sa robe pour mieux voir son corps.

– Jolis seins ! Au moins, Midas a bon goût.

Puis ses yeux remontent lentement jusqu'à son visage.

– Regarde-moi, ma fille ! lui ordonne-t-il.

Mais Polly garde les yeux fermés et secoue la tête en signe de refus, le menton baissé et les épaules rentrées.

Les pupilles sombres du capitaine rétrécissent.

– Hmm, ces pouliches royales sont un peu coincées, tu ne trouves pas, Quarter ?

Le gros homme, probablement son second, acquiesce.

– Oui, mais on peut leur apprendre les bonnes manières, Cap'tain.

Quarter fait un pas en avant et attrape brutalement Polly par ses cheveux blonds, ce qui lui arrache un cri de douleur et lui fait basculer la tête en arrière. Elle écarquille les yeux.

– Tu n'es plus une pouliche royale, ma fille. Si Cap'tain Fane veut te regarder, tu lui obéis. Tu as compris ?

Polly gémit, ses yeux se révulsent et, soudain, tout son corps se relâche. Elle s'évanouit. Les trois pirates la laissent tomber par terre, son corps délicat s'écrase dans la neige. Aucun d'eux ne prend la peine de la relever.

Le capitaine Fane fait claquer sa langue.

– Faiblarde. Il va falloir qu'on les endurcisse.

Au fond des poches de ma robe, mes mains tremblent.

Au-dessus de nous, la couverture de la nuit est étouffante. Elle se maintient, elle me retient en otage. Au loin, le col de la montagne, lui, respire. Ce passage grand ouvert nous aurait menés jusqu'à la frontière, au Cinquième Royaume.

Trop loin. Nous étions juste trop loin.

Que se passera-t-il si notre groupe ne parvient pas au Cinquième Royaume ? Combien de temps avant que Midas envoie des éclaireurs à notre recherche ? Sera-t-il capable de me retrouver ? Sera-t-il trop tard ?

Des vagues de culpabilité acides et bouillantes me brûlent l'estomac. Est-ce une punition ? Les dieux et les déesses me méprisent-ils pour avoir voulu quitter la cage de Midas ? Peut-être est-ce une réprimande du destin, la preuve que j'aurais dû me contenter de ce que j'avais et en être reconnaissante.

Le capitaine des pirates s'avance vers moi.

Je lève les yeux sur son visage. Un visage cruel, impitoyable. De la fourrure blanche. Une cagoule rouge. Des yeux marron.

Je n'aurais jamais dû quitter Sail des yeux. J'aurais dû rester plongée dans son regard, là où j'étais en sécurité.

Blasé, le capitaine m'évalue du regard, comme toutes les autres avant moi. Mais voilà qu'il s'immobilise.

Il plisse les yeux. Il me regarde plus intensément.

Mon cœur bat la chamade.

Il claque des doigts, sans pour autant détourner son regard.

– Lumière.

– Lumière! Donnez du feu au capitaine! hurle Quarter, me faisant sursauter.

J'entends des pas, un bruit de verre et de métal. Mais je ne peux détourner mon regard du capitaine. Je suis paralysée par la peur, bloquée comme s'il était en train de m'étrangler.

Quelqu'un se précipite avec une torche, sa flamme jaune siffle à cause des flocons de neige, son centre est rouge sang, on dirait qu'ils l'ont allumée aux pattes de leurs bêtes infernales.

Le capitaine Fane saisit la torche et la tient contre moi, si près que sa chaleur est douloureuse contre mes joues gelées. Il laisse la lumière éclairer mon visage, puis la fait glisser vers le bas, sur mes vêtements en fil d'or. Sur le cuir étincelant de mes bottes. Le lustre de mes cheveux.

Ses yeux bruns ne sont plus ni distants ni désintéressés. J'y lis de la surprise, de la surprise et du triomphe.

C'est ce triomphe qui me fait frémir.

Il tend la torche à Quarter, l'homme s'en empare instantanément. Puis le capitaine s'avance, attrape ma tresse tout emmêlée et place ses mèches dans la lumière. Au bout de quelques secondes, il la laisse retomber et s'empare de ma main. Il arrache mon gant, étudie mes doigts, ma paume, mes ongles. Ma peau brille dans la lueur de la torche.

– Ce n'est pas possible, murmure-t-il avant de lever la main et d'arracher l'étoffe rouge qui recouvre son visage.

Le tissu glisse autour de son cou comme une écharpe. Il est plus jeune que je ne l'aurais cru, peut-être une trentaine d'années.

À mon grand dégoût, le capitaine pose ma main sur sa bouche et se met à lécher la pulpe de mon pouce. Je grimace et tente de reculer, mais il me tient fermement. Puis il frotte l'endroit qu'il vient de lécher comme pour voir si l'or va partir.

De la peinture. L'autre pirate pensait que j'étais couverte de peinture. Le capitaine vient de réaliser que ce n'est pas le cas.

Un sourire totalement décourageant illumine lentement son visage. Un visage découvert pour que je puisse le voir et une bouche qui révèle quelques dents manquantes, remplacées par des chicots du même bois blanc que le navire. Des poils blond foncé ne poussent que sur son menton, rassemblés au bout par des perles rouges. Un épais piercing traverse son oreille gauche, un bouchon de bois taché de rouge en comble le trou. Je n'ose imaginer qu'il a été trempé dans du sang.

Devant ce sourire, devant le regard qu'il me lance, j'ai la bouche sèche. C'est le genre de regard qui dit à une femme quel genre d'homme elle a en face d'elle. S'il me restait le moindre souffle dans les poumons, je crierais. Mais je suis desséchée, vidée. La seule chose qui me reste dans la poitrine, c'est cette culpabilité étouffante et cette terreur glacée.

Sans prévenir, le capitaine m'attrape par le poignet et me tire en avant. Ce mouvement inattendu me fait trébucher, mais il se retourne et lève ma main bien haut au-dessus de ma tête, comme pour une démonstration de victoire, comme si j'étais un prix à exhiber.

– Reds ! Regardez le trésor que nous avons déniché !

Sa voix résonne dans les Barrens comme un tambour.

– Nous avons capturé la putain dorée de Midas !

CHAPITRE 27

Face à la révélation du capitaine Fane, une onde de choc semble passer au-dessus des pirates.

D'abord, il y a un silence sidéré. Je sens que des centaines d'yeux se posent sur moi, m'évaluent, avant que le choc ne laisse la place à autre chose. Quelque chose de pire encore.

Des cris s'élèvent, qui couvrent les grognements des Griffes de feu. Je sursaute en essayant de retirer ma main, mais la poigne du capitaine se resserre autour de mon poignet.

Il se retourne vers moi, son exaltation est visible dans ses yeux.

– Regardez-la. Même sa robe est en or. Ses cheveux aussi.

Il lâche mon poignet pour attraper des mèches de mes cheveux qu'il agrippe dans sa main.

– C'est l'animal de compagnie en or de Highbell.

Le capitaine se retourne vers ses hommes, sans relâcher son emprise implacable.

– Nous avons arraché sa favorite à Midas.

Les pirates ricanent, ils sont heureux, tellement contents d'eux-mêmes.

– Il te paiera, je lui souffle quand ma voix parvient enfin à sortir, très basse, si fragile.

Il lâche mes cheveux. Mon cuir chevelu palpite au même rythme que mon cœur.

– Ses gardes, ses pouliches… moi… il te paiera la rançon que tu veux. Mais ne nous faites pas de mal.

Le capitaine Fane sourit.

– Oh, je ne vais pas exiger de rançon. Je peux obtenir un prix bien plus élevé ailleurs.

Ses paroles creusent un trou dans mon estomac, un trou sombre et sans fond.

– Je vais garder celle-ci jusqu'à ce qu'on la vende au plus offrant. Faites passer le mot.

– Bien Cap'tain, lui répond Quarter en hochant la tête. La favorite du roi Midas ? Y'en aura plein qui voudront l'avoir.

– Le reste peut être distribué pour récompenser les hommes de leur dur labeur, conclut-il.

Les pirates assez proches pour l'entendre se mettent à pousser des cris de joie. Les pouliches sanglotent.

Le capitaine Fane regarde le sol, là où Polly est toujours inconsciente dans la neige.

– Et mettez-les au travail pour qu'elles gagnent leur subsistance. Elles ont besoin d'être endurcies.

Quarter acquiesce.

– Considérez que c'est fait, Cap'tain.

Le capitaine hoche la tête et me regarde, une sale lueur dans le regard.

– J'apprécierais qu'on emmène la prisonnière en or de Midas dans ma cabine.

Mon corps se met à trembler plus fort encore, mon menton aussi. J'imagine déjà les sévices qu'il a l'intention de m'infliger, la violence avec laquelle il veut s'attaquer à moi. Tout est là, parfaitement visible, dans ses yeux.

Sa main vient tâter mon sein, ses doigts me pincent, son contact me révulse. J'essaie de le repousser, mais il se contente de rire et de serrer encore plus fort.

– Ouais, je vais adorer la mater, celle-là. La putain de favorite de Midas.

Il rit comme s'il ne parvenait pas à croire à sa chance.

– J'aimerais voir la tête de ce bâtard quand il découvrira que je l'ai capturée, baisée puis vendue.

Les larmes me montent aux yeux, brouillant le monde extérieur, noyant ma poitrine. Je n'arrive plus à respirer. Je ne peux même plus sentir mes membres. Ce n'est pas vrai. C'est un cauchemar. Je vais me réveiller. Il faut simplement que je me réveille.

Les doigts du capitaine Fane se resserrent, ils me pincent jusqu'à me faire crier.

– Mmm, bruyante aussi. J'aime ça.

Il se met à tirer sur le col de ma robe, quand une voix s'élève derrière lui.

– Ne la touche pas, putain !

Le capitaine Fane s'immobilise. Il laisse retomber sa main. Lentement, il se retourne.

– Qui a dit ça ?

L'un des pirates s'approche de Sail, toujours à genoux.

– Celui-là, Cap'tain.

Je tourne mon regard vers Sail au moment précis où le pirate lui balance un coup de pied brutal dans le dos.

Mon garde s'écroule, le visage dans la neige. Le capitaine Fane s'avance vers lui et la panique m'envahit.

– Comment t'appelles-tu ? demande le capitaine en s'arrêtant devant lui.

Sail peine à se redresser sur ses genoux, sa mâchoire se crispe quand il lève les yeux, tout à la fois provocant et meurtri.

– Sail.

Le capitaine Fane penche la tête en arrière et s'esclaffe.

– Reds, vous avez entendu ? Voici enfin une voile pour nos navires sans voiles[2] !

---

2. *Sail* veut dire « voile » en anglais.

Un amusement cruel parcourt les plaines glacées. Des flammes rouges scintillent dans la nuit noire.

– Très bien, Sail. Tu as quelque chose à dire ? Tu dois sûrement, puisque tu as hurlé comme une chatte en chaleur.

Les autres pirates ricanent et les joues blêmes de Sail auraient probablement rougi si elles n'étaient pas déjà gercées, violettes de froid.

Mais il ne se dégonfle pas. Il lève les yeux vers le capitaine, le regard plein de haine. Les Barrens se taisent comme s'ils observaient ; tous ont les yeux rivés sur cette scène.

Ne dis rien. Ne dis rien, Sail.

Mais Sail ne reste pas silencieux.

– J'ai dit, ne la touche pas, répète-t-il, livide.

Mon cœur se serre.

Le capitaine Fane glousse comme s'il trouvait ça drôle.

– Écoutez, Reds. Nous avons un brave, ici. C'est rare dans l'armée de Midas.

Les pirates s'esclaffent. À genoux, les autres gardes baissent la tête. L'humiliation et la cruauté leur tombent dessus comme tombe la neige.

Mais Sail serre les poings et regarde fixement le capitaine.

– C'est la favorite du roi. Il te paiera grassement si elle lui est rendue saine et sauve. Malgré ce que tu as dit, Midas paiera beaucoup plus pour elle que n'importe qui d'autre. C'est le seul qui en a les moyens.

– Oui, le roi au toucher d'or, répond le capitaine Fane avec une pointe de dérision et d'amertume.

De la haine. Il y a de la haine pour Midas dans sa voix. Et peut-être de l'envie.

– Il est peut-être temps que le roi reçoive une bonne leçon, songe le capitaine à voix haute. Il est temps qu'il comprenne qu'il existe quelque chose qu'il ne peut pas acheter. En fait, je vais peut-être même la garder pour moi, afin de m'en assurer.

Sail est sur le point de lui répondre, mais il est réduit au silence par le capitaine qui se baisse pour être à sa hauteur, les yeux dans les yeux. Le brun face au bleu. Le cruel face au gentil. Ses doigts effleurent la neige, il en recueille tranquillement dans sa paume de main nue et la tasse lentement.

– Maintenant, écoute-moi très attentivement, commence le capitaine Fane d'une voix basse mais suffisamment forte pour être entendue. Je vais la baiser. Où et quand je veux.

Il dit cela posément, tranquillement, comme s'il parlait de la pluie et du beau temps.

– Je vais l'utiliser. La briser, continue-t-il, sans se soucier du fait que Sail tremble de fureur.

Un sanglot remonte dans ma gorge et s'échappe de mes lèvres.

– Je vais couper des mèches de ses beaux cheveux et les envoyer à Midas dans un joli coffret, parce que cela m'amusera de le narguer. Peut-être même que je lui enverrai les poils de sa chatte dorée.

Le capitaine Fane lève la main, la neige qu'il a ramassée glisse de sa paume. Il la laisse tomber sur la tête nue de Sail avec une gifle moqueuse, qui fait grimacer mon garde à cause du froid. Des plaques de neige glissent sur son visage avant de dégouliner et d'atterrir sur son pantalon déjà trempé.

Le capitaine recommence son manège.

– Et quand j'en aurai assez d'elle, qui sait quand ce sera le cas, je la vendrai au plus offrant. Mais ce ne sera pas avant des semaines. Peut-être même des mois.

Une autre poignée de neige se déverse sur la tête de Sail. Certains flocons se collent à ses cheveux, d'autres glissent le long de son dos. Le capitaine Fane jubile devant l'expression de Sail, comme un chat qui joue avec une souris, et les Red Raids regardent le spectacle. Leurs cagoules rouges sont comme autant de sourires béants et sanglants.

– Je ferai d'elle ce que je veux.

Sail tressaille. Il tremble maintenant si fort que même ses dents ne peuvent s'arrêter de claquer. Mon cœur martèle ma poitrine comme s'il voulait creuser un tunnel pour se cacher profondément.

Le capitaine, constant, méthodique, ramasse un autre tas de neige.

– Mais tu n'auras pas à t'en faire pour ça. Et tu sais pourquoi ? lui demande-t-il en le jetant sur mon ami.

Sail incline la tête comme si le poids de cette humiliation glacée devenait trop lourd.

Lentement, comme si cette capitulation était ce qu'il attendait, le capitaine se lève. Il époussette le reste de neige sur ses mains. Mon cœur continue de battre. Battre contre mes côtes. C'est un supplice.

– Tu t'en ficheras, poursuit le capitaine Fane en le toisant de haut. Parce que tu seras mort.

Un coup de bélier contre ma poitrine. Un seul instant, juste le temps de cligner des yeux, de le regarder.

Les yeux de Sail sont de nouveau plongés dans les miens ; ils sont d'un bleu aussi profond que l'océan qu'il n'a jamais vu. Et son regard bienveillant continue de me parler. Son signe de tête continue de promettre.

Ça va aller, ça va aller.

Mais ça ne va pas. Pas du tout. Parce qu'avant même qu'il ait achevé ce signe de tête, le capitaine sort une dague du fourreau à sa taille et l'enfonce dans la poitrine de Sail.

Directement dans son cœur.

– Non !

Je me mets à courir avant même d'avoir pris la décision de le faire. Mais je n'ai pas fait trois pas que quelqu'un me rattrape, une paire de bras musclés m'encercle le ventre.

Je hurle, une rage terrible s'échappe de ma gorge, dans un cri surnaturel qui déchire l'air, creuse la nuit, traverse le col de la montagne, maudit les étoiles.

Mon hurlement fait hennir les chevaux et rugir les Griffes de feu. Il étouffe les cris de la Veuve Gale, il blâme le destin. Même quand une main s'abat sur ma bouche pour me faire taire, mon cri résonne, comme si je pouvais déchirer le monde, comme si je pouvais briser le ciel.

Le sang coule sur la poitrine de Sail, il imbibe sa tunique de coton comme une fleur écarlate. Des larmes brûlantes jaillissent de mes yeux, incontrôlables, et se figent sur mes joues.

La main me lâche, je tombe à quatre pattes. Je me mets à ramper, je ne sens pas la morsure du froid. Son nom s'échappe de mes lèvres, encore et encore, tandis que le temps semble s'arrêter. Ses yeux bleus sont toujours braqués sur moi, mais ses paupières clignotent, clignotent. Il regarde la lame. Le rouge.

Je l'atteins au moment où son corps se plie vers l'avant, au moment où il tombe.

Mes mains tentent de retenir ses épaules, mais Sail tombe toujours. La seule chose que je puisse faire, c'est le redresser pour qu'il garde le visage tourné vers le ciel.

Du sang jaillit de sa bouche, sa respiration s'étrangle. Ses lèvres sont bleues comme ses yeux pleins de larmes. Mon cœur se brise. Il me regarde, mes larmes se mêlent aux siennes. Je sanglote. Il frissonne.

– Tout va bien, tout va bien, je pleure.

Je lui mens, comme il l'avait fait pour moi.

Et dans un dernier souffle, il acquiesce d'un hochement de tête.

CHAPITRE 28

Mon cœur arrête de s'emballer. Il arrête de marteler. Il s'affaisse, vaincu, soudain calmé, tranquille comme la poitrine de Sail. Le sang trace une ligne qui part de ses lèvres entrouvertes et atterrit derrière son oreille en une petite éclaboussure dans la neige.

Derrière, tout autour de moi, les Red Raids s'affairent, parlent, rigolent. Je les ignore et je pose doucement ma main sur le visage glacé de Sail.

– Fais-la monter à bord.

On me relève, ma paume s'écrase contre la joue de Sail. J'essaie de continuer à le regarder, mais on m'éloigne. Le regard de Sail ne me suit pas. Il reste immobile, sans cligner des yeux, la neige se pose sans répit sur ses cils blonds, là où il est allongé.

Cette fois-ci, quand le tonnerre retentit, il vient vraiment du ciel. En levant les yeux pendant qu'on m'entraîne vers les vaisseaux, je découvre le tremblement qui le traverse.

Quand j'atteins la rampe du plus grand des navires, le vent se met à fouetter, les éclairs commencent à zébrer le ciel, une tempête s'abat sur les Barrens.

Les légères chutes de neige qui virevoltaient ont disparu, remplacées par un déluge de pluie gelée. Elle s'écrase sur nous comme si les nuées en colère versaient des larmes vengeresses.

Mais même ces aiguilles glacées ne parviennent pas à transpercer la douleur brute que je ressens. Parce que mon ami est mort.

Sail est mort.

Tout ça parce qu'il essayait de me protéger. De me défendre. De me soutenir.

Mon chagrin est si intense.

Et quand je vois certains des pirates se mettre à frapper le corps de Sail avec brutalité, sans aucun ménagement, je perds la tête. Je tente de résister, de me débattre, de crier. Quarter s'approche et m'attrape violemment par le menton.

– Ça suffit !

Un pirate derrière moi s'empare de mes bras et m'empêche de bouger. Je pousse un grognement enragé, un son qui n'a plus rien d'humain. Je fixe Quarter avec une haine folle, une haine envers tous les Red Raids et leur capitaine en particulier.

Quarter plisse les yeux, sa main fouille dans sa poche, en sort un tissu sale qu'il m'enfonce dans la bouche. Le tissu est si épais qu'il m'est impossible de lui mordre les doigts.

– Silence, grogne-t-il en l'enfonçant si profondément que je manque m'étouffer.

On me pousse sur la dernière marche de la rampe et je m'étale sur le pont du bateau. Mon corps déjà endolori s'écrase contre le bois, je m'étrangle à cause du bâillon.

Je l'arrache et le jette par terre en toussant et en crachant. Avant que je puisse me relever, les autres pouliches sont poussées à côté de moi. Nous sommes toutes parquées sur le pont comme si nous n'étions qu'un vulgaire morceau du butin des pirates.

Une main apparaît devant mon visage. Je lève les yeux pour voir Rissa au-dessus de moi. Je jette un regard méfiant sur la paume qu'elle me tend.

– Alors ? dit-elle avec une impatience évidente.

Je saisis sa main et Rissa me tire pour m'aider à me relever avant de me lâcher. Je commence à marmonner un « merci » quand quelqu'un me donne un coup de coude dans les côtes.

Je me retourne sur une autre pouliche, Mist, qui me regarde fixement. Ses cheveux noirs sont noués, ses yeux sont rouges et gonflés.

– Fais attention, grogne-t-elle en essuyant sa manche là où je l'ai frôlée.

Et peut-être parce que je viens de voir mon ami se faire assassiner sous mes yeux, peut-être parce que j'ai les nerfs à vif ou parce que nous venons d'être capturées par des pirates d'une brutalité inouïe, une rage démente monte en moi, complètement incontrôlable.

Mes vingt-quatre rubans se dressent de haut en bas, le long de ma colonne vertébrale. Lorsqu'elle s'en aperçoit, les yeux de la fille se mettent à briller de confusion, une confusion qui se transforme en sidération dès que les rubans entrent en action.

Ils l'envoient voltiger en renversant d'autres pouliches, et même quelques pirates. Elle hurle en atterrissant, puis se relève sans attendre, pas pour me demander des explications sur la façon dont je fais bouger mes rubans, mais pour m'attaquer.

Ses ongles sont crochus comme des griffes. Je me prépare à l'affronter, mais Rissa s'interpose avant que Mist ne puisse se jeter sur moi.

– Pas de bagarres, s'écrie-t-elle en nous dévisageant l'une et l'autre. Vous avez oublié où nous sommes ?

Je pousse un soupir, mes rubans se relâchent, mais Mist ne se laisse pas impressionner pour autant. Par-dessus l'épaule de Rissa, elle me jette un regard si haineux que j'en suis réellement déstabilisée.

Je pensais que son accès de colère était dû au choc émotionnel, à cette situation tellement stressante. Mais cette… cette expression sur son visage, c'est autre chose. Ce n'est pas la détresse qui l'a fait s'emporter de façon aussi irrationnelle. Pas quand ses yeux sont aussi remplis de vitriol.

– C'est sa faute si nous sommes ici ! siffle Mist.

Je fronce les sourcils, exaspérée.

– Mais de quoi tu parles ? En quoi est-ce que c'est ma faute ?

Mist regarde autour d'elle les pouliches sidérées qui nous entourent.

– Vous les avez entendus. Protégez la favorite du roi ! ironise-t-elle sur un ton méchant, sans la moindre trace d'humour.

Je ne réagis pas. Ces paroles, ce sont celles que Sail a prononcées quand les pirates des neiges nous ont tendu leur embuscade. Je n'y avais pas pensé une seule seconde, je n'avais même pas imaginé ce que ça pouvait signifier pour les autres pouliches.

– En fin de compte, les gardes ne nous protégeaient pas. Il n'y en avait que pour elle. Midas la protège, elle est spéciale. Même pendant ce foutu voyage, elle a bénéficié d'un traitement particulier, pas vrai ? Ne voyagez pas trop longtemps de nuit, nous ne voulons pas fatiguer la favorite du roi. Ne mangez pas trop de rations, nous devons nous assurer que la favorite du roi en ait davantage. N'allez pas trop vite, parce que la favorite du roi veut monter un foutu cheval sur lequel elle n'a rien à faire ! Tout pour elle ! Tout le temps !

Je sens le regard des autres pouliches sur moi.

– Et quand tout est parti en vrille, qu'ont-ils fait ? Ils l'ont protégée, elle. Ils ont tout tenté pour qu'elle s'échappe, parce que le reste d'entre nous ne comptait pas. Nous sommes remplaçables. Remplaçables.

Mist sanglote à présent, ses fines épaules tremblent.

– Et maintenant, nous sommes ici, captives, et que croyez-vous qu'il va nous arriver ?

Rosh tente de lui prendre doucement le bras, de la faire taire, mais elle le repousse en me toisant avec cette fureur et cette haine qui me brûlent.

– Ils vont nous réduire en pièces. Voilà ce qui va nous arriver. Nous allons être démolies. Jusqu'à ce que nous ne soyons plus rien. Des esclaves qu'on utilise, puis des marchandises qu'on vend. Mais le roi viendra la chercher, il négociera pour elle. Il sauvera sa favorite. Pas nous, conclut Mist en secouant tristement la tête tandis que ses larmes continuent de couler. Pas nous.

Auparavant, je ne ressentais qu'une légère culpabilité, mais à présent, c'est comme une plaie ouverte qui m'arrache les tripes.

Toutes les autres pouliches continuent de me dévisager, mais je reste là, silencieuse, la bouche sèche et douloureuse.

Qu'y a-t-il à dire ? Dans ses yeux, dans leurs yeux à toutes, je lis qu'elle a raison. Ce n'est peut-être pas de ma faute, mais c'est tout de même l'affreuse vérité.

Qu'est-ce que j'aurais ressenti en entendant cet ordre, « protégez la favorite du roi », si j'étais l'une d'elles ?

– Très bien, silence maintenant, intervient Rissa, qui tente une fois de plus de désamorcer la situation. Indépendamment de tout ça, en ce moment, nous ne pouvons pas nous permettre d'attirer l'attention sur nous.

Ses lèvres habituellement si séduisantes ne sont plus qu'une ligne pincée, sévère ; ses cheveux blonds sont épars sur sa robe tachée d'un sang qui n'est pas le sien.

Rissa fixe les pouliches, ses compagnes, ses amies.

– Nous sommes des professionnelles. Pas de vulgaires pouliches des bidonvilles, mais les élues du roi Midas. Si nous voulons nous en sortir, nous devrons jouer la comédie, mais nous savons le faire. Nous savons comment chauffer une salle.

Les pouliches se serrent les unes contre les autres pour former un cercle au milieu du navire en me tournant le dos, à moi l'étrangère. Mise à part. Je suis mise à part, même maintenant que nous sommes dans la même situation, terrifiante. Mais il n'est pas étonnant qu'elles m'aient toujours détestée, qu'elles m'aient toujours tenue à l'écart. Qui pourrait leur en vouloir ?

Je me détourne, m'éloigne d'elles, et mes pas me mènent au bord du vaisseau où je m'agrippe de toutes mes forces à la rambarde.

En ce moment, la seule personne à qui je voudrais parler, la seule personne qui, je le sais, pourrait me faire du bien, est morte dans la neige, le cœur transpercé par une lame acérée. Mon seul et unique ami est mort, à cause de moi.

Mes yeux scrutent le sol en contrebas, j'observe les cadavres éparpillés que les pirates ont laissés derrière eux. Abandonnés là dans les Barrens, avec les nuages et les vents pour seule sépulture.

Non loin de moi, les Red Raids remontent la rampe, la remettent en place contre la paroi du vaisseau, quand soudain une corne retentit pour donner le signal du départ. En dessous, les Griffes de feu grondent et sifflent, les vibrations de leurs grognements font trembler les planches sous mes pieds.

Mais mes yeux restent fixés sur le paysage en contrebas, ils balaient, scrutent, fouillent. Où est-il, où est-il…

Je vérifie à nouveau, je ne le vois pas. J'aperçois les autres gardes assassinés, mais pas lui.

Lorsque le vaisseau commence à bouger, qu'il se met à glisser lentement sur le sol glacé, mon regard devient frénétique. Là. Il aurait dû être juste là.

Je vois le sang, je vois l'endroit où ça s'est passé, où son cœur s'est arrêté de battre. Mais pas Sail.

Mes mains se crispent sur la balustrade, je continue à scruter l'étendue enneigée, mais je ne le vois pas. C'est comme s'il s'était relevé et était parti. Pourtant, c'est impossible. Mais je ne le vois pas, il n'est pas là, et je…

Les rires gras des pirates attirent mon regard vers l'avant du bateau, éclairé par les lanternes rouges qui se balancent. Mais je n'aurais pas dû regarder par là. Je n'aurais pas dû.

Un cri étouffé m'échappe, je plaque une main sur ma bouche. Les pirates sont tous rassemblés là, les rires fusent derrière leurs cagoules rouges qui ne parviennent pas à étouffer leur cruauté.

Quant à Sail… Je ne l'avais pas repéré sur le sol, pas parce que je m'étais trompée d'endroit ni parce qu'il avait miraculeusement survécu, mais parce qu'ils l'ont traîné à bord.

Mes yeux écarquillés se remplissent d'horreur quand je découvre où ils l'ont pendu. Ils ont ligoté son corps sans vie contre un poteau de bois à la proue du navire.

Ils l'ont ficelé de façon que son corps reste bien droit contre le poteau. Ses yeux vides sont encore ouverts, ils ne regardent rien, mais ce regard m'était destiné, c'est le regard qu'il m'a offert dans son dernier souffle.

Quelqu'un s'écrie :

– Notre navire a enfin une voile !

Je ne sais pas qui a dit ça. Peut-être est-ce le capitaine ? Peut-être quelqu'un d'autre ? Je ne sais pas, car mes oreilles bourdonnent trop fort pour que je puisse entendre, ma vision est trop troublée pour pouvoir voir.

– Tu crois qu'il va se gonfler dans le vent ? plaisante quelqu'un d'autre.

Leurs railleries éclatent à mes oreilles aussi fort que le tonnerre, aussi fort que les coups de fouet sur les bêtes rugissantes qui nous tractent.

Le navire glisse à travers les étendues de neige en abandonnant les cadavres des gardes de Highbell dans son sillage.

Et le corps de Sail, profané, méprisé, est suspendu telle une figure de proue, ses dernières gouttes de sang ont déjà gelé sur sa poitrine. Mais ses yeux bleu océan ne se ferment pas. Bien qu'ils soient aveugles.

Je me détourne et je me mets à vomir sur les planches de bois blanchies à la chaux.

CHAPITRE 29

Ils nous abandonnent à notre sort.

Pendant une heure, peut-être deux, pendant qu'ils sont tous occupés, semble-t-il, à suivre un système de navigation invisible qui leur indique où aller dans ce monde sombre et gelé.

Il y a eu beaucoup de cris et de bousculades quand ils se sont mis en route, tractés par les Griffes de feu. Notre vaisseau ouvre la voie, suivi par les deux autres.

Peu après, nous nous sommes mis à voler.

Glissant sur ce désert de glace, les navires ont filé pour atteindre la vitesse idéale en utilisant la force des bêtes monstrueuses attelées comme des loups à un traîneau. Les fouets ont claqué jusqu'à ce que nous ayons atteint une vitesse suffisante pour que le sol verglacé suffise à nous porter.

Tandis que les trois bateaux pirates sillonnent l'étendue blanche, la neige fondue continue de tomber et le vent fouette nos visages. Les fonds en bois lisse glissent étonnamment vite, la neige gicle sur les flancs du navire en formant d'énormes congères.

Malgré le vent qui emmêle mes cheveux et la pluie qui détrempe ma robe, je reste debout, accrochée à la rambarde.

Je fixe le corps de Sail.

Et cette colère, cette étincelle qui s'est allumée quand mes rubans se sont déroulés pour repousser Mist, monte à nouveau en moi.

La tristesse que j'ai ressentie quand Sail est mort était froide. Mais ça, c'est incandescent et rouge, aussi rouge que le tissu sur le visage du capitaine Fane.

Je tourne les yeux vers lui, vers l'endroit où il se tient à la proue, crie des ordres et donne des directives. Le vent replie la plume noire de son chapeau vers l'arrière, il y a une tache rouge à sa taille, sur la lame de sa dague.

C'est sur cette dague que je me concentre. Je la regarde fixement et je lâche enfin la rambarde. J'ai mal aux doigts, il me manque le gant que le capitaine m'a arraché pour me tâter.

Je me fiche que nous soyons en pleine nuit, car les ombres pesantes qui étouffent mon âme m'accompagnent. Je me fiche que les nuages aient déchaîné la tempête. Je me fiche d'être une femme dans un bateau rempli d'hommes. Je me fiche d'être vulnérable, de marcher toute seule vers le capitaine.

Parce que Sail était mon ami.

Et que ça ne va pas du tout.

Mes rubans traînent derrière moi, je raffermis mon pas, je me redresse. Je me répète un mantra, en souvenir du dernier regard réconfortant de Sail.

Ça ne va pas du tout. Ça ne va pas du tout.

Personne ne m'arrête, personne ne me regarde. Je suis si insignifiante pour eux, comme toutes les pouliches abandonnées sur le pont. C'est une évidence, puisqu'ils les ont laissées sans surveillance. Abandonnées là, à se blottir les unes contre les autres et à se recroqueviller sur le pont.

Mais pas moi. Pas avec Sail ligoté comme ça. Je suppose que chacun a ses limites, et j'ai atteint la mienne.

C'est facile, si facile de traverser le navire. De passer sans que personne ne prenne la peine de regarder dans ma direction.

Voilà bien l'arrogance des hommes, de si peu considérer les femmes. Et ce sera leur perte.

Je passe devant des harpons, des bobines de corde, des pirates qui transportent les pièces du butin, je contourne tout. Jusqu'à ce que j'arrive à la proue. Juste derrière le capitaine.

Mes vingt-quatre rubans remuent comme des tentacules. Tout le long de ma moelle épinière dans une parfaite symétrie, les bandes de satin d'un pouce de large se dressent de part et d'autre de mon dos, depuis la base de mon cou jusqu'aux fossettes que j'ai au-dessus des fesses.

Leur grande longueur en fait des sortes de serpents prêts à frapper. Pas le capitaine, mais les cordes qui lient le corps de Sail au mât.

Au milieu du navire, certaines des pouliches m'ont vue faire et jettent autour d'elles des regards inquiets, d'autres s'avancent pour mieux pouvoir discerner ce qui se passe à travers la pluie brossée par le vent.

Je m'arrête à la base de la poutre en bois, puis regarde vers le haut pour pouvoir diriger et déplacer chaque ruban. Bien que trempés et alourdis par la pluie, ils se mettent à tirer habilement sur les nœuds. Quand ça ne suffit pas, ils durcissent ; ils ne sont plus doux comme du satin mais deviennent tranchants, aussi tranchants que le fil d'une épée. La soie dorée attaque la corde, déchire et tire, tranche aisément les brins.

– Hé !

J'ignore ce cri qui attire l'attention des pirates. Ils me voient enfin, ils voient ce que je suis en train de faire. Mes rubans poursuivent leur travail.

Quand un premier pirate arrive pour m'attraper, un de mes rubans est déjà prêt à l'intercepter. Il s'élance et lui tranche le bras au travers de ses épaisses couches de fourrure comme si elles étaient aussi fines qu'un pétale.

Un glapissement étouffé lui échappe, il trébuche en arrière et me lâche pour passer une main sur son moignon, mais je ne lui accorde pas la moindre attention. Je continue à regarder en l'air, mon attention est toujours fixée sur le corps de Sail.

Descendre. Je veux le faire descendre.

Mes rubans continuent à travailler dur, guidés par mes pensées, alimentés par ma colère aussi écarlate que les flammes d'une Griffe de feu.

L'une après l'autre, les cordes cèdent et se détachent du corps de Sail, mais quelqu'un m'attrape par-derrière et me fait tourner sur moi-même.

Je me retrouve face à face avec le capitaine Fane et ses yeux bruns enfiévrés, son visage toujours à découvert.

– Putain, qu'est-ce que tu comptais faire ? grogne-t-il.

Il m'agrippe tellement fort qu'il me pince à travers mes manches. Je le bouscule, je le frappe, mais mes claques ne le font pas réagir. Il les remarque à peine, trop occupé à regarder derrière moi, en l'air. Là où mes rubans cisaillent les dernières cordes.

Le capitaine écarquille les yeux.

– Mer…

Avant qu'il ait pu terminer son juron, le corps de Sail tombe.

Il s'écrase sur nous. Sa chair froide et ses muscles roides nous renversent tous les deux, me délivrant de l'emprise du capitaine.

Je m'effondre, les jambes de Sail étalées sur ma poitrine. Des bruits de pas se rapprochent de nous, des hommes hurlent à travers les rafales de vent.

Je me dégage et j'étire à nouveau mes rubans, je les fais s'enrouler autour du corps de Sail. Ils tournent et tournent jusqu'à l'emmailloter du cou jusqu'aux hanches. Ensuite, je commence à tirer.

Il est lourd et nous sommes tous les deux trempés, mais mes rubans tirent aussi fort qu'ils le peuvent, ils refusent de lâcher prise. Petit à petit, ils parviennent à le traîner sur le pont. Je ressens une extrême tension le long de ma colonne vertébrale, les muscles de mon dos me brûlent à chaque traction. Ils sont déjà épuisés. Mais je ne peux pas ralentir, je n'ai pas le temps de me reposer parce que les Red Raids arrivent sur moi. Le capitaine grogne, ivre de colère, et moi je tire le corps de Sail vers le bord du navire.

–Stop! crie le capitaine Fane, pas à moi, mais à ses hommes. Je vais m'occuper d'elle personnellement.

La peur m'assaille, mais je ne le montre pas, je n'hésite pas pour autant.

Parce que ça m'est égal.

Ça m'est égal de lire sur le visage du capitaine la promesse d'une terrible punition. Je me fiche de ce qu'il va me faire. Parce qu'il a tué mon ami. Il l'a tué et je n'ai pas pu l'arrêter.

Mais je peux arrêter ça. Je peux empêcher les Red Raids de profaner le corps de Sail. Alors je vais le faire.

Dents serrées, sous la sueur et la neige fondue qui dégoulinent sur mes tempes, je me redresse. Je garde en réserve deux rubans prêts à frapper quiconque m'approcherait ou tenterait de m'arrêter.

Mais les pirates se sont immobilisés sur ordre de leur chef. Il n'y a plus que moi, moi seule qui traîne lentement le corps de Sail, trop lentement, pendant que le capitaine avance, les poings serrés et les yeux exorbités.

Mon dos heurte la rambarde du navire, je me penche rapidement et je glisse mes mains sous les bras de Sail. Je tire aussi fort que je peux, mes rubans se tendent avec moi pour essayer de le relever.

C'est lourd. C'est tellement lourd.

Mon dos s'affaisse contre la balustrade, je halète, le vent et la pluie n'arrangent rien. Je suis gelée, mes doigts glissent, ils sont tout engourdis.

Être à ce point épuisée, voilà bien la conséquence de mon oisiveté. Pendant toutes ces années en cage, j'ai été inactive, j'ai perdu mon tonus.

Mes rubans glissent autour de Sail.

Faible, je suis tellement faible.

Mes yeux dorés s'arrêtent sur les pouliches, toujours blotties dans leur cercle comme si elles pouvaient se protéger du mauvais temps et du monde qui les entoure.

– Aidez-moi ! je les supplie.

Je fixe Polly qui a réussi à récupérer mon manteau doré. La fourrure d'or la protège au moins de la pluie. Mais elle reste immobile, elle ne bouge pas, elle ne veut pas.

– S'il vous plaît, je les implore, elle et Rissa.

Mais Rissa ne bouge pas non plus. Peut-être que Rosh… Mais il détourne le regard.

Une étrangère. Même quand j'essaie de venir en aide à un de nos gardes, un garde qui était gentil avec tout le monde, je reste l'étrangère. Je suis seule.

Le capitaine Fane ricane.

– Même tes copines putes ne sont pas prêtes à t'aider.

Le ton de sa voix est tellement condescendant.

Je renifle, je me force à garder mon calme, à ne pas abandonner. Sail n'a pas abandonné, pas une seconde. Je ne peux pas en faire moins pour lui.

Je vais le faire.

Je soupire à nouveau, mes rubans se tendent en tirant sur la peau de mon dos comme autant d'aiguilles à coudre plantées dans mes muscles.

Le capitaine Fane se rapproche, mais pas assez pour que mes rubans puissent l'atteindre. Il les observe, étudie la façon dont ils s'enroulent, dont ils tirent. Ses yeux de rustre s'illuminent, un sourire torve découvre ses quelques dents en bois.

– Regardez, Reds. C'est une véritable marionnette sexuelle. Elle est même fournie avec ses liens.

Des rires goguenards. Leurs rires sont horribles, et leurs paroles pires encore.

Je bloque tout, je serre les dents, si fort que ma mâchoire craque. Entourée par les ricanements, je réussis à tirer une fois de plus et le corps de Sail se soulève enfin.

Mon dos me brûle, la pluie et la sueur dégoulinent le long de mon corps, mais c'est presque suffisant… c'est presque ça…

Le capitaine sourit méchamment en me regardant me débattre. Je dois avoir l'air pitoyable, à tirer le corps d'un garde qui pèse presque cinquante kilos de plus que moi.

– Tu essaies de sauter par-dessus bord et de grimper sur ton garde comme sur un traîneau ? me demande le capitaine.

Ça fait ricaner des pirates dans son dos.

Il lève les bras et leur fait faire un tour complet pour me montrer la terre désolée autour de nous.

– Je suis navré de te dire ça, mais on est au milieu des Barrens, espèce d'idiote ! Tu n'iras nulle part.

Mon corps tremble, mes rubans se tendent. Mais je n'abandonne pas. Je ne cède pas.

Le capitaine approche de quelques pas, il teste mes limites.

Alors, je prends une décision. J'enroule mes deux derniers rubans autour de Sail, ce qui me laisse sans défense en face du capitaine. Mais tous mes efforts n'auront servi à rien si je ne le fais pas.

Ces deux derniers rubans me donnent la force supplémentaire dont j'avais besoin.

Le capitaine Fane se jette sur moi, mais c'est trop tard, j'ai déjà soulevé le corps de Sail pour le faire basculer par-dessus bord. Immédiatement, mes rubans se déroulent pour le livrer à la force de la gravité et il tombe.

Il tombe, il tombe, il tombe et atterrit dans un tas de neige, loin en dessous de nous.

Je me penche pour l'apercevoir une dernière fois, le cœur lourd. Je laisse couler des larmes de glace dans la pluie tandis que notre vaisseau poursuit sa route.

En un clin d'œil, le capitaine Fane emprisonne mes rubans dans sa poigne de fer. Il les écrase, les tire. Mon dos se cambre sous la douleur.

– Espèce de pute tarée ! Tout ce bordel, pour finalement échouer. Tu n'as même pas réussi à sauter.

Il m'arrache à la rambarde et commence à me traîner, mais il a tort. Je n'essayais pas de m'échapper. Je n'ai jamais eu l'intention de sauter. De toute façon, je n'aurais pas survécu à cette chute, et quand bien même, ils m'auraient rattrapée si j'avais réussi.

Non, j'ai fait exactement ce que je voulais. J'ai emmené Sail loin d'ici. Loin de ces pirates, hors de ce navire.

Sa tombe sera un monticule de neige au milieu des Barrens, mais c'était ma seule option. Je ne pouvais pas le laisser pendu une seconde de plus.

Le capitaine m'entraîne à toute vitesse vers ses quartiers, vers cette punition que ses yeux me promettaient.

–Tu ne pourras plus manquer de respect à son corps, je lui lance crânement.

C'est le bon côté des choses. Le seul point positif auquel je puisse me raccrocher, aussi sombre et sinistre que tout cela puisse être.

Sa poigne se resserre sur mes rubans. Ils sont comme moi, fatigués, mouillés et flétris.

–Très bien, souffle-t-il dans mon cou en me faisant avancer. Alors je suppose que c'est au tien que je vais manquer de respect.

Chapitre 30

Si mes pauvres rubans n'étaient pas aussi froissés que du parchemin trempé dans les poings du capitaine Fane, s'ils n'étaient pas aussi épuisés et gorgés d'eau, je pourrais peut-être parvenir à les arracher et à me défendre. Je serais peut-être capable de me battre.

Malheureusement, sa prise est trop ferme, il tire si fort qu'à chacun de mes mouvements mes muscles et ma peau me brûlent. S'il tire encore plus fort, je crains qu'il me les arrache, comme on m'arracherait un doigt ou un œil.

J'essaie en vain de les lui reprendre, mais ils sont trop mouillés, trop fatigués. J'ai utilisé toutes mes faibles forces pour sortir le corps de Sail de ce maudit navire.

Mais ça au moins, j'y suis parvenue.

Alors je me fais une promesse. Si jamais je m'en sors, si les Red Raids ne me détruisent pas complètement, je ne me laisserai plus jamais aller. Je ne m'autoriserai plus à être aussi faible et incapable.

J'aurais dû le savoir depuis mon enfance, après tout ce que j'ai traversé. J'aurais dû réagir au lieu de me complaire dans mon oisiveté.

Si je pouvais revenir en arrière, je me secouerais. Je suis devenue comme Florin, cet oiseau en or massif qui se repose pour toujours sur son perchoir. Je me suis coupé les ailes, je suis restée apathique dans ma cage.

Alors, si je m'en sors, si je vis, je me promets que ça ne se reproduira pas. Je ne resterai pas les bras croisés à laisser les hommes m'écraser sous leur joug.

Ma cicatrice à la gorge joue son rôle de rappel. Je me redresse et me durcis comme un roc. La cicatrice me picote et mes pensées vont vers Digby. Les Red Raids ont-ils tué l'éclaireur qui avait perçu leur mouvement ? Digby et les autres ont-ils involontairement suivi l'éclaireur jusqu'à la mort ?

Je ne sais pas et je n'ose pas poser de questions. En partie parce que si Digby et les autres sont sains et saufs, je ne veux pas prévenir le capitaine. Mais aussi pour une autre raison, plus sombre : je ne supporterais pas d'apprendre que les pirates les ont tués. Pas encore. Je ne peux pas faire face à ça pour l'instant.

Pour l'instant, mon esprit a besoin que Digby soit quelque part, dehors, vivant. Peut-être qu'il trouvera Sail sur sa tombe de neige poudreuse et qu'il lui rendra les derniers hommages en l'inhumant. Des hommages qui resteront avec son corps dans cet endroit désolé pendant que son esprit s'envolera vers le grand Après.

En tout cas, c'est une belle idée.

Le capitaine Fane a réussi à me traîner à l'arrière du navire. Il me hisse sur les cinq petites marches du pont principal, jusqu'à ses quartiers. Le mur est en bois clair, exception faite d'une entaille rouge sur la porte et d'une petite marquise qui dépasse du pignon.

Il appuie mon visage contre la porte, ma joue s'écrase contre le bois blanc usé par les intempéries au risque d'y attraper des échardes.

Il me maintient là, son avant-bras écrase mon dos, son poing serre toujours mes rubans satinés comme on tire sur une laisse. De l'autre main, il fouille dans sa poche. Il en sort une clé qu'il introduit dans la serrure.

Je recommence à me débattre, bien que je sois arrivée au bout de mes forces. Mais je sais pertinemment que je n'ai aucune envie d'entrer à l'intérieur. Dès que je franchirai ce seuil, il va me faire des choses, de mauvaises choses.

– Ne bouge pas ou tu vas encore aggraver ton cas, me dit-il.

Bien sûr, cela me pousse à tenter de m'enfuir, mais il appuie ses hanches contre moi en se servant de ses jambes pour m'immobiliser, de sorte que je suis totalement incapable de bouger. Devant une telle impuissance, j'ai envie de pleurer, mais je ravale mes larmes. Ce n'est pas le moment de craquer.

Il tourne la clé dans la serrure, la remet dans sa poche. Mais avant qu'il ait eu le temps de tourner la poignée, Quarter l'appelle.

– Capitaine ! On a un faucon !

Le capitaine Fane se retourne pour regarder, en me maintenant toujours coincée contre la porte. Je ne peux pas voir Quarter, mais je l'entends qui monte les escaliers.

– Ça vient d'arriver, Cap', dit Quarter en s'arrêtant à côté de nous.

Du coin de l'œil, j'aperçois un grand rapace au bec noir posé sur l'avant-bras de Quarter, ses serres enfoncées dans la fourrure.

Le capitaine attrape un petit tube métallique sur la patte de l'oiseau et en sort le message en prenant soin de rester sous la marquise pour le protéger de la pluie. C'est un minuscule morceau de parchemin, dont la longueur augmente à mesure qu'il le déroule. Je ne perçois pas autre chose qu'un gribouillis noir, mais les sourcils du capitaine se froncent et l'eau dégoutte de sa barbe perlée pendant qu'il le lit.

Il marmonne quelque chose que je ne comprends pas, puis enfonce le parchemin et le tube dans la poitrine de Quarter.

– Nous devons envoyer une réponse ? demande Quarter.

– Non. De toute façon, ils seront là avant que le faucon puisse la livrer.

Quarter fronce les sourcils avant de replacer le tube vide sur la patte du faucon. Dès qu'il est fixé, l'oiseau prend son envol, traverse la nappe de pluie et disparaît sans un bruit.

– Qui sera là ? demande Quarter.

Au lieu de lui répondre, le capitaine Fane tend la main.

– Donne-moi ta ceinture.

Quarter cligne des yeux un instant avant de glisser une main sous ses fourrures pour commencer à dénouer la ceinture blanche qui lui entoure la taille.

Le capitaine Fane se tourne vers moi. Sans un mot, il commence à enrouler mes rubans autour de mon torse en tirant dessus si fort que la douleur me fait grincer des dents. Il les enroule jusqu'à ce qu'ils enserrent complètement ma taille, puis il en attache les extrémités avec des nœuds si serrés que je ne peux absolument plus les bouger.

– Rassemble toutes les pouliches dans les cuisines et mets-les au travail. Le cuisinier va devoir préparer un dîner qui sera servi dans l'heure. Nous avons des invités qui arrivent.

Il tend à nouveau la main, Quarter lui passe rapidement sa ceinture. Le capitaine l'enroule autour de moi, aussi fermement qu'il a enroulé mes rubans, puis l'attache, elle aussi. C'est un second moyen de dissuasion pour empêcher mes rubans de bouger.

Le capitaine me retourne, puis se baisse de façon à ce que nous soyons parfaitement face à face. Il a l'air sévère, il est en colère.

– Si l'une d'elles tente quoi que ce soit ou désobéit de quelque manière que ce soit… j'ordonne qu'elle soit déshabillée, fouettée et jetée par-dessus bord.

Quarter lui fait un signe de tête, mais ses yeux sont rivés sur moi. Son visage est dissimulé sous sa cagoule rouge, je suis pourtant certaine qu'il sourit.

Avec un dernier regard, le capitaine Fane me pousse vers Quarter avant de partir en trombe vers l'avant du navire, tout en criant l'ordre de changer de cap.

– Très bien, approche ! Et n'essaie même pas de foutre la merde avec tes ficelles de marionnette ou je les découpe sur ton dos.

La peau de mon dos se crispe comme si mes rubans avaient compris la menace.

En m'agrippant le bras, Quarter m'entraîne à nouveau sur le pont principal, vers les pouliches toujours recroquevillées.

–Allez, bande de connasses ! Suivez-moi !

Quarter n'attend pas de voir leur réaction, il se dirige vers un escalier, au milieu du navire, qui mène sous le pont. J'entends leurs pas qui nous suivent tandis que nous descendons les marches qui grincent.

Nous traversons un couloir étroit, puis nous nous enfonçons plus profondément à l'arrière du navire. Nous pénétrons dans une longue cuisine qui empeste les pommes de terre et la fumée.

Au moins, nous sommes à l'abri de la tempête et la pièce est chaude grâce aux flammes qui crépitent dans un gros four en fonte. Le sol est fait du même bois blanc que tout le reste, mais il est taché, noir de suie à certains endroits et d'éclaboussures de nourriture à d'autres.

Debout au-dessus du four se tient le cuisinier. C'est le seul pirate qui n'est pas vêtu de fourrure blanche. Il porte une simple veste et un pantalon en cuir blanc. Ses bras nus et charnus sont couverts de tatouages. Il est corpulent et petit, avec une mâchoire tordue sur le côté et un front si bas que je me demande s'il parvient à voir ce qu'il y a dans la casserole qu'il est en train de remuer.

En nous voyant arriver, son visage rougeaud prend un air renfrogné.

–Qu'est-ce que je vais foutre avec des femmes dans ma cuisine ?

–Ordre du capitaine, Cook, lui répond Quarter. Apparemment, nous avons des invités. Il faut leur servir un repas sur le pont. Elles vont t'aider.

Cook le cuistot laisse échapper une série de jurons, mais Quarter n'y prête guère attention.

–Le capitaine veut que ce soit prêt dans l'heure.

Cook lui fait un geste grossier, puis il entreprend de sortir des conserves des placards.

Un autre pirate entre et s'appuie contre le mur. Une dague à la main, il ne nous quitte pas des yeux. C'est un chien de garde pour nous surveiller et nous attaquer, si nécessaire.

Quarter se retourne vers nous.

– Je vous préviens. Le cuistot est le pire des salauds. Être fouettées et jetées par-dessus bord, ce sera le dernier de vos soucis si vous merdez avec lui.

Sur ces belles paroles, Quarter sort en nous laissant là.

Cook nous regarde, il plisse les yeux et essuie son visage couvert de sueur avec un torchon.

– Alors ? Qu'est-ce que vous attendez, bordel ? Je vais vous faire bouillir les mains si vous ne vous mettez pas au boulot. Ce repas ne va pas se faire tout seul.

Je me crispe, les autres aussi, mais Rissa avance à grands pas. Elle montre une nouvelle fois l'exemple en incitant les autres à la suivre.

Je reste à l'arrière du groupe en essayant de ne pas flancher chaque fois que Cook nous crie dessus ou nous balance de la nourriture. Nous nous dépêchons de lui obéir en claquant des dents parce que nos vêtements comme nos cheveux sont complètement trempés. Quand une des pouliches renverse quelque chose par accident, il la bourre de coups de pied et lui fait éponger le sol avec un petit chiffon totalement inutile.

Et pendant tout ce temps, pendant que je hache, que je touille et que je nettoie sous les regards hargneux du cuistot et du pirate de garde, j'essaie de détacher mes rubans, de défaire leurs nœuds petit à petit, sans que personne ne s'en aperçoive.

J'ignore qui a envoyé ce faucon messager au capitaine ni qui vient ici, mais je sais que les perspectives sont sombres. Personne d'honnête ne viendrait dîner avec les Red Raids.

Pourtant, peu importe qui vient, je lui suis reconnaissante de ce répit. S'il n'y avait pas eu cette lettre, en ce moment je serais entre les griffes du capitaine. Cette pensée me fait frémir.

Malgré tout, je sais que ce sursis n'est que temporaire. Je sais qu'avant la fin de cette longue, de cette horrible nuit, je serai à nouveau coincée entre ses griffes. Alors la seule chose qu'il me reste à faire, c'est essayer de dénouer mes rubans en espérant ne pas me faire prendre.

Chapitre 31

Quarter n'exagérait pas quand il disait que Cook était un sale bâtard. Les seules directives qu'il nous donne, ce sont les casseroles qu'il nous balance dessus à travers la pièce lorsque nous ne nous remuons pas assez vite, ou le rictus hargneux qu'il affiche si nous osons lui poser la moindre question.

Nous courons en tous sens dans l'étroite cuisine, comme des poulets à qui on a coupé la tête, en mélangeant divers ingrédients d'après les instructions qu'il nous lance, à peine plus détaillées qu'un « Vous allez me faire ces putains de biscuits ». Aucune parmi nous n'a jamais travaillé en cuisine, nous n'avons pas la moindre idée de la façon dont il faut s'y prendre.

La pièce se réchauffe et s'humidifie à cause de la vapeur et de la fumée. Sur notre peau trempée, la sueur se mêle à l'eau de pluie. C'est franchement désagréable, mais Cook ne nous autorise pas à ralentir la cadence et personne n'ose se tourner les pouces.

Une heure passe, angoissante et fébrile. J'ai l'impression que nous avons cuisiné suffisamment pour nourrir deux équipages comme le nôtre. Lorsque le navire bascule et s'arrête soudain, nous sommes averties trop tard par le grognement des Griffes de feu.

Tout le monde se relève en titubant, mais nous avons à peine le temps de reprendre nos esprits que Cook nous ordonne en hurlant de monter la vaisselle sur le pont.

Les bras chargés d'assiettes en fer-blanc et de chopes, nous sortons en file indienne à la suite de notre chien de garde qui nous indique le chemin. Lorsque nous arrivons à l'étage, je constate que la tempête s'est calmée, seul un vent têtu s'obstine encore à souffler.

Nous suivons le pirate sur le pont, à travers les flaques d'eau, jusqu'à une porte située à droite du navire, à l'arrière, après les quartiers du capitaine. À l'intérieur, une petite salle à manger remplie de rangées de tables en bois avec des bancs intégrés. Il y a à peine la place de passer entre elles. Nous nous glissons sur le côté pour tout décharger rapidement.

Par hasard, je me retrouve à côté de Mist. Elle me jette un regard assassin, comme si elle voulait me poignarder. Puis elle jette avec fracas ses assiettes sur la table. Visiblement, elle ne veut pas rester à côté de moi plus que le strict nécessaire.

En passant, elle me donne un coup de coude. Les pouliches m'observent pendant qu'elle s'éloigne. En soupirant, je ramasse la pile d'assiettes qu'elle a jetées et je me mets à dresser le couvert. Quand j'ai terminé, les autres sont déjà en train de retourner chercher les plats à la cuisine. Je les suis à quelques pas de distance, et le pirate qui nous garde sourit en me voyant passer.

Je n'ai pas encore réussi à défaire un seul nœud de mes rubans qui sont très serrés et encore humides, ce qui ne me simplifie pas la tâche.

Je grince des dents de frustration, mais en arrivant sur le pont principal, je m'aperçois que les pouliches se sont arrêtées net.

Et il y a aussi quelque chose… de différent.

Il me faut un certain temps pour réaliser que c'est le silence.

Les cris, les grognements permanents, le bruit que font les navires en glissant sur les Barrens sous la pluie battante et le vent mauvais se sont tus. Tout est calme.

Je contourne les pouliches, je me faufile discrètement entre elles et la rambarde pour mieux voir ce qui a provoqué ce calme plat.

Tous les Red Raids sont rassemblés au milieu du navire, ils font face à la rampe qui a été abaissée.

Le capitaine Fane se tient au centre, il porte toujours le tissu rouge autour du cou, mais il a remis son chapeau.

Quarter est derrière lui, à droite, la main posée sur le pommeau de son épée.

La tension provoquée par l'attente est palpable. Elle monte en nous encore plus insidieusement que le vent glacial et nous intime de rester immobiles et silencieuses. Mon cœur se met à battre nerveusement, plus rapidement, bien que je n'aie aucune idée de ce qui nous attend.

Mais quelque chose… quelque chose se prépare.

Je jette un coup d'œil à la ronde pour vérifier que personne ne regarde dans ma direction. Tout le monde est bien trop occupé à se demander ce que le capitaine attend, qui est celui qui lui a envoyé ce faucon messager. Même notre pirate-chien de garde, de l'autre côté des pouliches, surveille la rampe. Je ne peux pas gâcher cette occasion.

Coincée entre la rambarde latérale du navire et le dos des pouliches, je me tourne légèrement. J'ai toujours froid, je suis encore humide, mais au moins, le temps que j'ai passé dans la cuisine m'a un peu séchée et, à présent, le vent froid qui fouette mes cheveux et ma robe me sèche un peu plus encore.

Profitant de cette diversion, je me concentre à nouveau sur mes rubans en m'efforçant de défaire leurs nœuds. Leurs extrémités fatiguées ont du mal à bouger, elles tirent faiblement. Le capitaine les a nouées si serrées que chaque geste me fait mal, comme si j'appuyais sur un bleu.

Je prends le risque de glisser prudemment une main derrière mon dos, sous la ceinture de Quarter. Le tissu est tendu, mais un peu extensible, ce qui me permet de glisser mes doigts en dessous pour atteindre l'amas de nœuds.

Je penche un peu plus mon dos vers la rambarde en essayant de rester la plus discrète possible et je ramène mon deuxième bras derrière moi. Mes doigts se rejoignent, je cherche le nœud le plus gros et le moins serré. En prenant soin de rester parfaitement inexpressive, la tête tournée dans la même direction que les autres, je commence à défaire les nœuds en priant le Divin que personne ne regarde dans ma direction.

Mais au milieu de cette tension provoquée par l'attente, quelque chose change. Quelque chose interrompt le silence.

Un bruit de bottes commence à retentir sur la rampe en bois. Un pas, puis deux, puis d'autres encore. Tous avancent dans un synchronisme presque parfait. Les pas sont de plus en plus forts à mesure qu'ils se rapprochent.

Boum, boum, boum.

Les Red Raids se crispent et le capitaine des pirates se redresse. Je tire de toutes mes forces, la sensation d'un danger imminent me rend frénétique.

Outre le bruit des pas, je discerne le bruit d'armures métalliques qui cliquettent comme les queues des serpents du désert. Et là où il y a des cottes de mailles et des plastrons, les épées et les poignards ne sont pas loin.

Je continue à tenter de me détacher, mais j'ai du mal à faire ne serait-ce qu'une boucle assez lâche pour pouvoir tirer dessus correctement.

J'ai le cœur qui bat au rythme de leurs pas.

Je dois me libérer, je dois défaire ces nœuds, je dois…

Une douzaine de soldats apparaissent sur la rampe puis montent directement à bord, deux par deux. Ils s'arrêtent devant le capitaine Fane en une formation qui s'évase comme une pyramide.

C'est un spectacle impressionnant. Des armures noires aussi sombres et luisantes que le charbon, des pantalons en cuir marron et des sangles qui s'entrecroisent sur leurs poitrines. Des fourreaux d'onyx pendent à leurs ceintures, les pommeaux de leurs épées sont sculptés dans l'écorce d'un bois mort noueux aux formes étranges. Leurs têtes sont couvertes d'un casque et leurs postures menaçantes… j'ai soudain la bouche sèche.

Car là, gravé au centre de leur plastron couleur des ténèbres, entre les lanières de cuir, on distingue les armoiries de leur royaume. Cet arbre tordu et difforme, aux racines épineuses, dépouillé de toutes ses feuilles, avec ses quatre branches tordues qui se tendent comme les griffes du diable.

Ce sont les soldats du Quatrième Royaume. Les soldats du Roi Putride.

Et ils sont très loin de leurs frontières.

Mes mains se figent sur mes rubans, j'écarquille les yeux. L'armée du roi Ravinger est l'armée la plus redoutée des six royaumes. J'ai entendu nombre d'histoires à propos de leur cruauté sur le champ de bataille. J'ai envie de reculer, comme pour essayer de me fondre dans l'ombre, mais je reste figée sur place.

Personne ne parle. Personne ne bouge. Même avec les douze soldats en face de lui, le capitaine Fane attend, sans que je comprenne pourquoi.

Je fronce les sourcils en me demandant ce qui va se passer, puis j'entends un bruit de pas.

Un treizième homme monte la rampe d'un pas lourd et passe devant ses soldats au garde-à-vous, raides comme des murs de briques. Il est grand, sa seule présence attire l'attention. Pourtant, bien qu'il porte la même armure noire et le même cuir brun que les autres, il existe une différence très nette entre eux.

– Ce sont des… *pointes*?

J'entends une pouliche chuchoter à ma droite. J'entends des murmures de malédiction et de maléfices. Je les entends expliquer que le roi Ravinger l'a créé à partir de cadavres en putréfaction, raconter comment il a transformé son corps en une créature contre nature dans un seul et unique but: lui faire commander son armée.

Mais elles se trompent.

Le commandant, avec ses piques qui lui sortent de la colonne vertébrale et des avant-bras, n'est pas maudit. L'homme qui s'arrête à l'avant du groupe, tellement grand que le capitaine Fane doit lever la tête pour pouvoir croiser son regard, n'est pas le résultat de manipulations magiques du roi Ravinger qui ont perverti son organisme.

Non, l'homme qui se tient là, dont le corps est une véritable menace ambulante, est une chose, et une seule.

Un fae.

CHAPITRE 32

Il n'y a pas toujours eu six royaumes à Orea. À une époque, il y en avait sept.

Il y a mille ans, le Septième Royaume régnait au bout du monde. Au-delà des pins géants, au-delà de la montagne gelée de Highbell, bien au-delà des Barrens et même de la mer Arctique.

Tout au bout du monde, si lointain que même le soleil et la lune ne faisaient qu'effleurer son horizon. Si lointain que la terre plate se terminait par un précipice, sans rien en dessous. Le Septième Royaume vivait dans un gris perpétuel, sans lumière, sans obscurité, sans au-delà. Mais c'est ici que le pont fut découvert.

Lemuria. Le pont qui ne menait nulle part.

Ce pont n'était qu'une piste de terre grise et désolée qui s'étendait au bout du monde, au-delà de ce que l'on pouvait voir. Cette bande de terre continuait de s'étendre, sans rien en dessous ni autour, sans rien d'autre que le vide obscur et aveugle.

On disait que si vous descendiez du pont, vous tombiez pour toujours, et que même les dieux et les déesses ne pouvaient vous retrouver pour vous sauver de la mort.

Mais les monarques du Septième Royaume étaient des érudits. Ils ne croyaient pas aux mythes ni aux légendes. Ils ont donc envoyé des soldats et des explorateurs sur le pont de Lemuria pour découvrir ce qu'il y avait au-delà, pour découvrir où menait le pont.

Pendant des années, des centaines d'Oréens ont emprunté le pont. On ne les revit jamais plus. La plupart des gens pensaient que c'était un effort inutile, que les monarques devaient abandonner. Une mission suicide. Une tâche qui fut bientôt confiée aux voleurs et aux débiteurs. Une entreprise qui ne menait jamais à rien.

Jusqu'au jour où une femme a traversé à pied.

Elle n'était ni soldat, ni explorateur, ni érudit, ni voleuse. Elle n'avait pas été envoyée par les monarques. C'était une passagère clandestine. Une orpheline dont le père avait traversé le pont et n'était jamais revenu.

À l'âge de dix ans, elle se faufila entre les soldats qui gardaient l'entrée du pont et courut silencieusement, avec détermination, vers cet inconnu à la recherche de son père.

Personne n'a rien su.

Personne n'a rien vu.

Elle a traversé le temps et l'espace, elle a lutté contre la folie, la faim et la soif. Là où tous les autres avaient fini par céder et s'étaient jetés du pont en abandonnant leur quête, elle a continué. Là où tous les autres Oréens avaient échoué, elle a réussi.

Saira Turley a fait ce qu'aucun autre n'avait fait avant elle : elle a traversé le pont de Lemuria et est revenue pour le raconter.

Mais elle n'est pas revenue seule.

Parce que le pont, cette route étroite dans le néant, menait à un nouveau monde. Un monde de magie.

Elle n'a peut-être pas retrouvé son père, mais Saira a trouvé Annwyn, le territoire du royaume de l'au-delà.

Le royaume des faes.

Saira est tombée par terre et a atterri dans leur ciel. Ils l'ont appelée Oiseau. Oiseau aux ailes brisées.

Un groupe de faes l'a recueillie, l'a soignée, et elle a été émerveillée par ces gens aux pouvoirs remarquables. Elle a trouvé une nouvelle famille dans le paradis magique, elle y a refait sa vie.

Mais son cœur restait toujours à Orea, là où sa mère était enterrée et où elle avait de beaux souvenirs avec son père.

Lorsqu'elle eut dix-neuf ans, Saira tomba amoureuse d'un fae, le prince de Lydia. On disait que leur amour était plus profond que toutes les mers d'Annwyn, que la musique était faite du chant de leurs cœurs à l'unisson.

Et avant qu'ils se marient, le prince lui a offert un cadeau de mariage.

Il ne pouvait pas lui ramener son père, mais il pouvait lui rapporter sa maison. Le prince l'emmena donc une fois de plus sur le pont de Lemuria, au bord de leur ciel scintillant.

À travers l'espace et le temps, il trouva le fil qui reliait leurs royaumes en traversant ce pont vide. Grâce à ses grands pouvoirs, il le rapprocha d'Annwyn, le royaume des faes, afin que Saira puisse retourner chez elle, à Orea, aussi souvent qu'elle le souhaitait.

Orea et Annwyn devinrent des royaumes frères. Lorsque les faes et les Oréens s'unirent, il y eut d'immenses festivités dans les sept royaumes.

Après cette grande et fraternelle union, Lemuria ne fut plus ce vide, ce chemin sans fin vers la mort, mais un véritable pont entre les royaumes, un pont qui ne prenait que quelques minutes à traverser.

Et pendant des centaines d'années, nous avons coexisté. Nous nous sommes mélangés. C'est de là aussi que vient la magie oréenne, de ce mélange avec les faes. Mais d'année en année, cette magie s'éteint un peu plus, parce que plus aucun fae ne vient chez nous. Et plus aucun Oréen ne traverse Annwyn. Ils ne l'ont pas fait depuis trois cents ans.

Parce que les faes ont trahi Orea.

Un nouveau monarque s'est levé, longtemps après que Saira Turley et son prince eurent rendu leur dernier souffle. Un roi qui s'est prononcé contre la cohabitation avec les Oréens, contre le croisement avec des êtres inférieurs. Il a rompu le fil que le mari de Saira avait noué avec amour, coupant ainsi le pont et séparant les royaumes d'un seul coup.

Le Septième Royaume, vulnérable parce que situé aux confins du monde, fut entièrement aspiré par la violence de cette rupture magique. Sa terre et son peuple disparurent. Et le pont de Lemuria tomba dans ce vide, réduit à néant.

Orea doit remercier les faes pour la magie qui perdure encore par ici. Mais c'est un présent bien amer et plein de trahison.

Parce qu'il n'y a plus de Septième Royaume. Il n'y a plus d'alliance pacifique. Il n'existe plus de pont vers Annwyn. Il n'y a plus de faes.

... Enfin, c'est ce qu'on dit.

CHAPITRE 33

Des tambours.

Les battements de mon cœur ressemblent à des tambours battant dans mes veines, trop fort, trop vite, trop violemment.

J'ai toujours pensé que ces histoires à propos du commandant, même les récits des manuscrits de la bibliothèque de Highbell, étaient exagérées. De la dramatisation pour accroître la terreur que déclenchait sa présence et justifier la lâcheté de ceux qui pliaient sous sa menace.

Le commandant – que les gens appellent Rip[3] en raison de son habitude d'arracher littéralement la tête des soldats – est devenu une légende moderne, quelqu'un que l'on doit craindre autant que le Roi Putride en personne. Mais je ne m'attendais pas à ce que le commandant Rip soit aussi effrayant.

Bien sûr, le bruit courait que c'était un fae ; qu'il l'était plus que n'importe quel autre Oréen. Mais, encore une fois, je pensais que c'étaient simplement des rumeurs. Des ragots.

---

3. En anglais, *to rip out* signifie « arracher ».

Des exagérations probablement répandues par le roi Ravinger lui-même pour rendre son commandant encore plus effrayant.

Mais à présent que je le vois de mes propres yeux, je peux certifier qu'il n'est pas un simple Oréen au pouvoir magique provenant d'ancêtres faes disparus depuis longtemps.

Il est beaucoup plus que ça.

Ses piques le prouvent. La plupart des manuscrits donnaient l'impression qu'il s'agissait d'une partie de son armure. Encore une invention dramatique. Je peux affirmer que ce n'est pas le cas. Les piques, la taille, la présence menaçante, tout cela est bien réel.

Je ne sais pas quoi en penser.

Je suis incapable de le quitter des yeux et je me surprends à compter les pointes noires qui se dressent le long de sa colonne vertébrale. Depuis ses omoplates jusqu'au bas de son dos, il en a six, chacune plus courte que la précédente. Elles sont légèrement recourbées vers le bas et traversent son armure avec un reflet étrange dans lequel se réfléchissent les lanternes rouges.

Celles qui se trouvent sur l'extérieur de ses avant-bras sont beaucoup plus courtes, mais n'en sont pas moins mortellement tranchantes. Toutes les quatre partent depuis le dessus de son poignet jusqu'au pli de son coude.

Je suis beaucoup trop terrifiée pour me demander à quoi il ressemble sans son casque. Certains récits disent qu'il a des cornes, ou d'horribles cicatrices sur le visage. D'autres prétendent qu'il a des crocs, tandis que d'autres encore jurent qu'il peut tuer quelqu'un d'un simple regard de ses yeux rouges flamboyants.

Je ne veux pas savoir si la moindre de ces affirmations est vraie.

Ce que j'aimerais bien savoir, c'est pourquoi il est venu jusqu'ici dans les Barrens pour rencontrer les Red Raids.

– Capitaine Fane, gronde une voix grave et profonde qui fait se figer les pouliches autour de moi.

– Commandant Rip, répond le capitaine en le saluant d'une légère inclinaison de la tête. Je suis surpris de vous voir si loin du Quatrième Royaume. Votre message était inattendu.

– Hmm.

La tentative du capitaine Fane pour pêcher des informations reste infructueuse, mais il ne se décourage pas pour autant

– Nous avons entendu dire qu'il y avait des problèmes à vos frontières.

Le commandant penche la tête.

– Rien de plus qu'une légère nuisance. Mais le roi ne tolère aucune attaque sur ses terres.

– Bien sûr que non. Aucun véritable chef n'accepterait cela.

Je manque avaler ma langue devant cette lèche flagrante du capitaine Fane.

– Comment sont les Barrens et le port de Breakwater? Je suppose que la piraterie paie toujours bien.

Le capitaine sourit.

– Je ne peux pas me plaindre.

– D'habitude, vous n'êtes pas si loin au nord en automne.

Ce n'est pas une question, même moi je comprends qu'il exige une explication.

Le capitaine Fane échange un bref regard avec Quarter avant de répondre.

– Nous avons eu un tuyau. Il nous a amenés jusqu'ici et il a porté ses fruits. Nous retournerons au port bien assez tôt.

Mes mains, qui étaient toujours agrippées à mes rubans, retombent le long de mon corps.

Il a eu un tuyau.

Un tuyau? C'est un tuyau qui l'a amené jusqu'ici? En fronçant les sourcils, je dévisage le capitaine comme s'il suffisait de le fixer assez intensément pour obtenir des réponses.

– Intéressant, répond le commandant Rip.

Il bouge les bras et la lumière écarlate qui se reflète sur ses piques attire le regard du capitaine.

– Et ce *tuyau* aurait-il un rapport avec la douzaine de faucons-messagers que vous avez envoyés il y a quelques heures ? ajoute-t-il.

Le capitaine Fane se raidit.

– Comment êtes-vous au courant ?

Au lieu de répondre, le commandant lève le poing. Il l'ouvre et laisse tomber un morceau de parchemin sur le pont... imité par ses soldats qui, derrière lui, ouvrent également la main et en laissent tomber onze autres.

Le capitaine prend un air outré. Sa bouche s'ouvre et se ferme comme celle d'un poisson hors de l'eau.

– Quoi... Comment avez-vous...

Le commandant Rip jette une bourse en l'air, Quarter la rattrape à la volée.

– Une compensation. Pour les faucons.

Quarter et le capitaine Fane fixent le commandant, totalement pris au dépourvu.

– Vous avez intercepté tous mes messages ? demande le capitaine, furieux.

Le commandant hoche la tête.

– Je les ai interceptés.

La capitaine Fane serre les dents, ses chicots en bois se mettent à grincer.

– Et vous voulez bien me dire pourquoi ? C'est un acte inamical, commandant. Mes Reds ont tué pour bien moins que ça.

La menace n'affecte pas le commandant ni les soldats derrière lui. Au contraire, ce sont les Red Raids qui paraissent nerveux, ils échangent des regards entre eux comme s'ils redoutaient un assaut des soldats du Quatrième Royaume.

– Pas besoin d'effusion de sang entre nous, répond le commandant d'un ton égal, imperturbable. En fait, je vais vous aider.

– Et comment ça ? s'emporte le capitaine.

Le commandant Rip fait un seul pas en avant. Un geste anodin, et pourtant, devant la menace que représente ce pas qui diminue l'espace entre eux, la main du capitaine se pose sur le manche de sa dague – celle qu'il a plongée dans le cœur de Sail.

– Vous étiez trop pressé d'écrire aux acheteurs potentiels en vous vantant du butin que vous avez dérobé. Mais je vais vous faire une offre, Fane, et vous faciliter la tâche.

Sa voix n'est pas plus forte qu'avant, mais pour une raison que j'ignore, son ton me fait grimacer. Mes dents s'enfoncent dans ma lèvre inférieure.

– Vous détenez le groupe de voyageurs de Midas. Je vais vous les acheter.

Le capitaine Fane reste bouche bée.

– Vous ? Pourquoi ?

Bien qu'il porte toujours son casque, j'ai l'impression que le commandant sourit.

– C'est une affaire entre Midas et Ravinger.

Mon estomac vrille comme s'il voulait se tordre et se recroqueviller. Une des pouliches halète, remplie d'effroi.

C'est une chose d'être kidnappées par d'affreux pirates. Mais c'en est une autre d'être achetées par le commandant du Roi Putride. Cet homme est célèbre pour son absence de clémence sur le champ de bataille, et son armée est une force brutale qui n'a jamais été vaincue.

Et voilà qu'à présent il nous veut.

C'est une affaire entre Midas et Ravinger.

Avec cette vague explication, il n'y a plus le moindre doute dans mon esprit sur la raison pour laquelle le commandant Rip est ici, dans les Barrens, et pourquoi il conclut ce marché. Le roi Ravinger a envoyé son armée affronter Midas. Et nous sommes tombées entre ses mains.

Le capitaine Fane échange un regard furtif et plein de sous-entendus avec Quarter. Lorsqu'il se retourne, il lâche le manche de sa dague.

– Comme vous l'avez sûrement lu dans mes missives, lance-t-il sur un ton de défi, je détiens les pouliches royales de Midas, plus quelques-uns de ses soldats qui ont survécu. J'avais l'intention de les amener sur la côte pour les vendre.

Le commandant Rip tourne la tête et je jure que je sens son regard se poser sur moi. J'en ai le souffle coupé, je suis comme une mouche empêtrée dans de la glu. Je suis piégée, incapable de bouger, incapable de m'échapper. Mon pouls s'emballe.

Mais il poursuit son balayage visuel. Ses yeux, en partie cachés par son casque, glissent sur le groupe des pouliches qui ne semblent pas l'intéresser outre mesure. Je parviens enfin à expirer doucement, comme un insecte qui réussit à s'arracher d'un piège gluant.

– Comme je vous l'ai dit, je vais vous épargner cette peine, rétorque le commandant en faisant à nouveau face au capitaine. Je les achète tous. Les chevaux aussi, mais vous pouvez garder leurs armures en or. Ils n'en auront pas besoin.

Le capitaine Fane plisse les yeux comme s'il se méfiait de la somme d'informations que le commandant semble détenir.

– Ce sera un montant important. Je prévoyais de recevoir plusieurs offres.

– Je suis certain que nous pouvons trouver un accord, lui répond le commandant, très sûr de lui.

Le capitaine Fane tergiverse.

– Mes hommes s'attendaient à avoir au moins deux semaines pour jouir de nos captives avant que je ne les vende.

Le tiraillement dans mon estomac se fait plus intense. Le capitaine Fane est sans vergogne, il ose se plaindre du fait que lui et ses hommes ne pourront pas s'amuser avec nous s'il nous vend tout de suite. Cette pensée – cet avilissement – fait remonter de la bile dans ma gorge, assez acide pour me donner l'envie de lui cracher dessus et de le brûler vivant.

– Comme je l'ai dit, je pense que nous pouvons arriver à un accord, Fane.

Le silence s'installe. Le vent est la seule chose qui continue à bouger, à faire du bruit. Tous les autres observent, les pouliches, les pirates, les soldats. Tous ont les yeux rivés sur le commandant et le capitaine, ils attendent de voir ce qui va se passer.

Au-dessus de nous, c'est la nuit, morne et obscure comme jamais. Je me demande si elle va se dissiper un jour ou si je suis condamnée à rester coincée dans ces ténèbres pour toujours, passant d'une mauvaise situation à une autre pire encore.

Finalement, le capitaine Fane acquiesce.

– Très bien. Un repas s'impose, alors. Je dis toujours qu'un accord se scelle bien mieux autour d'un pichet de vin et d'un bon repas.

Le commandant Rip hoche la tête et lève un bras.

– Ouvrez le chemin, capitaine, et vous pourrez me raconter ce qui s'est passé cette nuit. Je suis sûr que nous aurons beaucoup de choses à nous dire.

Le capitaine Fane sourit.

– Oui. Quand Midas va découvrir que votre roi et vous détenez ses hommes et ses pouliches, il va perdre la tête.

Un rire sombre et graveleux qui me donne la chair de poule sort de sous le casque noir.

– J'y compte bien, capitaine.

CHAPITRE 34

J'ai déjà vu des renards entrer dans un poulailler. Ils font irruption au milieu des pauvres gallinacées, les pourchassent alors qu'elles essaient juste de pondre leurs œufs. Les renards jouent avec elles, s'amusent à essayer de les faire voler. Un jour, j'ai vu un poulailler entier se faire décimer dans une explosion de plumes, de bruit et de panique.

Ce dîner ressemble un peu à ça.

Les Red Raids sont les renards, ils s'amusent avec les pouliches et les tripotent en essayant de voir s'ils peuvent parvenir à ce que, prise de panique, l'une d'elles tente de s'envoler.

Mais à ce dîner il n'y a pas que des renards. Nous avons aussi des loups.

Les douze soldats du commandant Rip occupent un banc entier dans la salle à manger. Ils sont assis, serrés les uns contre les autres, épaule contre épaule, sombres et imposants, réellement trop grands pour cet espace. Ils ont enlevé leur casque pour manger, mais ils sont silencieux. Ils guettent. Des loups à l'affût au milieu de la populace.

– Pas toi.

Le chien de garde m'arrête avant que j'aie pu entrer dans la salle avec mes deux pichets de vin à la main.

– Quoi ?

D'un signe de tête, il désigne Rissa derrière moi :

– Toi. Prends ses pichets.

Rissa hausse un sourcil blond.

– Je porte déjà ce plateau, lui fait-elle remarquer.

– J'ai l'air d'en avoir quelque chose à foutre ? Je t'ai dit de les prendre.

Les lèvres de Rissa se pincent, mais elle me désigne d'un geste le plateau rempli de biscuits secs.

– Pose-les là.

J'empile les biscuits du mieux que je peux, puis je place les pichets à côté. Avec sa charge considérablement plus lourde, Rissa nous dépasse pour se diriger vers la salle à manger où le reste des pouliches est déjà en train de servir. Certaines d'entre elles sont forcées de s'asseoir sur des genoux, des mains baladeuses glissent sous leurs jupes.

Je reste sur le seuil de la porte en hésitant, puis je demande au pirate ce que je suis censée faire.

Mon chien de garde s'appuie contre le mur extérieur, sort son couteau et passe la lame sous ses ongles pour les nettoyer.

– Je ne sais pas. Le capitaine a juste dit que tu n'es pas autorisée à entrer tant que les hommes du Quatrième sont là.

Je comprends enfin.

– Le capitaine ne veut pas que le commandant me voie.

Le pirate se contente de sourire en continuant à curer ses ongles dégoûtants.

J'observe la pièce, le reste du navire est étrangement silencieux. De là où je suis, je peux voir les soldats du Quatrième assis sur le banc le plus proche de la porte. Le capitaine Fane et le commandant Rip sont assis à une petite table pour deux personnes d'où ils peuvent regarder les longs bancs devant eux. Ils sont dos à moi.

Le commandant ne porte plus son casque, mais sous cet angle, je ne distingue pas son visage. Cependant, on peut oublier les cornes. La seule chose que je vois à leur place, ce sont d'épais et courts cheveux noirs.

– Je vais me contenter d'aller chercher d'autres trucs en cuisine, je marmonne en m'éloignant.

Malheureusement, mon chien de garde me suit. Je n'ai donc pas la moindre possibilité de m'échapper, même si je ne m'attendais pas à ce que ce soit facile.

De retour en cuisine, à peine ai-je franchi la porte que quelque chose me tombe dessus. J'esquive et j'entends le bruit d'un chiffon qui atterrit sur le mur, là où se trouvait mon visage.

– Va nettoyer, aboie Cook depuis l'autre bout de la pièce.

Je réprime un soupir avant d'ôter le seul gant qui me reste et de le glisser dans la poche de ma robe. J'attrape le chiffon humide et je commence à frotter le long plan de travail tout en démêlant discrètement mes rubans.

Finalement, le dos courbé et le cou en sueur, je parviens à défaire un nœud. Mon cœur s'emballe devant cette petite, mais belle victoire. Je jette un coup d'œil par-dessus mon épaule, les deux pirates ne me regardent pas. Cook est trop occupé à dévorer son repas, seul dans un coin, et mon chien de garde se cure les dents avec le même couteau que celui avec lequel il s'est curé les ongles.

Je continue à frotter et à défaire mes nœuds. De la persévérance. J'ai juste besoin de persévérance.

J'ai presque fini de récurer quand Polly entre, les joues rouges et les yeux fiévreux.

– Ils veulent plus de bière, lance-t-elle d'un ton morne, aussi plat que de la pâte à pain qui n'a pas levé.

– J'ai l'air de quoi, d'une bonniche ? lui aboie dessus Cook. Putain, va en chercher alors !

Polly a l'air perdue. Je me redresse rapidement en jetant mon chiffon par terre.

– C'est par ici, je dis en lui montrant le chemin.

Elle me suit jusqu'au garde-manger où je lui montre la chope et les derniers pichets restants. Je sens son regard se poser sur moi et ses questions jaillissent tandis qu'elle m'observe du coin de l'œil.

– Tu peux utiliser ces choses ? Pour les blesser ? Pour t'échapper ?

Elle murmure dans un souffle, mais je comprends ce qu'elle veut dire.

Je n'ose pas regarder les pirates pour voir s'ils nous observent.

– Non. Le capitaine les a noués. Je n'arrive pas à défaire les nœuds.

Elle soupire. C'est un petit bruit de déception, un espoir qui disparaît.

– Je dois leur apporter plus de bière que ça, reprend-elle à un niveau sonore normal en soulevant les cruches pleines. Tu peux en porter deux autres ?

J'hésite un moment avant d'acquiescer. Ensemble, nous sortons avec les pichets, le chien de garde sur les talons.

Lorsque nous arrivons devant la salle à manger, je m'arrête.

– Je n'ai pas le droit d'entrer.

Polly pousse un nouveau soupir, de frustration cette fois.

– Bien. Je vais envoyer quelqu'un les chercher.

Elle prend une profonde inspiration et entre en essayant de garder la tête haute, de sourire. Elle ne bronche même pas quand un pirate lui donne une claque sur les fesses au moment où elle se penche pour le servir. Quelle performance ! C'est un vrai spectacle.

La salle est bruyante, les pirates sont visiblement plongés dans leurs gobelets, la nourriture déjà engloutie. Polly se dirige vers Rissa et lui glisse quelque chose à l'oreille en passant. Rissa me jette un coup d'œil avant de se précipiter pour me prendre les deux derniers pichets.

– Ils boivent vraiment beaucoup, je dis doucement en les lui passant.

– Tant mieux pour nous, murmure-t-elle avec un clin d'œil. Si on arrive à les faire boire suffisamment, certains pourraient s'évanouir. Ça fera autant de bâtards en moins à gérer ce soir.

Elle repart en arborant un sourire sensuel, elle est prête à jouer la comédie du mieux qu'elle peut pour s'en sortir indemne.

Comme elle l'a rappelé aux autres pouliches tout à l'heure, elles sont des professionnelles et cela transparaît dans chaque sourire, chaque minauderie, chaque déhanchement. Ceux de faons forcés de satisfaire les prédateurs. Pour les inciter à regarder, à apprécier. Pour les persuader de ne pas blesser, de ne pas mordre.

J'espère juste que ça va marcher.

La pièce m'est soudain cachée par un visage furieux. Les cheveux noirs tout emmêlés de Mist pendouillent autour de son visage, le corsage de sa robe bâille à cause de la pluie, ou de l'attention dont elle a fait l'objet.

– Typique, grogne-t-elle. La favorite n'a même pas à servir comme nous autres.

– Je ne suis pas…

– Arrête ! Peux-tu au moins rapporter cette vaisselle sale à la cuisine, ou es-tu trop précieuse pour ça ?

Je grince des dents.

– Je comprends ta colère, vraiment. Mais au lieu d'être aussi méchante avec moi, garde ton énergie pour eux, je rétorque en lui montrant les soldats silencieux d'un signe de tête.

– Comme si tu en avais quelque chose à faire !

Bien sûr que si, mais quoi que je puisse dire, elle ne me croira pas.

Elle me jette la vaisselle sale dans les bras avant de faire demi-tour. Je l'emporte dans la cuisine et je passe une heure devant un seau d'eau froide à peine savonneuse pour nettoyer tous les plats.

Les pouliches arrivent les unes après les autres, elles m'apportent toujours plus de vaisselle à laver jusqu'à ce que j'aie mal au dos, les mains gercées et engourdies. Mais j'utilise bien mon temps. Je reporte ma frustration sur la vaisselle pendant que mes rubans continuent de s'acharner sur les nœuds, centimètre par centimètre. Je me sers de la ceinture pour dissimuler leurs mouvements.

Continuer. La seule chose que je puisse faire, c'est continuer.

Quand j'ai enfin fini de laver, le chien de garde me tire par le bras.

– Viens, je veux monter pour voir ce qui se passe.

J'essuie mes mains mouillées et gelées sur le devant de ma robe et je le suis en trébuchant. Il en a visiblement assez de jouer les baby-sitters.

– Reste à côté de moi et ferme ta gueule, compris ?

J'acquiesce d'un hochement de tête. Nous montons sur le pont principal où je découvre toutes les pouliches alignées devant moi.

Bientôt, elles seront toutes parties. Elles s'en iront avec les hommes du Quatrième Royaume et je resterai là. Je serai piégée, prisonnière sans barreaux mais pourtant captive.

Je ne sais pas ce qui est le pire. Les loups ou les renards. Des pirates sans pitié ou des soldats ennemis.

J'aimerais que Midas soit là.

Cette pensée m'envahit si violemment que j'en ai les larmes aux yeux. Je donnerais n'importe quoi pour le voir en ce moment. Pour qu'il intervienne, qu'il nous sauve, qu'il me protège une fois de plus. Comme il m'a sauvée de ces pillards il y a tant d'années. Mon sauveur vagabond. Mon roi champion.

Mais Midas n'est pas là.

Il ne viendra pas, parce qu'il ne sait pas que j'ai des problèmes. Et quand il le découvrira, il sera trop tard. Beaucoup, beaucoup trop tard.

Chapitre 35

Devant moi mes mains se tordent, elles s'emmêlent comme les nœuds dans mon dos.

Je suis à la croisée des chemins, sur le pont d'un bateau pirate. Je ne sais pas quel destin est le pire ni quels ravisseurs sont les plus brutaux.

Mieux vaut connaître le diable, mais que se passe-t-il s'il en arrive toujours de nouveaux ? Et qu'ils surgissent sans crier gare pour vous enlever ?

Si Midas ne vient pas me sauver, je n'ai aucun espoir d'échapper aux pirates ou aux soldats. Et où irais-je si j'y parvenais ? Nous sommes au beau milieu des Barrens glacés, tout autour de nous il n'y a que des kilomètres de désert arctique. Je pourrais y errer pendant des jours, me perdre très facilement dans ce blanc manteau neigeux ou dans le blizzard, et ne jamais retrouver mon chemin.

Peut-être que ça vaudrait mieux. Peut-être que ce serait une bénédiction de tomber dans les congères et de ne jamais me réveiller. Cette étreinte serait plus douce que celle que ces hommes ont en tête, j'en suis sûre.

Bien que j'ignore quel ravisseur est le pire, l'idée d'être séparée de toutes celles que je connais me fait paniquer. Si les pouliches ne m'aiment pas, me détestent même, au moins elles font partie de la maison. Elles sont un rappel de ma sécurité.

Dans mon dos, un nœud particulièrement serré fait souffrir mon ruban, mais je m'interdis de grimacer. Seule. Je vais rester ici, abusée par le capitaine, complètement seule. Si j'arrive à dénouer mes rubans, j'aurai peut-être une chance. Peut-être juste assez de chance pour gagner du temps.

À peu près au centre du vaisseau, le capitaine Fane et le commandant Rip sont en pleine discussion. Le commandant porte à nouveau son casque noir.

Ils vont et viennent pendant un moment, apparemment en pleine négociation, jusqu'à ce qu'enfin, le capitaine acquiesce. Un accord est conclu. Exactement comme un précédent pacte avait été conclu entre deux rois.

Les accords que les hommes passent entre eux concernant des femmes ne sont jamais très avantageux pour elles.

Je vois le commandant faire un signe de tête par-dessus son épaule, et l'un de ses soldats s'avancer en portant un coffre. Le capitaine Fane l'ouvre, les yeux brillants, la bouche grande ouverte devant les pièces d'or qui débordent.

Il sourit, sa satisfaction est évidente.

– Eh bien, c'est d'accord.

Il va pour prendre le coffre, mais le soldat ne le lâche pas. Le capitaine jette un regard au commandant.

– Il y a un problème ?

– Je voudrais d'abord récupérer mon dû.

Le capitaine donne son accord.

– Bien sûr. Quarter va vous accompagner jusqu'aux deux autres navires. Vous y trouverez les hommes et les chevaux de Midas.

Le commandant acquiesce et son soldat lâche enfin le coffre. Le capitaine s'en saisit avec un grognement, avant de le passer rapidement à deux de ses pirates pour qu'ils l'emportent.

– Profitez du reste de votre nuit, commandant. Transmettez mes salutations à votre roi, lance alors le capitaine avec un coup de chapeau.

– Un moment, Fane.

Le capitaine s'arrête, il se retourne. Les pirates qui transportent le butin également. Mes mains se tordent.

– Le montant dont nous sommes convenus concernait tous les gens de Midas, explique le commandant.

Le capitaine cligne des yeux, les sourcils froncés. Pendant une fraction de seconde, il semble confus. Mais j'ai compris. J'ai compris un instant avant que la tête casquée du commandant se tourne dans ma direction, sans tenir compte des personnes qui se trouvent devant moi, comme s'il savait depuis le début que j'étais derrière elles.

Soudain, il me pointe du doigt. Mon cœur s'immobilise dans ma poitrine.

– Elle en fait partie.

Le capitaine Fane reste bouche bée lorsqu'il comprend enfin.

– Non, affirme-t-il en secouant violemment la tête, ce qui fait vaciller la plume noire au sommet de son chapeau. Elle n'est pas à vendre. Elle ne l'a jamais été, parce que je la garde. Vous avez acheté tous les autres.

Le commandant Rip baisse sa main, il dévisage le capitaine. Même à cette distance, je sens son mécontentement.

– J'ai dit tous, Fane, et je le pense.

Sa voix rocailleuse est aussi froide que les Barrens.

– Vous avez vraiment cru que je vous donnais un coffre rempli d'or contre quelques pouliches, des étalons des neiges et des soldats à moitié morts ? dit-il avant de secouer la tête. Non. La favorite de Midas vient aussi avec nous.

Ma respiration se bloque, comme si ce coffre rempli de pièces d'or venait de s'abattre sur moi de tout son poids. Je sens mon cœur tambouriner dans mes oreilles.

Le capitaine serre les poings, le regard noir.

– Et si je refuse ?

Le commandant laisse échapper un ricanement cruel. Le genre de son que fait un fou avant de se mettre à vous torturer. Un petit rire diabolique, sadique.

– Vous n'apprécierez pas du tout ce qui arrivera si vous refusez. Mais quoi qu'il en soit, le choix vous appartient.

Le capitaine observe les soldats stoïques, toujours au garde-à-vous. Sa mâchoire se met à tressaillir. Les pirates sont plus nombreux qu'eux, mais j'ai l'impression que ça n'a pas d'importance.

– Comment avez-vous su pour elle ? Je ne l'ai mentionnée dans aucun des messages que j'ai envoyés.

– Vous aviez vos sources et j'avais les miennes.

Je n'ai aucune idée de ce que signifie cette réponse, mais mes paumes de main sont toutes moites.

Quarter glisse quelque chose à l'oreille du capitaine, mais celui-ci se contente de l'ignorer, l'air furieux. Il tergiverse et les deux chefs sont maintenant coincés dans un face-à-face.

Si auparavant je trouvais qu'il y avait de la tension, ce n'était rien comparé à ce qui se passe là. Même les soldats de Rip semblent plus tendus, comme s'ils se préparaient à se battre. Mon regard passe de l'un à l'autre, je me mords l'intérieur des lèvres d'inquiétude.

Je ne sais pas avec qui je préférerais aller si j'avais le choix. Rester avec ces Red Raids dépravés ou être vendue au terrifiant commandant de l'armée de Ravinger ? Je suis coincée entre le marteau et l'enclume.

Finalement, le capitaine Fane répond : « Bien. » Le mot claque, amer, comme un reproche. Et c'est ainsi que je franchis la croisée des chemins. Mon sort en est jeté.

– Quarter, laisse-les d'abord inspecter les soldats et les chevaux, assure-toi qu'ils sont au goût du commandant, aboie le capitaine. Puis reviens chercher les pouliches afin qu'elles ne restent pas sous la neige.

Il jette un regard au commandant.

– Vous ne voudriez pas que vos biens gèlent avant même d'avoir quitté les Barrens.

Le commandant ne répond pas.

Quarter se racle la gorge et s'avance.

– Bien. Si vous êtes prêt, je vous conduis aux autres navires.

Le commandant marque une pause, jette un regard aux pouliches, puis à moi.

– Parfait, dit-il en hochant la tête d'un air laconique. Capitaine, mes soldats et moi partirons dans l'heure.

Sur ce, il se tourne et descend la rampe. Six de ses soldats le suivent. Les six autres restent à leur place pour monter la garde, les mains jointes devant eux et la tête haute.

Le capitaine Fane fait la moue, mais se tourne vers ses hommes.

– Emportez le coffre dans mes quartiers.

Les deux porteurs se précipitent pour obéir à son ordre.

Le capitaine jette un coup d'œil aux pouliches, s'attardant sur celles qui ont le regard baissé. Leurs robes sont déchirées, elles frissonnent dans leurs vêtements humides.

Il s'adresse alors à certains de ses hommes.

– Installez les pouliches dans la salle à manger jusqu'à ce que le commandant revienne les chercher. Il ne faudrait pas que l'une d'entre elles ait l'idée de sauter par-dessus bord pour ne pas partir avec lui. Il m'a déjà payé et je ne rendrai pas une seule pièce de cet or.

Je n'en suis pas certaine, mais je crois entendre un des soldats renifler.

– Ouaip, Cap'tain.

Les pouliches font demi-tour et prennent docilement le chemin de la salle à manger. Trois Red Raids ouvrent la marche. Je suis le troupeau, tête baissée, l'esprit en feu. Je suis presque arrivée quand quelqu'un m'agrippe le bras, tout comme celui de Rissa à côté de moi.

– Silence.

Le capitaine Fane fait claquer ce mot comme un fouet, sa poigne est inflexible.

Les pouliches autour de nous jettent un coup d'œil mais, en voyant le capitaine, elles détournent rapidement le regard.

Sans un bruit, Rissa et moi sommes extraites du groupe et conduites vers les quartiers du capitaine. Nous sommes perdues dans la masse, les soldats ne nous voient pas, ou alors ils s'en fichent.

Mon cœur a des ratés, je trébuche. Une sueur froide perle sur tout mon corps, qui me glace.

– Rip se croit peut-être très malin, mais que je sois damné si je ne profite pas de toi avant qu'il t'embarque, murmure le capitaine.

La terreur me scie en deux et menace même de me faire basculer. À côté de moi, le dos de Rissa se raidit.

– Je me suis donné un mal de chien pour arriver ici à temps. J'ai bien mérité d'y goûter un peu, grommelle-t-il, comme s'il se parlait à lui-même.

À ma peur se mêle du ressentiment. De la colère.

C'était censé être mon seul, mon unique sursis, le mien comme celui des pouliches. Ce n'était que justice. Quand on est vendue au diable, les autres démons ne devraient pas avoir le droit de vous tourmenter.

Mais alors que je suis traînée vers les quartiers du capitaine, il devient évident pour moi qu'il n'y aura pas de sursis. Je n'échapperai pas aux sévices du capitaine Fane.

Tout ça parce qu'il veut *y goûter*.

Comme si nous étions comestibles. Des filles à consommer, à dévorer.

Pourquoi suis-je maudite au point que je doive subir la concupiscence des hommes ? Est-ce simplement à cause de ma peau dorée ? Ou est-ce quelque chose d'autre, de plus profond, quelque chose à l'intérieur de moi, que m'a apporté cette vie ?

La réponse, je suppose, n'a pas d'importance. Mais cette question me taraude toujours. Elle me brûle autant que cette cicatrice sur ma gorge.

J'échange un regard avec Rissa. Ses yeux bleus se troublent, ses sourcils se froncent, nous tentons toutes les deux de suivre la roue de notre destin.

Le capitaine s'arrête devant sa porte, sort sa clé, pendant que les deux pirates qui portent le coffre rempli de pièces attendent sur le côté. Il enfonce sa clé dans la serrure et laisse les hommes entrer pour déposer le coffre. Je lève les yeux vers le ciel, je le scrute, je le scrute…

Mais comme chaque fois qu'il m'est arrivé un malheur, il n'y a pas la moindre étoile. Pas de lumière. Aucun éclat doux et scintillant. Seulement de sombres nuages dans une nuit sans fin.

Je persiste à espérer que les secours arrivent, qu'une aube se lève, qu'une étoile apparaisse, qu'un espoir survienne.

Mais ce n'est pas le cas.

Rien ne survient et je suis poussée sans ménagement dans la pièce, loin du ciel, comme la flamme d'une bougie qu'on éteint.

Chapitre 36

Les quartiers du capitaine ne sont pas très agréables. Sans doute avais-je des attentes déraisonnables. Vivre dans un château en or massif, ça donne de mauvaises habitudes !

J'examine la pièce dans ses moindres recoins, je me concentre le plus possible parce qu'il me faut une distraction. J'ai besoin de me focaliser sur autre chose que sur le capitaine qui referme la porte derrière nous. Elle fait plus de bruit que la porte de ma cage n'en a jamais fait.

Je fixe obstinément le fond de la pièce ; c'est la partie qui semble la plus agréable. Là, à l'arrière du vaisseau, un grand ensemble de fenêtres qui s'étend du sol au plafond surplombe une mer de neige encore enténébrée. Au loin, le ciel semble s'éclaircir très légèrement. Cette nuit sans fin commence à s'estomper.

À gauche, il y a un bureau jonché de papiers et de cartes. Des tonneaux et des coffres ont été empilés contre les murs. Ils sont tous fermés hermétiquement, dissimulant ainsi leur contenu aux regards. Certains servent de tables, des bougies ont coulé dessus, leur cire s'est figée en coulures gelées.

À droite, là où je me refuse de regarder, se trouve le lit. Il attend, partiellement dissimulé par la lourde draperie rouge qui recouvre les angles de son baldaquin. Les couvertures sont froissées, plusieurs oreillers gisent sur le sol, et j'espère vraiment que la tache sur les draps est une tache de bière.

Rissa et moi restons en retrait, le capitaine se dirige vers son bureau et ôte son chapeau. Il arrache son tissu rouge, le jette à terre avant de ramasser une flasque en argent qu'il porte à sa bouche.

Il nous reluque en buvant à petites gorgées. Tout mon corps se met à trembler.

– Spectacle, murmure Rissa si bas que je l'entends à peine.

C'est un rappel à l'ordre, elle m'intime de faire semblant. De me glisser dans un personnage, de garder mon moi, mon véritable bien, à l'abri de ces horreurs, bien enfermé là où il ne peut l'atteindre. De jouer la comédie pour qu'on puisse s'en sortir.

Ce murmure d'encouragement suffit à calmer mes tremblements. Je respire à fond. Je lui suis reconnaissante de me réconforter et de me rappeler que je ne suis pas seule, même si j'aurais préféré qu'elle soit épargnée.

– Capitaine, votre cabine renferme un sacré… tas d'affaires, minaude Rissa de sa voix la plus séductrice.

Elle tente de faire baisser la tension, de donner le ton de cette rencontre. Tout chez elle, sa voix, ses mouvements, est calculé. Délibéré.

Le capitaine Fane ignore son commentaire en jetant ses fourrures sur le bureau et en reposant sa flasque.

– Malheureusement, je n'ai pas beaucoup de temps pour jouer, lance-t-il en la reluquant. Déshabille-toi et allonge-toi sur le lit.

Je vois la gorge de Rissa se nouer, mais elle ne proteste pas.

– Bien sûr, capitaine, ronronne-t-elle.

Calme, posée, sensuelle. Tout chez elle incarne le désir.

Elle se dirige vers le lit en se déshabillant lentement, avec grâce et aisance. Le capitaine n'a d'yeux que pour elle, moi c'est lui que j'observe. Son désir charnel grimpe en flèche, il se lèche les lèvres.

Rissa n'a rien à faire ici sur ce lit taché, dans cette pièce qui pue l'alcool, avec ces cartes marines collées aux murs par de la vieille cire. Elle a la peau douce, elle est belle et délicate, et cet endroit est glauque, miteux, il ne rend pas hommage à sa valeur.

Ses doigts agiles lâchent son dernier bouton, sa robe tombe, elle grimpe sur le lit, replie ses jambes sous elle et attend l'ordre suivant du capitaine. Ses cheveux blonds ondulent joliment sur sa peau.

Je l'ai vue nue des centaines de fois avec Midas, je suis donc habituée, mais pendant un instant, le capitaine Fane reste muet, comme envoûté.

Puis il bondit, traverse la pièce en cinq longues enjambées.

Il se jette sur elle, l'écrase sur le lit. Mais à l'instant où je crois qu'il va l'embrasser, il l'attrape par les cheveux et la fait tourner sur elle-même.

Elle pousse un cri de surprise lorsqu'elle se retrouve à genoux, mais il étouffe son cri en lui enfonçant la tête dans le matelas.

Mon cœur s'emballe, mais Rissa essaie de se reprendre, de l'affronter sur le champ de bataille et d'orienter ses gestes. Elle tourne la tête, la joue contre l'oreiller, le dos arqué, pendant que des mains se referment sur ses fesses nues.

– Oh, capitaine, j'aime quand c'est l'homme qui prend les choses en main, lance-t-elle d'un ton admiratif.

– Silence, grogne-t-il.

Sans prendre la peine d'ôter sa tunique, il défait sa ceinture et fait glisser son pantalon en cuir sur ses genoux. Puis sans prévenir, il la pénètre violemment et entame des va-et-vient rapides. Rissa ne bronche pas, ne se dérobe pas. Au contraire, elle parvient à se cambrer, à faire semblant, à bouger en cadence. Elle soulève sa tête de l'oreiller et appuie ses mains sur le matelas, elle continue à jouer son rôle.

Mais quand elle laisse échapper un gémissement pour l'apaiser, la bouche du capitaine se tord. Il lui tire les cheveux, puis les lâche et écrase sa main sur sa bouche pour la faire taire. Il devient alors évident qu'il se fiche bien qu'elle prenne du plaisir, il ne fait même pas semblant.

Il s'allonge complètement sur elle, ses doigts enserrent son menton. Lorsqu'elle laisse échapper un gémissement étranglé, il écrase plus violemment sa bouche.

–Je t'ai dit de la fermer, putain, grogne-t-il sans ralentir pour autant ses coups de boutoir.

Je reste paralysée contre la porte d'entrée comme si j'étais collée au bois, pendant que mes rubans se tordent contre les nœuds.

Dehors, l'obscurité se retire, mais ici elle semble s'épaissir. Le capitaine se sert d'elle, avec lui l'acte sexuel paraît dégradant, cruel. Au moins avec Midas, malgré ma jalousie permanente, le sexe ne m'a jamais fait grimacer, ne m'a jamais fait souffrir pour elles.

En ce moment, j'ai mal pour Rissa.

Le capitaine Fane a perdu son air fasciné, son regard appréciateur. Face à ce monstre, la seule chose que Rissa puisse faire, c'est tenir bon et se taire. Mais il tente de la faire réagir pour pouvoir lui faire encore plus mal. Chaque fois qu'elle laisse échapper un son, même un simple halètement, il accélère le rythme, se fait plus brutal, plus violent. Jusqu'à ce que les yeux bleus de Rissa plongent dans les miens, débordant de larmes face à une telle brutalité.

C'est peut-être une pouliche, mais c'est une pouliche royale. Et on peut dire ce qu'on veut à propos de Midas, mais ce n'est pas une brute. Il n'abuse pas de ses pouliches. Il les utilise pour son plaisir, bien sûr, mais la violence ne le fait pas jouir.

Son visage douloureux et larmoyant m'écorche les yeux. Je ne peux pas supporter de rester à regarder ça les bras croisés.

–Capitaine… je dis en faisant un pas en avant. Vous lui faites mal.

Il me jette un regard noir par-dessus son épaule, ses cheveux blonds pendent en boucles grasses sur ses oreilles.

– Ouais, et c'est toi la prochaine, marionnette de merde !

Mon ventre devient dur comme une pierre sous l'effet de l'angoisse. Mais quand il se met à cogner Rissa tellement fort que sa tête heurte la tête de lit, je ne peux m'empêcher de faire deux pas de plus et de lui lancer :

– Arrêtez ça !

Mon audace les stupéfie tous les deux. Mais sur le visage du capitaine, la surprise fait très rapidement place à une promesse de punition, celle qu'il m'a déjà faite auparavant.

Il se retire soudain de Rissa en laissant lourdement retomber son corps sur le matelas. Et il s'avance vers moi, l'air sombre.

Derrière lui, à travers les vitres, le ciel est plus clair. Le manteau noir de la nuit se déchire enfin, pour bientôt laisser place à une aube grisonnante. Sa silhouette à contre-jour forme une ombre menaçante.

Il contourne le lit et se rapproche, mes pieds veulent reculer, mais je tiens bon. Je relève le menton. Il a profané le corps de Sail, et maintenant il profane celui de Rissa. Rissa, qui est prête à tout pour s'en sortir. Rissa, qui a déjà eu la force de supporter tant de choses.

Comme je viens de le découvrir, j'ai mes limites.

– Je t'ai dit que je voulais du silence.

Le capitaine me lance un coup de poing avant que je puisse réagir.

Le coup me fait voltiger. Incapable de me rattraper, je m'écrase sur le plancher en bois.

La douleur éclate derrière mes yeux comme des lanternes qui se brisent, mais je n'ai pas le temps de récupérer. Une botte s'enfonce dans mes côtes. Violemment.

Je pousse un cri étranglé qui s'échappe douloureusement. Il monte, puis sort de ma bouche en y laissant un goût métallique.

Affalée sur le sol, à moitié étourdie, je sens à peine qu'il se baisse et déchire le devant de ma robe. Je me débats et mon corps essaie instinctivement de se protéger ; je me mets en boule, mes bras remontent pour retenir le corsage.

Il se redresse, un sourire cruel aux lèvres.

– Midas ne savait manifestement pas dresser ses putains, dit-il. Heureusement, moi je sais. Maintenant tu restes là et tu regardes en silence, chienne!

En souriant toujours, il ramasse sa ceinture en cuir et rejoint Rissa. Sans aucune raison, cet immonde salopard lève alors sa ceinture et la fouette violemment dans le dos. Elle laisse échapper un cri, mais ce salaud dépravé lui grogne de la fermer.

Je suis toujours effondrée sur le sol. La douleur irradie dans mes côtes. Je tâte l'endroit où sa botte m'a frappée et je souffle lentement en sifflant. Ça fait mal, mais il faut que je me lève. Il le faut parce que Rissa sanglote, parce que les fenêtres sont éclairées, que le soleil se lève enfin en faisant naître un jour de cendre.

Je m'efforce de respirer lentement en me redressant péniblement. Ma joue me lance, mon flanc proteste, mais je parviens à me lever, même si je suis légèrement voûtée. Je remonte mon corsage déchiré pour l'empêcher de glisser sur ma poitrine tout en essayant de ne pas trembler.

Sur le lit, le capitaine a passé sa ceinture autour de la gorge de Rissa pendant qu'il la viole, des larmes lui dégoulinent sur les tempes.

La colère gronde en moi.

Je serre les poings, je serre les dents. Je sais précisément à quelle seconde le soleil crève l'horizon, parce que ma détermination explose au même moment.

Ma peau me picote.

J'avance dans ce matin trouble qui emplit la pièce d'un halo brumeux. Pourtant, même avec une lumière du jour si faible, je me sens mieux. Comme je l'ai toujours dit, je suis une fille qui voit le bon côté des choses.

Dès que je pénètre dans le flot de lumière de l'aube pâle, les picotements sur ma peau s'intensifient, ils me réchauffent. Mes pieds raclent le parquet alors que je me traîne vers le lit.

Rissa me regarde de ses yeux larmoyants, ses traits sont tordus de douleur, elle est rouge écarlate à cause de la pression que ce salaud exerce sur sa trachée. Je serre et desserre nerveusement mes poings.

Le capitaine Fane se met à geindre de plaisir. Ma fureur augmente encore d'un cran, elle fait germer en moi un sentiment de haine.

Il s'aperçoit que Rissa me fixe et tourne la tête pour suivre son regard. Quand il se rend compte que je m'approche, il se met à sourire.

– Tu ne peux pas attendre ton tour, hmm ? Très bien. C'est à toi maintenant. J'ai très envie de savoir ce que c'est que tout ce cirque à propos du minou en or de Midas.

Il lâche sa ceinture et Rissa s'écroule en toussant. Il avance vers moi avec une lueur d'excitation dans les yeux.

– Ça va me faire jouir de te faire mal.

Son poing se lève, prêt à me frapper, à m'attraper par les cheveux, à me forcer à m'agenouiller ou à me jeter à terre. Je ne suis pas sûre de ce qu'il veut faire parce que sa main arrive sur moi à toute vitesse, mais ça n'a pas d'importance.

Parce que je suis plus rapide que lui.

Sans hésiter, je me précipite, pas pour reculer mais pour avancer. Je supprime l'espace entre nous comme le ferait une lame qui plongerait vers lui et je claque la paume de ma main nue contre la peau de son cou.

C'est suffisant.

Même s'il ne le réalise pas encore.

Le capitaine me regarde d'un air surpris, comme s'il se demandait pourquoi sa main s'est arrêtée, pourquoi elle ne redescend pas pour me punir, pourquoi il ne me maîtrise pas encore.

Nos visages sont à quelques centimètres l'un de l'autre, je peux sentir son souffle putride et alcoolisé. Un frisson me fait tressaillir.

Ses lèvres s'entrouvrent comme s'il voulait demander ce qui lui arrive, mais tout ce qui sort, c'est un gargouillis. Il bégaie pendant une fraction de seconde avant de s'arrêter net, d'une façon anormale.

Il s'immobilise, ma main se resserre autour de son cou. Derrière moi, j'entends Rissa haleter. Parce que là, à l'endroit exact où j'ai posé ma paume, une transformation commence à apparaître sur sa peau.

C'est comme une ondulation, ça part de son cou, de l'endroit où je le touche. Ça s'étend comme de l'eau calme par-delà ses épaules, sur ses bras, sur son torse, sur ses jambes. Je sens que ça s'infiltre, que ça traverse sa peau, ça se dépose dans ses organes, ça coule dans ses veines.

Son visage est atteint en dernier.

Parce que je veux qu'il voie. Je veux qu'il me regarde et qu'il lise dans mes yeux sa promesse de punition.

La dernière chose que le capitaine Fane peut faire, c'est écarquiller les yeux en signe de stupéfaction. Mais il n'a plus le temps de cligner des paupières ni de respirer. Plus à nouveau. Plus jamais.

Pendant une seconde, sa peau est encore rougeaude, sa tunique est tachée, ses yeux sont bruns. La suivante, il est définitivement figé, chaque centimètre de son corps, depuis les perles de sa barbe jusqu'au bout de ses bottes, est étincelant, resplendissant, éclatant.

Parce que je viens de transformer cet enfoiré en or massif.

CHAPITRE 37

Sous mes doigts, l'or est froid et solide, il n'a plus ni élasticité ni chaleur. Il est comme seules les choses sans vie sont au toucher. Comme un caillou abandonné au fond de la mer.

Je fixe son visage, sa lèvre légèrement retroussée, les petits bouts de nourriture à peine visibles entre ses dents, son regard paniqué. Mon cœur bat fort dans ma poitrine, mais sans regret. Il palpite à cause de ce que je viens de faire. Ce que j'ai révélé.

J'ôte mes doigts de sa gorge l'un après l'autre pour libérer cette statue d'homme métallique et je laisse mon bras retomber sur le côté.

– Tu... tu... Qu'est-ce que tu as fait ?

Je me tourne vers Rissa qui s'est assise sur le lit et me regarde avec horreur. Ses yeux vont et viennent entre moi et la statue dorée du capitaine Fane, comme si elle ne savait pas laquelle de nous deux est la plus menaçante.

Elle respire par petites saccades. J'ignore si c'est à cause de ce que je viens de faire ou de ce qu'elle a enduré avec le capitaine, ou si elle est simplement sous le choc.

– Est-ce que ça va ?

Elle se contente de me regarder en clignant des yeux, la bouche ouverte et les cheveux ébouriffés, des larmes sèchent sur ses joues.

Je commence à avoir la tête qui tourne. Une douleur sourde s'installe dans mes tempes, une espèce de lourdeur menace de m'envahir. Je me frotte le front un moment, comme si cela pouvait soulager ce mal de tête qui s'annonce. J'ai l'impression que toute ma force vitale me quitte, s'écoule comme de la sève qui suinte d'un arbre.

Je fais un geste vers feu le capitaine.

– Il est bien mieux comme ça, tu ne trouves pas ? Plus besoin de parler ni de bouger…

Je jette un coup d'œil à sa queue qui est toujours au garde-à-vous, et une pensée me fait pincer les lèvres.

– Je parie qu'on pourrait même péter ce truc à coups de marteau si tu voulais.

Elle lâche un son étouffé. J'ignore si c'est un cri, un sanglot ou un rire. Peut-être les trois à la fois.

Elle arrache la ceinture de sa gorge, frotte les marques rouges sur sa peau avant de se lever en tremblant et de pointer le capitaine du doigt.

– Comment as-tu fait ça, Auren ?

– Hmm…

Elle s'avance sans se soucier de sa nudité et se met à tourner autour du capitaine. Elle dirige une main tremblante vers sa poitrine. Elle serre le poing et frappe dessus.

– Bonté divine, il est vraiment en or massif, souffle-t-elle, avant que ses yeux inquiets ne se tournent vers moi. Et il est… mort ?

Je la rassure :

– Oh oui. Très, très mort.

Une profonde expiration fait trembler son corps tout entier.

– Mais le roi Midas…

Ses paroles se perdent, tombent à nos pieds, mais je ne ramasse pas la balle au bond. Je lui ai déjà révélé beaucoup trop de choses. Je ne peux expliquer comment tout cela fonctionne pour Midas et moi. Je ne peux pas me permettre de lui en dire plus qu'elle n'en sait déjà.

Rissa se déplace sur la pointe des pieds, mais les planches de bois se mettent pourtant à craquer d'une façon inquiétante. Nous nous figeons toutes les deux et baissons les yeux sur le plancher qui s'affaisse peu à peu sous le poids du capitaine.

Je grimace avant d'admettre :

– Ce… ce n'est probablement pas bon du tout.

Elle me lance un regard vexé.

– Tu crois ?

Si le capitaine passe à travers le plancher, ça fera un barouf du tonnerre. Et les pirates vont accourir. Ce qui ne doit pas arriver, parce que personne ne doit voir ce que j'ai fait. Le faire devant Rissa était déjà suffisamment dangereux. Mais si les Red Raids le découvrent… Cette idée me fait frissonner.

– Rissa, je dis en la forçant à lever les yeux pour me regarder, tu ne dois le dire à personne. Jamais. Tu dois absolument garder le secret. S'il te plaît.

Mon visage est fermé, mon ton sans appel. Je me rends compte qu'elle réfléchit et j'aimerais bien savoir ce qu'elle pense.

– Tu lui as dit d'arrêter de me faire du mal.

– En effet, j'acquiesce prudemment.

Elle me considère pendant un moment.

– La dernière fois que tu as essayé de m'aider, tu m'as jeté un livre à la figure.

Je grimace légèrement.

– Je suis un peu impulsive.

Elle regarde le capitaine.

– On peut le dire.

L'inquiétude me ronge pendant que le silence s'installe entre nous. Bien sûr, j'ai essayé de tenir tête au capitaine, mais le mal était fait. Malgré tout ce qui s'est passé ce soir, je ne peux pas compter sur une quelconque loyauté de sa part.

Pourtant elle finit par acquiescer.

– OK.

Pour l'instant, cet accord fera l'affaire.

Je souffle en secouant mes mains qui tremblent, j'essaie de repousser la fatigue et l'anxiété qui me gagnent.

– Très bien. Maintenant, nous n'avons plus beaucoup de temps avant que le commandant vienne nous chercher. Personne ne doit voir ça.

Rissa me jette un regard exaspéré.

– Et comment est-on censées le cacher ?

Je me mords la lèvre en priant les divinités pour que le sol ne cède pas, tout en scrutant la pièce. Mais il ne suffit pas de le couvrir avec une couverture ou de le glisser sous le lit. Les Red Raids vont s'apercevoir que leur capitaine ne sort pas de sa chambre.

En posant mon regard sur le coffre rempli de pièces d'or à côté de son bureau, mon cerveau se met à mouliner.

– J'ai une idée. Rhabille-toi.

Rissa s'active, elle récupère sa robe sur le lit pendant que je cours au placard du capitaine dans lequel je ramasse une paire de gants épais abandonnés sur le sol. Dès que je les enfile, le blanc change de couleur, comme si on les avait trempés dans une cuve d'or.

Comme le capitaine a déchiré le devant de ma robe, j'avise un petit pardessus marron suspendu à une patère près de ma tête. Contrairement à ses fourrures immaculées et au cuir blanc qui constituent l'essentiel de ses vêtements, celui-ci possède de grandes plumes brunes dans le dos et sur les manches. Malgré sa légèreté, il est étonnamment chaud. Le duvet des plumes forme une double couche de protection. Il semble également suffisamment court à l'arrière pour ne pas gêner mes rubans et lorsque je le boutonne, il maintient en place mon corsage déchiré.

Une fois prête, Rissa me rejoint.

– Très bien. Qu'est-ce qu'on fait maintenant ?

Mes yeux passent du capitaine aux fenêtres derrière lui. Rissa suit mon regard et secoue la tête.

– Ce n'est pas possible.

– C'est la seule chose qu'on peut faire. Il ne peut pas rester là, comme ça. Hors de question.

Elle laisse échapper un soupir comme si elle voulait argumenter davantage, mais se contente de marmonner quelque chose d'incompréhensible. Ensuite, elle attache ses cheveux pendant que je vais récupérer les draps sur le lit.

En toute honnêteté, elle a probablement raison, mais c'est notre seule chance. Heureusement qu'il est assez près de la fenêtre, sinon il n'y aurait pas le moindre espoir. Même ainsi, il y a un risque que nous ne parvenions pas à jeter ce fumier par-dessus bord.

Pourtant, nous devons essayer.

Sachant que notre temps est compté, Rissa et moi faisons aussi vite que possible. Nous attachons deux draps ensemble autour du cou du capitaine comme un nœud coulant, en laissant beaucoup de longueur pour pouvoir tirer dessus comme sur une corde.

Je fixe mon drap, puis je me précipite vers les fenêtres que je parviens à ouvrir sans difficulté en remerciant tous les dieux du ciel. Maintenant qu'elles sont ouvertes, elles laissent entrer un vent glacé et de doux flocons de neige se répandent sur le sol.

Je m'aperçois que Rissa m'observe à la dérobée. Je sais qu'elle déborde de questions, mais je ne peux pas permettre qu'elle me les pose, et de toute façon nous n'avons pas le temps.

Je vérifie encore une fois que les draps sont bien fixés, et nous tournons autour du capitaine jusqu'à nous retrouver dos à la fenêtre.

– Donc… le plan, c'est de tirer comme des dingues en espérant faire basculer ce bâtard ? me demande-t-elle, dubitative.

– C'est à peu près ça.

Elle secoue la tête avant de se frotter les mains. Nous attrapons chacune un drap en l'enroulant autour de nos mains.

– À trois. Un, deux, trois !

Ensemble, nous tirons de toutes nos forces. Mains serrées, bras tendus, dos raides, jambes arrimées au sol, nous tirons. Rissa grogne, mais ça ne bouge pas. Pas d'un poil.

Nous lâchons nos draps en haletant et en jurant.

– Merde, je marmonne, et la panique me gagne. Je ne peux pas le laisser ici comme ça. Je ne peux pas. C'est impossible. Merde, merde, merde…

Frustrée, je balance un grand coup de pied dans le tibia du capitaine. Ce n'est pas la meilleure chose à faire, vu qu'il est en or massif. Je maudis la douleur qui me vrille les orteils.

Rissa m'observe en faisant la moue.

– Tu ne devrais peut-être pas frapper une statue en or massif.

– Ça en valait la peine, je grommelle.

Elle penche la tête, réfléchit. Puis elle se tourne et abat son poing sur le pénis du capitaine dans un coup impressionnant. Ça lui aurait vraiment fait mal s'il était encore en chair et en os. Et vivant.

– Aïe, dit-elle en fronçant les sourcils devant le phallus doré qui ne bouge pas.

Elle frotte sa main endolorie.

– Hmm. Tu as raison. Ça en valait la peine.

– Ouais, je soupire.

Rissa et moi regardons tout autour en nous demandant ce que nous allons bien pouvoir faire. La fenêtre semble si proche et pourtant si lointaine. Mes yeux se posent alors sur une paire de crochets fixés au mur à côté des fenêtres, sur lesquels l'une des épées du capitaine est accrochée. Mon esprit carbure à plein régime.

Je me précipite, j'arrache l'épée et la jette sur le lit. Puis j'enroule la longueur des draps autour des crochets en tirant dessus pour en tester la solidité.

– Qu'est-ce que tu fais ? demande Rissa.

Je me suspends au drap, les crochets ne bougent pas.

C'est bon signe.

J'espère que ça va marcher.

–Attrape la chaise du capitaine et pose-la à côté de lui. Ce crochet fera office de poulie, j'explique en lui montrant le drap. Je tirerai aussi fort que possible pour le faire basculer vers l'avant, pendant que tu pousseras sur l'arrière de sa tête. Avec un peu de chance, ça sera suffisant pour le renverser et la gravité fera le reste.

Elle acquiesce et se précipite derrière le bureau pour attraper la chaise. Une fois placée à côté du capitaine, elle monte dessus, ce qui lui offre une hauteur supplémentaire.

Je me place contre le mur et j'empoigne le drap. Quatre de mes rubans, les seuls que je suis parvenue à dénouer, remontent et s'enroulent également autour du drap, mais ils sont fatigués et douloureux. J'ignore quelle force ils vont pouvoir me fournir.

Rissa les observe avec un mélange de méfiance et de fascination.

–Prête? je demande, coupant court à toute question qu'elle pourrait vouloir poser.

Pour toute réponse, elle appuie ses mains sur la tête du capitaine et se plante sur ses pieds pendant que j'assure ma prise.

Je compte. *Un… deux… trois…*

Elle pousse. Je tire. Le plancher craque. Le vent souffle.

La statue ne bouge pas d'un pouce.

Mon corps est tendu comme un arc, j'utilise toute la force et la volonté qui me restent. Mes côtes me font mal, mais je passe outre. Mes pauvres rubans sont aussi fragiles que des ailes de papillon, ma colonne vertébrale hurle, mes muscles tirent.

–Allez… allez…

Soit je m'évanouis, soit je parviens à faire basculer cette ordure. Il n'y a pas d'entre-deux. Je retiens ma respiration et je continue de tirer, tirer. Je refuse de m'arrêter, je refuse d'échouer.

Ça doit marcher. Il le faut.

Rissa pousse un cri de frustration et je me mets à transpirer. J'ai le vertige, l'impression qu'un oiseau tourne autour de ma tête. Nous donnons tout ce que nous avons. Si nous nous arrêtons, nous serons incapables de recommencer. On y est presque. Je le sais, elle le sait, même le vent glacial le sait.

Mais le capitaine ne bascule pas.

Mes yeux se remplissent de larmes. Nous ne pouvons pas y arriver. Je ne peux pas le faire.

La décision impulsive que j'ai prise de tuer ce salaud va probablement me coûter la vie.

Paralysée, je prends soudain conscience que tout ça n'a servi à rien, qu'il n'y a pas la moindre chance que je réussisse. Cet échec total me fait courber l'échine. Je rentre les épaules en songeant à ce qui m'attend.

En grognant, je serre si fort les dents que j'ai peur de les casser. Tout mon corps tremble, ma tête est pleine de taches noires, mais je continue à tirer. Pour tout résultat, je ne parviens qu'à déchirer le drap. En plus, les planches continuent de craquer.

Je laisse échapper un sanglot. Rissa, elle, pousse un grognement étranglé et douloureux. Mon dernier espoir m'échappe tandis que le drap continue de se déchirer.

Mais c'est alors que, comme par une sorte de miracle divin, mes rubans se mettent à briller.

C'est faible, comme le plus léger rayon de lumière dans une mare d'eau, mais c'est bien réel. C'est cette même lueur de chaleur soyeuse qui m'a réveillée dans le carrosse après l'attaque.

Je laisse échapper un soupir lorsque les quatre brins soyeux semblent s'animer avec une force dont je ne les savais pas capables. Les longueurs s'élancent, libèrent le drap, puis s'accrochent directement au torse du capitaine, s'enroulent autour de lui dans un tintement métallique.

Ils tirent avec une force telle que je hurle de douleur. Ma colonne vertébrale semble sur le point de se briser.

Mais grâce à cette force, il commence à bouger. Et ce léger mouvement suffit à le faire basculer. Avec fracas, ses jambes heurtent le rebord de la fenêtre ouverte, mais la gravité s'en saisit et ne le lâche plus.

En un éclair, mes rubans se détachent. Le capitaine tombe à vive allure. Il heurte violemment le sol en créant une gerbe de neige, comme un corps qui plonge dans l'eau.

Rissa et moi clignons des yeux en réalisant que nous avons réussi.

Je jette un rapide coup d'œil autour de moi. Heureusement, les autres bateaux pirates ne sont pas derrière nous et l'aube est encore assez pâle pour à peine éclairer le paysage.

Nos respirations sont hachées. Penchées à la fenêtre, nous fixons l'endroit où il a atterri dans la neige.

Les lèvres de Rissa se retroussent en signe de satisfaction.

– C'est une fin parfaite, je trouve.

Je lui réponds par un grognement ; je suis épuisée.

Mon corps ne demande qu'à s'écrouler, mais je me force à avancer jusqu'au bureau et à empoigner le coffre rempli de pièces d'or. Il est trop lourd pour que je puisse le soulever et mes muscles endoloris tremblent en signe de protestation, mais Rissa se précipite pour m'aider. Nous le balançons par la fenêtre.

Il atterrit à quelques mètres du capitaine. Des flocons de neige commencent déjà à les recouvrir, l'un et l'autre, comme des confettis.

– Explique-moi pourquoi on a balancé tout cet or ?

– Le motif, je réponds d'une voix fatiguée.

La neige s'accumule sur le plancher. Je fais de mon mieux pour en balayer la majeure partie avant de refermer les fenêtres d'un coup sec. Mon seul espoir, c'est qu'ils croient à mon histoire et que les navires avancent sans que personne ne les aperçoive.

Je jette un dernier regard au capitaine qui brille en contrebas. Il est condamné pour toujours à avoir ce regard interloqué et son pantalon sur les chevilles. Il est également plus riche qu'il n'en a jamais rêvé, mais trop mort pour pouvoir l'apprécier. S'agissant d'un homme uniquement motivé par l'argent et le plaisir, cette pensée me remplit d'une joie immense.

Je me détourne en soupirant d'épuisement. Je suis à peine capable de me tenir droite. Mes rubans pendent mollement derrière moi. Plus aucune lueur ne brille dans leurs longueurs dorées.

Mais nous avons réussi.

– Ça va ? me demande Rissa.

Je hausse les épaules. Ce n'était que le début de la bataille et nous avons réussi de justesse.

À présent, il faut espérer que les flocons continuent de tomber, qu'on croie à mon mensonge, que les bateaux poursuivent leur chemin et que la vérité étincelante reste cachée sous un épais tas de neige.

Mais même si tout cela fonctionne, nos vies seront toujours en danger.

J'en ai peut-être terminé avec le capitaine des Red Raids, mais nous passons du statut de captives de pirates cupides à celui de captives de soldats assoiffés de sang.

Je ne sais pas ce qui est le pire.

Mais je suis sur le point de le découvrir.

CHAPITRE 38

On frappe à la porte du capitaine. Le bruit me fait sursauter.

– Cap'tain, ils reviennent ! crie l'un des pirates à travers la porte.

Rissa écarquille les yeux.

– Qu'est-ce qu'on fait ? chuchote-t-elle, morte d'inquiétude.

Je réagis au quart de tour, je lui montre le lit et nous nous y précipitons.

– Allonge-toi.

Elle s'exécute rapidement et je lui jette la ceinture du capitaine.

– Attache ton poignet au montant du lit.

Elle a l'air surpris.

– Vraiment ?

– Fais-moi confiance. Et mets ta robe en désordre.

Elle pousse un soupir, mais fait ce que je dis. Je m'allonge par terre et, aussi doucement que je peux, j'enroule un de mes rubans autour de mon poignet avant de l'attacher au pied de lit. Chaque boucle me fait mal comme un muscle froissé ou un os meurtri, mais je sais qu'il faut que ça ait l'air crédible.

De ma main libre, je défais les boutons du pardessus en plumes du capitaine, sans m'exposer complètement mais en ménageant un espace suffisant pour qu'ils puissent voir mon corsage déchiré en dessous. Je remonte ma robe jusqu'en haut de ma cuisse, en espérant que ce bout de peau les distraira suffisamment pour qu'ils oublient toute question trop importante.

On frappe à nouveau à la porte.

– Cap'tain, vous sortez ? Ils se dirigent vers la rampe.

Je lève les yeux vers le lit et murmure :

– Si tu peux pleurer sur commande, c'est le moment.

– Bien sûr que je peux pleurer sur commande, se moque-t-elle.

– Cap'tain ? Tout va bien là-dedans ?

On entend des murmures derrière la porte, puis des bruits de pas lourds qui se rapprochent. Quarter appelle le capitaine Fane, lorsque Rissa me fait signe en claquant des doigts.

– Quoi ? je lui demande.

Au lieu de me répondre, elle pointe un doigt vers le bureau du capitaine.

En fronçant les sourcils, je jette un coup d'œil et je me rends compte que le chapeau et le manteau du capitaine sont toujours dessus.

– Merde !

J'ai envie de me lever pour les jeter par la fenêtre, mais il est trop tard. Quarter est déjà en train de frapper à la porte.

– Cap'tain ? Capitaine ! J'entre !

J'entends Rissa qui se met à renifler quand les pirates commencent à donner des coups dans la porte. Je sursaute à chaque coup jusqu'à ce que le chambranle se brise et que la porte s'ouvre avec fracas.

Trois pirates entrent, Quarter en tête. Leurs regards se posent d'abord sur Rissa et moi, puis ils tournent la tête. Ils cherchent le capitaine Fane.

– Capitaine ? appelle Quarter.

Quand il devient évident que le capitaine n'est pas là, il s'assombrit et se dirige vers le lit.

– Où est-il ?

Rissa s'est mise à pleurer. Des pleurs déchirants, des gémissements, des hoquets. Soit c'est une super actrice, soit auparavant elle se retenait.

Je fais en sorte de prendre l'air effrayé, ce qui n'est pas difficile car je suis terrifiée.

Quarter s'arrête devant moi et nous dévisage toutes les deux.

– J'ai dit, il est où, putain ?

Rissa éclate en sanglots.

– Le capitaine Fane… il… il…

En grognant de frustration, Quarter me balance un coup de pied dans le tibia qui me fait siffler de douleur.

– Vous feriez mieux de parler, putain !

Je fais mine de me débattre contre le ruban qui me retient.

– Après nous avoir… possédées, il nous a attachées. Puis il nous a ordonné de rester tranquilles et il a attrapé le coffre rempli de pièces d'or, je lui explique précipitamment, d'une voix tremblante et suraiguë. Il l'a pris et il a filé. Il nous a enfermées ici.

Derrière lui, les deux autres pirates semblent très tendus, ils échangent des regards.

– Il a filé en douce, répète Quarter en articulant chaque syllabe.

Je hoche la tête, l'angoisse m'étouffe.

Croyez-moi. S'il vous plaît, croyez-moi.

Quarter recule, il se met à inspecter la pièce. Mon rythme cardiaque s'accélère quand il tourne autour du bureau sur lequel se trouvent le chapeau et le manteau du capitaine. Il bat encore plus vite et plus fort quand il passe devant la fenêtre.

Ne regarde pas par là.

Je supplie toutes les divinités : « *Je vous en prie, empêchez-le de regarder dehors.* »

– Où était le coffre ? aboie-t-il.

L'un des pirates lui montre du doigt.

– On l'avait posé juste là, Quarter.

Quarter jure, donne un coup de pied dans un baril, qu'il envoie voler à travers la pièce et se briser contre le mur.

– Putain, il a pris l'argent et il nous a trahis !

– Mais il irait où sans bateau ? demande le pirate.

– Il avait visiblement tout planifié, grogne Quarter. Il a dû prendre une Griffe de feu ou conspirer avec ces enfoirés de soldats du Quatrième Royaume.

Il éructe une série de malédictions : « *Ce sale bâtard sournois. Si jamais je le vois, je l'achève…* »

Un autre pirate apparaît dans l'embrasure de la porte.

– Quarter. Le commandant attend. Il s'impatiente.

– Putain !

Quarter s'arrache les cheveux en signe de frustration, puis il se retourne et nous dévisage.

Je me crispe, la peur me martèle le crâne et décuple ma migraine.

– Qu'est-ce que tu comptes faire, Quarter ? demande un des pirates. Si on dit aux Raids que le capitaine s'est barré avec notre solde et que le commandant a embarqué les filles, on va avoir une mutinerie sur les bras.

Il nous lance un regard noir et haineux.

– Amenez-les au commandant.

Le pirate ouvre la bouche pour discuter.

– Mais…

– Maintenant ! rétorque Quarter. Vous pensez qu'on peut survivre à une attaque des soldats du Quatrième si on tente de revenir sur notre accord ? Il a payé, qu'on ait le pognon ou pas. Il ne partira pas sans elles. Surtout pas sans la salope dorée.

Les pirates se regardent, visiblement mécontents, mais ils se dirigent vers nous.

– Allez, bougez-vous, marmonne l'un d'eux.

Je lève la main vers mon ruban qui entoure le pied du lit, et j'entreprends de le défaire pour éviter qu'il le déchire ou le coupe.

Il m'attrape par le bras au moment où je parviens à le dénouer. Ses doigts s'enfoncent violemment dans le tissu de ma manche et il me tire vers la porte, pendant qu'un autre emmène Rissa. Mais au moment même où on nous fait passer la porte…

– Attends une minute, ce n'est pas le manteau du capitaine ? Pourquoi fuirait-il sans prendre son manteau ?

Rissa trébuche derrière moi et tous mes signaux d'alarme se déclenchent.

– Hé ! Stop !

Les pirates qui nous escortent s'arrêtent et s'écartent pour nous empêcher de franchir le seuil de la pièce. Les pas de Quarter se rapprochent. Je me retourne, mes genoux tremblent sous ma robe.

Il s'arrête devant nous avec le manteau et le chapeau du capitaine à la main.

– Vous deux, vous voulez bien m'expliquer ça ? dit-il en nous dévisageant l'une après l'autre.

Je n'ose pas regarder Rissa. Mes yeux restent fixés sur le manteau qu'il secoue sous mon nez.

– Qu'est-ce que c'est ? je lui demande, en tentant de paraître aussi confuse et pitoyable que possible.

– Vous êtes en train de me dire que le capitaine s'est barré avec le coffre, en pleine tempête de neige, sans même prendre la peine d'enfiler son putain de manteau ? gronde-t-il.

Je sursaute au ton de sa voix, mais je parviens quand même à articuler une réponse tremblotante.

– Je… je ne sais pas. Peut-être qu'il était pressé ?

Quarter plisse les yeux et fait un pas de plus vers moi, l'air très menaçant. Je recule instinctivement, mon dos heurte presque le mur. Je détourne mon visage.

Ne me touche pas, ne me touche pas…

Ses yeux brillent méchamment.

– Tu mens, n'est-ce pas ? Sur quoi est-ce que tu mens ?

À cet instant précis, ma poitrine se serre, ce qui n'a rien à voir avec le fait que mes rubans sont toujours noués autour, mais tout à voir avec la peur qui me comprime la cage thoracique.

–Je…

Quels que soient les excuses et les mensonges que j'allais essayer d'inventer, ils s'évanouissent dans ma gorge.

J'ai la bouche sèche, les tempes qui battent et je suis si fatiguée… si incroyablement faible. J'ai dépensé beaucoup d'énergie, bien trop. Mon corps est sur le point de s'effondrer. Il l'aurait probablement déjà fait si une giclée d'adrénaline ne s'était pas répandue dans mes veines.

Quarter se penche tout contre ma joue. Je suis tétanisée.

–Si tu ne parles pas, je vais trouver un moyen de me servir de ta bouche inutile, tu piges? Qu'est-ce qui est arrivé au capitaine Fane?

Son ton est sinistre et meurtrier. Des points noirs éclatent dans ma vision périphérique. Mon cerveau s'efforce d'arranger les choses, d'améliorer mon histoire, mais après la nuit que je viens de passer, on dirait bien qu'il a des ratés.

Pourquoi ai-je cru que je pourrais m'en sortir comme ça? Les fils ténus de mes mensonges cassent les uns après les autres et tout ce que je peux faire, c'est essayer de me raccrocher aux branches avec la force du désespoir.

Quarter grogne contre mon visage, il me fait fermer les yeux.

–Bon. Je vais te faire parler, et ensuite…

Avant que Quarter puisse terminer sa phrase ou mettre sa menace à exécution, une voix froide et calme déchire l'air, comme un volcan en éruption au milieu d'un crépuscule silencieux.

–Qu'est-ce que tu crois faire?

Chapitre 39

En entendant la voix du commandant, Quarter se retourne. Surprise, j'ouvre les yeux.

Le commandant Rip est là, flanqué de deux de ses soldats. Tous les trois sont menaçants et sombres. En dépit du casque qui lui masque le visage, je me rends compte qu'il est furieux.

– Éloigne-toi de la favorite. Tout de suite.

Il n'y a pas de place pour la discussion et pas la moindre trace de civilité dans le ton qu'il emploie. Il n'a même pas besoin d'élever la voix pour être effrayant.

Quarter se redresse.

– Elle me ment et je veux terminer cette discussion avant que vous ne l'emmeniez.

Pour être honnête, je suis tellement sidérée par le courage, ou l'inconscience, de Quarter que j'en oublie d'avoir peur pour moi-même. À côté de moi, Rissa se met à gémir comme si elle redoutait que nous soyons prises au milieu d'un combat mortel. C'est peut-être le cas, car les trois pirates derrière Quarter posent nerveusement la main sur le pommeau de leur épée.

Mais les soldats derrière le commandant Rip ne bougent pas d'un pouce. Le commandant lui-même ne fait pas le moindre pas en avant. Il ne discute même pas.

Non, le commandant rit.

Le son sort de son casque et remplit la pièce, ce qui rend les pirates encore plus nerveux. Ça résonne comme un avertissement. C'est le rire d'un fou, un fou qui promet que le sang va couler.

Une aura menaçante émane de lui, qui fait perler une sueur glacée sur mon front. Les piques sur ses bras brillent d'un éclat funèbre, comme celui d'un gouffre prêt à engloutir Quarter tout entier. Je suis malade de peur.

Voilà le monstre que le roi Ravinger a lâché sur Orea. C'est de cette terreur que naissent les légendes, les commérages et les contes. Pas étonnant que personne ne veuille le rencontrer sur un champ de bataille.

À côté de moi, les yeux de Quarter s'écarquillent comme ceux d'une proie qui a largement sous-estimé son prédateur.

– Très bien, prenez-la, lâche-t-il d'une voix rauque, tiraillé entre sa peur et une tentative minable de paraître confiant. De toute façon, il est impossible de croire ce qui sort de la bouche d'une putain.

– Excellente décision.

La voix du commandant ressemble à un ronronnement sinistre.

Quarter grince des dents, irrité par ce ton condescendant, mais il se retourne et s'éloigne. Les autres pirates lancent des regards furieux aux soldats avant de faire demi-tour et de le suivre.

À peine capable de respirer, je dévisage le commandant. Je suis trop terrifiée par sa présence pour me sentir soulagée d'avoir échappé à l'interrogatoire de Quarter.

– On y va.

Le commandant donne l'ordre calmement, mais fermement.

Il se retourne et s'éloigne, les deux soldats qui l'accompagnaient nous attendent, Rissa et moi. Nous sortons de notre stupeur et nous nous avançons. Je traîne légèrement des pieds.

Pendant que nous traversons le pont, les Red Raids nous suivent du regard derrière leurs masques grimaçants. Mais les soldats du Quatrième n'y prêtent pas attention, ils ne semblent pas s'en soucier. Ils se contentent de nous escorter jusqu'à la rampe.

Mon regard balaie une dernière fois les pirates avant de s'arrêter sur le poteau où ils avaient ligoté Sail. Je meurs d'envie de leur cracher dessus, mais je me retiens.

Je me détourne, le commandant commence à descendre la rampe. Ses bottes laissent des empreintes sur le bois recouvert de neige. Rissa et moi, nous le suivons en silence. Les deux autres soldats ferment la marche.

Mais mon épuisement prend le dessus. Mes pas n'adhèrent pas bien à la pente raide et très glissante. J'essaie de me concentrer, d'avancer lentement et prudemment, mais même ainsi, mes jambes continuent de trembler, je n'ai plus d'énergie. Je ne suis donc pas surprise quand ma botte glisse sur une plaque de verglas et que je tombe en avant, sans pouvoir me rattraper.

Je manque heurter Rissa, mais je parviens à l'éviter. Ce qui ne m'empêche pas d'être projetée par-dessus la rampe et de faire un vol plané.

Heureusement, j'étais presque en bas. C'est le bon côté des choses.

Pendant cette courte chute, mes bras et mes rubans se tendent devant moi pour limiter la violence de l'impact.

J'atterris avec rudesse. Mes mains et mes genoux explosent de douleur quand je heurte la neige épaisse. L'humidité glacée imprègne immédiatement ma jupe et mes gants. Mes rubans s'effondrent presque sous mon poids, une douleur intense les fait palpiter, mais au moins je ne me suis pas cogné le visage.

Pendant un instant, je suis tellement étourdie que je crains de ne plus pouvoir me relever. Mais je ne peux pas me laisser aller. Je suis beaucoup trop exposée et vulnérable sous la brume de ce matin nuageux.

Je sursaute lorsque le claquement d'un fouet zèbre l'air, suivi du grondement assourdissant d'innombrables Griffes de feu.

Derrière moi, les navires des pirates des neiges commencent à avancer lentement. Leurs coques en bois raclent les congères. Mon corps brisé est si proche d'eux que je sens le sol trembler sous moi.

Mais au-delà des bateaux qui s'éloignent en gagnant de la vitesse grâce à leurs bêtes de feu, je découvre un désert de glace couvert de centaines, voire de milliers de soldats du Quatrième Royaume.

Tels des rochers semés dans ce paysage autrefois vierge, ils sont partout. Devant un tel nombre, je comprends pourquoi les pirates n'ont pas osé combattre le commandant. Avec une telle puissance derrière lui, ils auraient été massacrés.

Je sens mon estomac se retourner. Ce n'est pas une simple mission de reconnaissance. Le commandant ne se rend pas chez Midas avec un petit groupe de soldats pour délivrer un message royal.

Non, c'est la toute-puissante armée du roi Ravinger qui vient faire la guerre.

J'ai réussi à échapper aux Red Raids, mais j'ai été attrapée par cet ennemi qui se dresse contre mon roi. Je suis tombée entre les mains du commandant, et devenue ainsi une monnaie d'échange.

Je suis si angoissée que je crains d'être malade. Quand une paire de bottes noires apparaît dans mon champ de vision, mon corps reste figé dans la neige. Je me contente de cligner des yeux.

Ça sent mauvais. Très, très mauvais.

La voix du commandant me vrille le dos, aussi mordante que ses piques.

– Eh bien, c'est fort… intéressant.

J'avale ma salive et je lève les yeux vers le commandant qui me domine de toute sa hauteur. Derrière lui, l'armée se met en marche, mais je ne la regarde pas. Je suis trop occupée à le dévisager. Parce qu'il a enlevé son casque et qu'il l'a glissé sous son bras. Je peux donc voir son visage pour la première fois.

Il n'a pas de cornes. Pas d'yeux flamboyants et assassins. Pas la moindre horrible cicatrice qui lui déchire la joue.

Non, toutes ces choses n'étaient que des ragots cauchemardesques, l'invention de quelque chose de démoniaque. Orea est probablement bien trop dans le déni pour faire face à la vérité, trop coupé de l'histoire ancienne de notre terre, trop effrayé pour accepter l'idée que nous avons des faes de sang pur parmi nous. Les gens se servent du pouvoir magique du Roi Putride comme excuse, ils croient à des mensonges, répandent des informations erronées ou bien rejettent tout ça comme si c'étaient des rumeurs.

Mais le commandant Rip n'est pas un démon, il n'a pas été corrompu par la magie de Ravinger. Il a une présence qui lui est propre et je ne peux m'empêcher de le dévisager, de l'observer dans les moindres détails.

Ses iris sont noirs. Aussi noirs que la nuit qui recouvre le monde, sans étoiles, sans lune, sans la moindre distinction avec sa pupille. D'épais sourcils noirs et arqués surmontent son regard sombre et lui donnent l'air féroce.

Au-dessus de chaque sourcil se trouve une ligne de petites pointes très courtes. Elles sont du même noir que les pointes sur son dos et ses bras, bien qu'elles ne soient pas recourbées mais légèrement plus émoussées aux extrémités et qu'elles mesurent à peine un centimètre de haut.

Son nez est fort et droit, ses dents sont d'une blancheur éclatante, avec des canines pointues un peu plus longues. Le long de ses tempes et de ses pommettes, une fine couche d'écailles grises, presque iridescentes, comme celles des lézards qui vivent dans les Dunes de Cendre.

Il a des cheveux noirs épais, une barbe rugueuse qui contraste avec sa peau pâle et une puissante mâchoire carrée qui mène à des oreilles légèrement pointues. Et tout cela sur un corps de près de deux mètres, tout en muscles, avec une aura menaçante.

Il est terrifiant. Il est éthéré. Comme un fae.

Le reste d'Orea a peut-être oublié à quoi ressemblent les vrais faes, préférant croire que tout ce qui reste d'eux, c'est le peu de magie qui se transmet encore par le sang, mais la présence du commandant prouve le contraire.

Orea s'est senti trahi par les faes, mais depuis, c'est la peur qui prédomine. Voilà pourquoi seuls ceux qui possèdent des pouvoirs magiques sont autorisés à gouverner. C'est la raison pour laquelle la reine Malina a dû renoncer à son trône et épouser Midas. Parce que si les faes reviennent un jour pour finir ce qu'ils ont commencé, nous aurons besoin de dirigeants capables de protéger leurs royaumes.

Je me demande si le roi Ravinger sait exactement quel genre d'animal il tient en laisse. Je me demande s'il sent le pouvoir du commandant qui bouillonne sous la surface, s'il sent son atmosphère oppressante.

Je me sens vulnérable, là, couchée à ses pieds. Les yeux du commandant sont rivés sur mes pauvres rubans qui tentent encore de me relever. Son attention me donne des palpitations.

Prenant alors sur moi, je parviens à rassembler mes dernières forces pour me redresser. Dès que je suis debout, mes rubans se détendent et se mettent à pendre dans la neige. Ils n'ont même plus la force de s'enrouler autour de moi.

Le commandant penche la tête à la manière d'un animal, il m'examine lentement, de bas en haut. Son mouvement fait briller les écailles à peine visibles sur ses pommettes dans l'aube grise.

Quand il croise enfin mon regard, ses yeux d'un noir intense plongent dans mes yeux d'or qui l'observent avec méfiance.

Les bateaux des pirates s'éloignent et l'armée continue à avancer, mais le commandant et moi restons là, à nous regarder.

Je peux voir les flocons de neige s'accrocher dans ses épais cils noirs. Je peux voir l'éclat poli des pointes sur son front. Je ne le qualifierais pas de beau, il est bien trop ténébreux pour cela, mais il possède une grâce sauvage aussi splendide qu'inquiétante.

Je suis gelée, mais mes paumes se mettent à transpirer à l'intérieur de mes gants. Mon pouls bat si fort que je ne serais pas étonnée qu'il fasse des trous dans mes veines. Le vent se lève, il ébouriffe les plumes brunes du manteau que j'ai dérobé en donnant l'impression que c'est tout mon corps qui tremble.

Forte. Sa présence est si forte qu'on dirait que même son aura sait à quel point il est destructeur.

Enfin, il parle à nouveau.

– Donc, voici l'animal de compagnie du roi Midas.

Son regard balaie les plumes de mes manches et mes rubans dorés éparpillés dans la neige. Ses yeux noirs brillent lorsqu'il s'arrête sur mon visage.

– Je dois admettre que je ne m'attendais pas à trouver un tel oiseau… un pinson d'or.

J'ignore pourquoi, mais ça me dérange de l'entendre me traiter d'« animal de compagnie ».

– Je sais parfaitement ce que tu es, je lance d'un ton tranchant.

Un rictus apparaît sur ses lèvres, un sourire menaçant qui fait tressauter mon cœur. Il fait un pas en avant. J'ai la sensation que ce simple mouvement aspire tout l'air du monde.

Il se penche, son aura me submerge. Et malgré l'air glacial des Barrens, malgré les bruits assourdissants des navires et de l'armée en marche, sa voix est chaude et résonne à mon oreille lorsqu'il dit :

– C'est drôle, j'étais sur le point de te dire la même chose.

Chapitre 40
Le roi Midas

J'ai parcouru chaque royaume d'Orea.

Le Premier Royaume est une jungle humide, remplie d'idiots prétentieux qui se prennent pour de grands artistes. Le Deuxième Royaume est une étendue aride et sablonneuse, pas grand-chose de plus, les monarques y sont ternes et puritains.

Le Troisième Royaume présente plus d'intérêt. Ses côtes sont parsemées d'îles privées où l'on ne peut débarquer que sur invitation royale. Son seul défaut est de partager une frontière sombre et marécageuse avec le Quatrième Royaume, mais le fief du Roi Putride ne m'intéresse pas le moins du monde.

Le Cinquième Royaume, en revanche, m'est de plus en plus cher.

Les mains appuyées sur la balustrade du balcon, j'observe la cour en contrebas. Le sol blanc argenté scintille, mais mon attention se porte sur les sculptures de glace, entretenues aussi religieusement qu'un jardin royal. Chacune de leurs courbes est ciselée, chaque détail est façonné à la perfection.

Quelle merveille ce sera quand toute la glace deviendra de l'or!

Je n'ai pas de sculptures de glace à Highbell. Les blizzards et les tempêtes sont bien trop violents pour ça. Mais ici, au Cinquième Royaume, l'hiver perpétuel est beaucoup plus doux, seules de légères couches de neige recouvrent le sol étincelant.

J'admire un moment encore les sculpteurs qui poursuivent leur ouvrage, avant de rentrer en laissant les portes du balcon se refermer derrière moi. On m'a installé dans les suites Sud du château de Ranhold, l'intérieur est décoré en blanc et violet, de la roche grise et du fer noir composent la structure. C'est somptueux et tout à fait honorable pour un monarque en visite.

Mais je n'ai pas l'intention de me contenter de faire du tourisme.

Je m'assois au bureau installé dans un angle de la pièce. Des fleurs hivernales bleues y sont joliment disposées, leurs tiges baignent dans de l'eau glacée.

Je suis plongé dans une pile de dossiers lorsqu'on frappe à ma porte et que mon conseiller, Odo, entre en trombe.

– Votre Majesté, une missive est arrivée pour vous.

Je tends la main, mon attention est partagée entre le document devant moi et la lettre qu'il dépose dans ma paume. Brisant le sceau de cire, je déroule le message et le parcours distraitement. Mais soudain, je m'arrête. Je reviens en arrière. Je recommence.

Je le lis encore une fois et mon corps se tend. Je le lis une deuxième fois, et ma mâchoire se serre. La troisième fois, je vois rouge.

– Sire?

Je regarde Odo qui attend devant le bureau en se demandant sans doute si j'ai besoin d'envoyer une réponse.

Il n'y aura pas de réponse.

D'une main, je froisse le papier.

– Ils la détiennent.

GlD

Je m'adresse à lui d'une voix sombre et basse, les mots se faufilent entre mes mâchoires à peine entrouvertes. Mon pouls se met à battre furieusement au fur et à mesure que je réalise ce qui s'est passé.

Odo hésite.

– Qui détient qui, Votre Majesté ?

En un clin d'œil, je suis debout. Dans un fracas terrible, mes bras balaient tout ce qui se trouve sur le bureau. Les livres claquent sur le sol, les papiers volent, le vase de fleurs se brise contre le mur.

Mon conseiller recule, les yeux écarquillés. Je me mets à faire les cent pas. Je serre les poings si fort que c'est un miracle si les os de mes doigts ne se brisent pas.

– Roi Midas ? me demande-t-il, perplexe.

Mais je l'entends à peine, ni lui ni mes gardes qui, alertés par le bruit, se ruent dans la pièce.

Un nuage de fureur s'amoncelle dans mon crâne, des pensées assassines martèlent mes tempes, la rage s'empare de mes membres.

Personne n'ose bouger ni me questionner. Sans doute ont-ils peur que je solidifie leur tête et que j'expose leur crâne doré sur une pique gelée devant les portes du château.

Sans même m'en rendre compte, je cogne le mur avec mon poing. Peu m'importe que mes jointures se fendent et que mon sang se mette à couler à grosses gouttes sur le tapis blanc immaculé.

Je ne le sens pas et je m'en fous, car celle qui, pour moi, compte le plus au monde m'a été enlevée.

Ma favorite. Ma précieuse. Elle m'a été dérobée, l'ennemi la retient prisonnière entre ses griffes.

Je me tourne vers mes gardes, la colère bouillonne tant en moi qu'un brouillard épais trouble ma vue. Le plan machiavélique que j'avais ourdi pour anéantir Fulke ne sera rien, comparé à celui que je prévois contre ceux qui ont osé me prendre Auren.

Elle est à moi.

Et je détruirai tout sur mon passage pour la récupérer.

La vigne d'or
Première partie

Il y avait un avare qui la chérissait,
cette vigne en or.
Ce jeune plant si doré,
que ses feuilles étincelaient.
À l'instant même où il la vit,
il laissa échapper un « Elle est à moi ».

Il l'avait trouvée dans les décombres,
le long d'une route sans nom.
Sans ambages, il s'en saisit,
et l'enfouit dans sa poche.

De retour chez lui,
il admira son éclat.
Les mains crispées de convoitise,
l'envie chevillée au corps.

Quelle chance il avait,
la chance d'en avoir bien plus encore.
Alors il la planta
devant sa porte d'entrée.

Elle gisait, secrète et bien cachée.
Ce vieux grigou l'avait trouvée,
il l'avait dérobée.

Il l'emporta dans sa cour,
et l'y planta.
Il l'entoura d'une clôture
pour la protéger des regards.

Des petits bourgeons se mirent à pousser,
ils étaient d'un or étincelant.
Il les recueillit un à un,
et partit les vendre en ville.

Il paya ses dettes,
acheta tout ce qu'il désirait.
Mais ce n'était jamais suffisant,
quoi qu'il ait obtenu.

Car l'avidité avait été plantée
entre ses minces racines.
L'envie avait grandi
en même temps que ses rameaux.

Pourtant, malgré tous ses soins,
bientôt, elle se fana.
Son or se ternit,
et l'inquiétude le gagna.

Car son bien le plus précieux
semblait devoir être arraché.
Elle dépérissait,
lui s'inquiétait et se morfondait.

GlL

Il était tellement en colère,
qu'il s'en arracha les cheveux.
Des mèches brunes
tombèrent sur la vigne.
Sa couleur redevint éclatante,
et la vigne se mit à pousser.
Elle se nourrissait
de son corps qu'il avait purgé.

En extase, il comprit ce qu'il fallait faire.
Alors cet avare joua des ciseaux,
et les bourgeons d'or se mirent à fleurir.
Il se coupa les cheveux,
se débarrassant avec joie de son panache.

Car elle ne pousserait pas
sans sacrifice.
Seuls des morceaux de lui
la feraient grandir.
Tel était le prix à payer.
Cette vigne d'or
était le vice de l'avare.

À SUIVRE...

Remerciements

Je pensais que cela deviendrait plus facile avec le temps d'écrire de nouveaux livres, mais je peux dire que ce n'est jamais le cas. Je tiens à remercier ma famille et mes amis pour leur amour et leur soutien sans faille.

À mon mari, pour avoir été une telle rock star chaque jour. Je ne pourrais pas faire cela sans toi, et je t'aime tellement.

À ma fille, je suis désolée pour toutes les fois où je dois travailler au lieu de jouer, mais je veux que tu saches que je t'adore plus que toutes les vagues de la mer.

À mon père, tu regardes chaque sortie de livre, et même si tu n'as pas le droit de les lire, tu m'as encouragée et tu en as célébré chaque mot. Merci.

À ma mère, tu as lu mes toutes premières ébauches et tu m'as dit qu'elles étaient bonnes, même si elles étaient probablement nulles. Tes encouragements m'ont aidée à ne pas abandonner et à persévérer.

À ma sœur, je n'aurais jamais entrepris ce voyage en écriture si tu n'avais pas été là. J'ai fait mes premiers pas en confiance en écrivant à tes côtés, j'ai tellement appris et je me suis tellement amusée.

À Ives, alias Ivy Asher, tu m'aides à m'améliorer de livre en livre, tu me laisses me plaindre quand l'écriture est difficile et tu me soutiens dans toutes les facettes du monde du livre. J'ai tellement de chance de t'avoir.

À Ann Denton et CR Jane pour avoir été des bêta-lecteurs extraordinaires, merci beaucoup de m'avoir aidée avec *Gild* et de m'avoir donné la confiance dont j'avais besoin. Je ne vais quand même pas vous confier de spoilers !

Merci à Helayna pour avoir peaufiné *Gild.* (Tu as vu ce que j'ai fait ?)

Et plus important encore, à VOUS, lectrices et lecteurs. Je sais que *Gild* est quelque peu différent de mes autres livres, et je vous suis tellement reconnaissante d'avoir tenté votre chance. Tout le soutien, les messages, les critiques et les commentaires que je reçois sont d'une importance capitale pour moi, et votre enthousiasme m'encourage à continuer. Je vous remercie du fond du cœur.

Raven

À PROPOS DE L'AUTEURE

Raven Kennedy est née et a grandi en Californie. Sa passion pour les livres, la romance et la fantasy, l'a poussée à créer ses propres univers. Elle aime écrire toutes sortes d'histoires parce que chacune apporte une expérience différente. Quand elle ne lit pas ou n'écrit pas, elle est avec sa famille.

Vous pouvez échanger avec Raven sur ses réseaux sociaux et visiter son site www.ravenkennedybooks.com

Imprimé en France par
CPI Bussière
en janvier 2023
N° d'impression : 2068380
Dépôt légal : février 2023